大搬迁

段鹏举／火会亮／孙艳蓉 著

黄河出版传媒集团
宁夏人民出版社

图书在版编目(CIP)数据

大搬迁 / 段鹏举，火会亮，孙艳蓉著．-- 银川：宁夏人民出版社，2019.11
（中卫文学艺术精品丛书）
ISBN 978-7-227-07120-4

Ⅰ．①大… Ⅱ．①段… ②火… ③孙… Ⅲ．①报告文学—作品集—中国—当代 Ⅳ．① I25

中国版本图书馆 CIP 数据核字（2019）第 248234 号

中卫文学艺术精品丛书
大搬迁　　段鹏举　火会亮　孙艳蓉　著

责任编辑　陈　晶
责任校对　白　雪
封面设计　伊　青
责任印制　肖　艳

黄河出版传媒集团
宁夏人民出版社　出版发行

出 版 人　薛文斌
地　　址　宁夏银川市北京东路 139 号出版大厦（750001）
网　　址　http：//www.yrpubm.com
网上书店　http：//www.hh-book.com
电子信箱　nxrmcbs@126.com
邮购电话　0951-5052104　5052106
经　　销　全国新华书店
印刷装订　宁夏银报智能印刷科技有限公司
印刷委托书号　（宁）0015599

开本　880mm × 1230mm　1/16
印张　19.5
字数　240 千字
版次　2019 年 11 月第 1 版
印次　2019 年 11 月第 1 次印刷
书号　ISBN 978-7-227-07120-4
定价　38.00 元

作者简介

段鹏举

中卫市新闻传媒集团党委书记、主任，宁夏报业协会副主席、宁夏记者协会常务理事。执笔的30余件新闻作品、研究论文（论著）分获中国新闻奖三等奖，全国地市报优秀论文一、二等奖，全国报协优秀论文二等奖及宁夏新闻奖一、二、三等各种奖励。曾入选市级“131人才工程”库，获得市级中青年学科带头人、优秀党务工作者等市级及以上表彰11次。发表专业论文、理论文章100余篇。个人专著、主编及合作出版长篇报告文学、新闻作品集、文学作品集《百年梦寻》《见证宁夏20年》《印象中卫》等9部。荣获全国百佳优秀新闻工作者、全国优秀新闻工作者、全国报业经营管理工作先进个人等称号。

火会亮

宁夏西吉人，1989年毕业于宁夏大学中文系。中国作家协会会员，一级作家，《朔方》副主编。20世纪90年代初开始发表作品，在《十月》《中国作家》《时代文学》《山花》《香港文学》《天津文学》《六盘山》等报刊发表各类文学作品百余万字。部分作品被《小说选刊》《小说月报》等选载，多篇作品入集或获奖。著有长篇小说《开场》，小说集《村庄的语言》《叫板》《挂匾》，散文随笔集《细微的声音》等。

孙艳蓉

笔名荷子，宁夏作家协会会员，中卫市作家协会副主席。自1998年开始发表作品，于《朔方》《黄河文学》《六盘山》等区内外报刊发表小说、散文、随笔等百万余字，作品多次获奖。著有长篇小说《花逝》、长篇报告文学《百年梦寻》（合著）、散文集《真水无香》（均由宁夏人民出版社出版）。

茫茫旱塬

作 别

出 发

移民新区

产业扶持

新建的学校

生态修复

目录

CONTENTS

目录

CONTENTS

目录

CONTENTS

目录

CONTENTS

引子

◇

在中国，无论是为保护黄河、长江、澜沧江三江源地而发起的生态移民，还是因长江三峡建设进行的大移民，无不在人类与大自然的抗争史上留下了光辉篇章，在国人的心中激起了一阵阵涟漪。

与此同时，中国西部为使农民脱贫致富而进行的生态移民更加牵动人心、引人注目，其中轰轰烈烈进行的宁夏西海固地区的生态移民（前期称作宁夏中部干旱带生态移民），不但成为当地党委、政府工作的重心，且得到山区老百姓的交口称赞，人们亲切地称之为“民生工程”。自 2007 年以来，在党中央、国务院的关心支持和自治区党委、政府的正确领导下，自治区各厅局通力协作，整合资金，举全区之力开展工作，加之各县区干部群众吃苦耐劳的精神，在很短的时间内就谱写了一曲与自然抗争的壮丽凯歌。大家心往一处想，劲往一处使，众志成城，团结协作，很快就使移民工作步入正轨，其中涌现出了一大批无私奉献、心系山区百姓疾苦的官员和基层干部，也产生了许多可歌可泣的动人事迹。

经过不懈努力，饱受恶劣环境折磨之苦的山区民众，有组织地相继从山上搬到山下，开始了他们崭新的、充满了美好希冀的移民区的生活。在已经批复建设的移民安置项目区内，那带着浓浓现代气息的移民安置房，像童话中的幻境一样在平坦的塬地布成阵势，成为宁夏大地上最靓丽、最夺人眼目的风景。“十二五”刚刚开始，他们又决定将西海固地区生态移民总规模扩展，计划投资 105 亿元，利用 5 年时间将这些生活在不适宜居住、不适宜发展环境里的贫困群众搬迁出来，再用 5 年时间助其脱贫致富。在实施好生态移民的同时，宁夏提出，通过实施基础设施建设到村、扶贫产业到户、转移就业到人、帮扶责任到单位“四到”扶贫攻坚工程，解决其余65万多贫困群众的脱贫致富问题。预计到2020年实现移民人均纯收入接近全区平均水平，实现整体脱贫目标。

他们的行动迅速而有力。

在这场史无前例的移民中，他们必将给西部同类地区的生态移民提供成功的范本，并在中国生态移民史上留下波澜壮阔的一页。

我们的采访从宁夏中部干旱带生态移民前期开始，历经5年多时间，追溯宁夏移民历史，用手中的笔和镜头真实记录在生态移民中那一幅幅生动画卷。这里面，有思索，但更多的是感动……

驶向希望

移民，海原在行动

长长的车队，在太阳刚冒出金花时，便开始出发。车旁送行的人，一边挥手，一边说："要回来啊，要回来看看啊！"车里的人笑着，也朝外挥着手，说："我在山下等着你呀，你也要快来呀！"车外的人听不清，紧走两步，可是车已鱼贯而出。车外的人的手就举在半空，眼里满是不舍，可也只能空茫茫地看着绝尘而去的车队，心想："难道就真的这么去了吗？"一回头，看到曾经的村庄搬得也就剩下四五户人家，住了几十年的地方，怎么就一下子变得这么寂寥？远处的大山似乎长了腿，层层叠叠地逼过来，压得人喘不过气来："唉，我也要尽快搬啊！"

前方，上套脑、下套脑、段湾、八斗四村的车队渐渐连接起来，似一条长龙，蜿蜒而去……到达之地，那里有他们的新家，也有即将开始的新生活。这仅仅是海原县关桥乡 250 户搬迁户，在 2014 年 11 月 13 日这天，还有史店乡 96 户、红羊乡 64 户、贾塘乡 107 户、甘城乡 29 户、李旺镇 35 户，以及 11 月 12 日甘盐池管委会的 29 户生态移民，共 610 户搬往连湖农场。

157 辆车，装载着家当和一个个饱经沧桑，依旧向往美好生活的淳朴的人，向前走，走过盐碱地，走过红柳滩，走他们走了一年又一年，总也走不尽的大山。出了同心县境内的三道险，山路不再那么急、险。在三道险这个地方，给我留下了抹不去的记忆。

十几年前的记忆

十几年前，我所在的工厂，要赶在年关前到当时还隶属海原县的蒿川乡浪水村扶贫慰问，我随同前往，同行的还有个叫老黑的人，50 多岁。

那天清晨出发时，太阳只露了一下脸后便不再出来，天阴着，似要落雪的样子，朔风刺骨。我们乘坐的是一辆皮卡车。进入海原县境内，山秃着，仅有的被风吹断了根的毛头柴被风裹挟到路上，一伙伙，一堆堆。车过后，又被卷着跑向另一边，没有穷尽。

将近中午时，车开上一个高坡（这似乎是山区乡政府的一个特色，在接到采访任务后，我们去过很多乡镇，都是这个样子），进了一个大铁门，我们终于到了蒿川乡政府。但此时的乡政府办公室里，乌烟瘴气，由于风大，风向又不对，他们的火炉子从早上到现在，一直没有生着，只有浓烟从炉盖缝隙里钻出来。屋里冷似冰窖，几个被烟熏成花脸的工作人员不住地咳嗽。我们也咳嗽着，和乡政府领导谈了扶贫计划后，乡政府工作人员说：“这屋里是待不住了，已经到饭口了，请你们去吃饭吧。”

饭馆就在乡政府旁边，进去，炉火烧得很旺，屋里暖融融的，窗台上养着几盆花，都长得不高，稀疏平常，但这是我们这一路来看到的最养眼的花草了。饭前要洗手，大家在一个脏兮兮的水见底的花脸盆里洗了手。看着浓墨一样的水，我知道这里的水金贵，刚要伸手进去，老黑说，“你是唯一的女士，就不要蹚我们这‘浑水’了，来，给你点清亮的。”不知什么时候，老黑手里多了一把黑黑的小铝壶。我们出去，他执水壶，我伸手去接水。这时，太阳又挣脱着出来，几个蹲在饭馆墙边袖着手晒暖暖的乡人眼睛紧紧地盯着那流出的水，我如芒刺在背，胡乱洗了两把便说好了。

进去，见上来的菜有羊羔肉，我悄悄对老黑说：“我们是来扶贫的，怎么能让他们这么破费呢？”老黑说：“我也说简单点，但他们人厚道，盛情难却。”这话让那边听到了，说：“你们每年对我们的扶贫力度很大，我们很感谢，这只是表达一点小小的心意，希望你们不要嫌弃才好。”我说：“我们的扶贫，在你们的整年生活中，也不过是杯水车薪。要想生活好，还得想其他办法啊！”那边说：“是呀，党和政府都在想我们的长远之计呢。”

饭后，见盘里还剩了些菜，乡政府工作人员招呼门口那几个乡人来吃。我觉得很难为情，说：“都被我们吃成这样了，刚才应该让他们来跟我们一起吃。”那边说：“不要紧，他们不嫌弃。”说着，那几个人已掀门帘搓手进来，并忙不迭地坐在桌旁，端碗盛菜，吧唧着嘴吃起来。这边又要了一盘花卷给他们送上桌。他们忙鼓着腮帮子说：“这已经很好了，你们还……谢谢，多谢了！”我忙不迭地出去，仿佛不好意思的是我。

随后，我们到村庄去走访，崎岖的山路，白硬的土，车在小路上颠簸向前。一路上所经过的村庄，不时见到那袖着手站在墙根下晒暖暖的人，其中不乏年轻力壮者。老黑看着那虽身子健壮，但面色黯淡、眼神空茫的人说：“可惜了这些好劳力，宁肯在家等救济，也不愿出去干活挣钱。”我说：“他们的坏毛病，是不是我们给惯下的？若没了国家的救济、我们的扶贫，看他们会不会出去？”“唉，也许会吧，但这里的大多数人都懒，反正有几亩薄田，又饿不死，谁还愿意下那个苦力气！再说，他们吃准了国家不会不管。等、靠、要，他们比谁都会。”老黑叹息道。

车停在小路尽头的一户人家门口，进了歪歪斜斜的院门，院里几间房也歪歪斜斜的，年久失修的样子，似乎随时要塌。院里沟壑纵横，每一条的尽头都指向院中的一个水窖，这是承接雨水，供他们一年吃水用的。在院西一间还算暖和的小屋里，炕上坐着一位70多岁的老奶奶，眼睛、耳朵都不好了，看有客人来，她高兴地一边让座，一边往后挪。炕上铺一层席子，上面薄薄地铺了层单子，那也是五颜六色七拼八凑缝补连缀起来的。靠墙，也只一个漆色剥落的炕柜，上面有两床脏旧的被褥。她侧了耳朵听，也听不清我们说什么，只吃吃地笑着。瘪进去的嘴里，黄黄的牙齿掉得也只剩下几颗了。因用羊粪烧炕，屋里始终弥漫着一股羊粪、柴草味。

坐了一会儿我出来，院外空旷，只有远山，和一轮胭脂晕染般淡淡的太阳，以及那强劲的风。老黑不知什么时候站在我身后，说："这里的人生活得真不容易，若把你放在这个地方，你能待多久呢？"当时，我不假思索地说："要多久有多久！"老黑点点头说："你，我看行。但是，这里没电的。"我说："没电就没电，不怕。"那时，似乎刚刚入世，对人世有着百般好奇千般向往，觉得什么都不在话下，即使面对的是天大的苦难。如今，经历人世繁华也好沧桑也罢，这样的大话——我能不能在他们生活了一辈子的土地上住三天的话都不敢再说了。

随后，我们又去了村小学。当时，那个3间大的教室里有17个孩子，各年级的都有。被斜阳映着，每个孩子的眼睛都是金色的，清澈、明亮。也只有眼睛，没有被杂物污染，手、脸黢黑皲裂，皱褶里厚厚的污垢老树皮似的昭示着一种岁月，一种刚开始就艰辛的岁月。艰辛是外人眼里的，于他们，没有比这更觉得是生活的必然了。多少辈都这么过来了。而他们，至少还有书读，这多么让人感到欣慰呀！因此，他们格外珍惜此时此刻，严冬里，教室里虽没生火炉子，他们的手虽皲裂着，但字，却写得一个比一个工整、漂亮，每个作业本也都是正面写了再反面写。

我们的到来，不能给孩子什么希望，也不能给孩子什么启迪。有时候，顺其自然像是无能，但也是很少人才有的大智慧，而现在，孩子正在学习知识，在积累的过程中，应该知道将来要走什么样的路要过什么样的生活。就这一点，也得保证没有外来干扰。在蒿川乡中心学校，校长告诉我们：“上六年级时学生还 159 人呢，到初一时只有 59 人，初二时只剩下 6 人。触目惊心的数字变化！”一般人家，也是在孩子懂得取舍进退时才给予他们一定的自主权，而这里的孩子，昨天还在学校，今天已是山旮旯里的一个放羊娃。责问家长，家长也是一脸的无奈。

临出教室时，我抚摸着他们的小脑袋，让他们好好学习，等下次来时，一定给他们带学习用品。因为有几个孩子，H 型的铅笔短到只能握在手里来写字；有个孩子，笔芯秃了，拿嘴去咬，试图剥出短得不能再短的笔芯。只是，这个愿望一直未能实现，因为第二年春天，我便离开了那家工厂。

从教室出来后，老黑叹道：“可惜了这些孩子，千万不要像他们的父辈那样。一定要走出大山去。”老黑像是给自己鼓劲，又像是给孩子们加油。我也希望再过个三年五载，能在中学的教室里，看见他们红扑扑的脸、明亮的眼。

冬天天黑得早，觉得什么都没干呢，天就擦黑了，又到了饭口。

饭后往宾馆去时，落雪已在车上结了一层冰壳子，车发了许久才发动。第二天清晨，雪虽小，但冷，人早早就起来了，可发动车又耽误了许久，等到出发回家时，已近 10 时。路上结着冰凌子，平路上还好，车行慢点，倒也无妨，遇上上坡下坡路，司机小心翼翼，我们也提心吊胆。到了三道险，虽小心再小心，但车在转过一个弯，于一声刺耳的刹车后，还是横着滑了下去。前面，一辆红色的小轿车前车轱辘已悬在半空，下面就是深崖，车旁站着两位大爷、大娘。

看见我们下滑的车，他们手抱在胸前，紧张地看着。车继续急速下滑，我闭上眼睛，一副听天由命的样子。时间似乎过了很久，车终于停了，我睁开眼，看到我们的车停在了路边靠崖处。回过神来的老黑拍拍司机的肩，感念他在紧急关头的冷静、不放弃。这时，那位大爷也跌跌撞撞地一路小跑着过来，敲着窗户焦急地问：“好着哩吧？好着哩吧？”我们互相看看，大家都好着，就不禁笑了。大爷念叨：“哦，都好着，我们都好着哩。”我们下车后了解到，原来大爷、大娘要出外，路过三道险遇上险情，车也坏了，他们在等来接他们的车子。

向大爷、大娘告别后我们继续小心前行，路上见到七八起车祸，有的场面很惨烈。我们平安回家，临下车时，老黑说：“我们是来做善事的，老天也看着呢！”唉，能以一种什么样的形式，让他们永远离开大山，幸福生活，不要再走那么难走的路了呢？尤其，不要耽误了那里的孩子，他们是希望、是未来啊！

如今，时光过去十多年。深秋，我们再走曾经走过的路，以前秃着的山似乎长出了些草来，但在秋风中瑟缩着。两只老鹰，在山沟里盘旋追逐。曾经的村庄已经看不到了，长长的街道，只有一个男人在走。蒿川乡，正如十多年前，老黑及我们所期盼的那样，已经整乡搬迁至中卫市沙坡头区兴仁镇、香山乡等地。

长龙一般的车队，顺利地过了三道险。“平安搬迁，和谐移民”“生态移民，造福子孙”“挥手别故园，畅想新生活”……车上悬挂着的横幅、标语，在冬日阳光的照射下，鲜艳夺目，一如他们即将迎来的崭新生活。这支奔向新生活的车队里，当然也有秦奶奶一家 28 口。

秦奶奶在下套脑的最后一天

2014 年 11 月 11 日，我们一行在中卫市海原县甘盐池管委会盐池村采访。在攀爬山路间隙，由于天气阴冷、路途陡峭，我攥着手，瑟缩不已，我的同事，也是此书图片的拍摄者王兴俊，仗着在这生活了三十多年的经验，取笑我说：“你能在这山区里和老乡住一晚吗？我看不行。”我说：“我可以的。”他笑笑，权当是玩笑话。

12 日一早，天上出了太阳，往关桥乡去时，心里也明媚着。在关桥乡下套脑村采访完，要出发往别的村子里去时，已过了 12 点。上车后，王兴俊问我在老乡家吃了点东西没？说他已经在一个老奶奶家吃了点。我说没有，肚子也不觉得饿。可对他在老奶奶家吃饭这件事，我有点好奇，问：“哪个老奶奶？家在哪里？”“喏，就是那里。”顺着王兴俊手指的方向，我果真看到前面一处院落的矮

嵌在大山褶皱里的村庄

墙边站着一位老奶奶。门口已经有一辆大货车在装车。哦，是她，刚才远远地看见过，本要跟过去采访，可是她走得很快，转眼就不见了。

这时，车子已经发动了，在即将驶去的那一刻，我突然说："我想下去看看，要不去，我会后悔的。"王兴俊很能理解，停了车，说："去吧，不要留下遗憾。"

我奔过去，对奶奶伸出手说："奶奶好。"奶奶早已伸出手，握攥着我的手说："好，好。你好着呢吗？"我说："我好着呢，奶奶。奶奶，能到你家里看看吗？"看着院里已经拆了的房子，奶奶说："好，好，好得很！走，我带你去看看。"说着，奶奶握攥了我的手，向院中走去，那里还有几间未拆的上房。奶奶握攥着我的手的手虽粗糙，但暖和。她边走边说："看你这手冰的，到我们这穷山旮旯里，遭罪了！"那一刻，我心里恍惚着，奶奶俨然就是我那已去世多年但在我心中一直如圣母般的奶奶。我紧紧回握奶奶的手，有了留下陪她住一晚的念头。奶奶的上房建得很高，门口有两级石砌台阶，我小心地扶奶奶上去进屋。屋子低矮逼仄，门是多年的木门，歪斜着，一扇木窗被分成一格格，上面糊着白纸，只在下面两小格上嵌着玻璃，可以看看窗外。地中央生着一个火炉子，和煦温暖。炉后是一张八仙桌，桌上杂乱地放着要搬迁的东西。奶奶让我到炕上坐，说："你是贵客啊，可赶上搬家，乱的，但炕热着，上来暖和暖和身子吧。"我说："奶奶，这已经很好了。今天晚上我跟你住，行不行啊？"奶奶说："好啊，欢迎都来不及哩！"

跟奶奶说定后，我和王兴俊道别，说："我今晚住这里了。"他瞪大眼睛惊奇地说："真的吗？不是玩笑！"我说："真的。"

我住这里，真也不是为昨天所说的话赌气。真的，不知一股什么力量，把我拖拽在这里。

80 岁的移民
秦成秀奶奶

重新回到奶奶屋里，我从包里掏出在台湾交流学习的女儿寄回的据说是全台湾最好吃的凤梨酥给奶奶，还有一只大苹果。奶奶慢慢地吃着凤梨酥，完后，我问她：“好吃不好吃？”奶奶说：“好吃。”我说：“可惜就剩这一块了。”奶奶不好意思地说：“看，我把你的吃头吃了。”我笑道：“我高兴啊！”

奶奶姓秦，叫秦成秀，80岁了，有3个女儿9个儿子，老伴张丙昌已去世了十几年。奶奶腿脚灵便，耳不聋，去年做了白内障手术，看人看物没有问题，只是不时会流眼泪，但奶奶一直笑着，笑容慈祥和蔼，一如我自己的奶奶。秦奶奶家上房的门楣上，挂着这样一个牌子：

最高指示

没有一个人民的军队，便没有人民的一切

革命军属

海原县革命委员会

问后得知，秦奶奶家老二、老三、老七这三个儿子都当过兵。“这是老二张永禄当兵时，县上给发的。”这时，装车间隙的老七张永宏进来喝水，见我瞅着墙上镜框里的一张照片看，便也凑过来说：“喏，我妈怀里抱着的是我，旁边站着的穿军装的是我二哥。那时我才八个月大，被我妈抱了去看我二哥，坐了羊皮筏子又坐火车，很神气。我还那么小，我妈就让我去部队接受熏陶，好长大了去当兵。”秦奶奶在一旁听着，直笑，说：“那时候生活困难呀，我们家是雇农，这房子还是土改时买的地主的房子，算算快70年光景了。家里人口多，日子紧，出去当兵就多一条生路。”“好，好，好，那时候出去当兵是为了活路，那么现在日子好些了，你怎么又让你的两个孙子去当兵？”奶奶笑道：“是国家的政策好，才有了农民的好日子，让他们当兵，是要报效国家呀。现在，政府又要把我们搬到川道上去，今后的日子，肯定一天好过一天。将来，我还要让我的重孙孙去当兵哩。”奶奶张着没了几颗牙齿的嘴，笑得像个小孩。秦奶奶孙女怀里抱着的只 1 岁多的重孙子，好奇地看看这个又看看那个。

看着天色还早，我说还要到前面几家走走。秦奶奶撵出来说：“天黑了要回来吃晚饭啊。”我答应着。

天黑前，我回到秦奶奶家，老六媳妇做了黄米糁饭，菜是拌酸菜、炒白菜，秦奶奶搓着手，一个劲地说：“农家粗饭，不知你能吃得惯不？”我说：“可以的。怎么会吃不惯，他们吃了一辈子的东西，我不过是吃上一顿。”见我端碗吃得香甜，秦奶奶就笑了。我让秦奶奶坐下来和我们一起吃，秦奶奶说：“你们先吃，我待会儿。”这时，秦奶奶又像极我的母亲，每逢家里来客人或者人多，她总是最后一个吃。多年的习惯，强求无益。我们吃完，秦奶奶坐下，就着我们的剩菜吃饭，每一口，都吃得那么优雅。

这次搬家，秦奶奶的 9 个儿子全回来了。这个院里曾住着秦奶奶、老六、老七几家，一辆大车装不下，在等其他车辆来的时候，大家都聚在屋里烤火。

我本不大好的腰椎、颈椎，因为这一个多月来长时间的采访坐车，就更不好起来。秦奶奶看出了我的疼痛，心疼地要我上炕，说炕洞里烧着羊粪，暖和，让我上去烙烙。我也不客气，趴在炕上，自家人一般，和大伙儿聊天。我让秦奶奶也上炕来，从我来到这个家里，秦奶奶就一直不停地出出进进，安顿了这个又安顿那个。秦奶奶说她不累，就依旧坐在炕沿上。

我问秦奶奶：“这次搬家，你欢喜不欢喜？”秦奶奶说：“欢

喜得很！盼了多少年了，现在终于搬了。”

见秦奶奶笑逐颜开的样子，老七张永宏插嘴道：“你秦奶奶的觉悟可高了，知道这次搬家的政策下来后，她就动员我们搬家，说这是千年不遇的好事。只有老四永贵那个倔骨头，脑子一时转不过弯来，暂时不搬。你知道我们弟兄几个的名字，福、禄、寿、贵，谁起的？我太爷爷。”“下面的人、民、宏、旗、英是我起的，本想再生个老十，叫雄，结果赶上计划生育给‘计划’掉了。”插嘴抢话的秦奶奶骄傲地笑着，像个孩子。我说：“奶奶真了不起，觉悟就是高。”秦奶奶说：“那当然。”

我问老四张永贵：“为啥不搬？如今大家都下去，留你一个，孤不孤？”老实木讷的张永贵说：“我家四个女子都出嫁了，只一个儿子也去当兵了。别人家搬下去，家里起码有个男劳力，没田种的时候，外出打工可以贴补家用。我呢，就会放羊种田，听说那里的土地要流转出去，到时没田种也没地方放羊，打工我年纪大了也没人要，还不如守在这踏实点。”

“他就是一天书没念，死脑筋，只顾眼前不看以后，眼界不宽。等我们都搬了，说不上他明儿个就后悔，也后脚撵下去了呢！”秦奶奶笑着说。永贵也笑道：“也说不上。”

“唉，等了这么多年，现在终于搬了，我算是赶上了。”说这话的是秦奶奶 62 岁的大儿子张永福。可以说他是个老移民了。老七永宏戏谑他是个干啥啥不成的主，他也不生气，说：“我以前折腾来折腾去，也不过是想过好日子，只是没有更好的政策。1985 年搬到中卫县（今沙坡头区）东台乡，那时的地是沙石地，种啥啥不成。1991 年又搬到中宁县长山头买地种田，那时家里 8 口人，凭瘠薄的土地收入，全然养活不了家人，便又于 1994 年搬到同心县城，渐渐长大的孩子可以就近在县城打工。”

“那么，现在搬到连湖，将来还会跑吗？”看着昏暗的灯光下，面相明显老于实际年龄的张永福，我问。“不跑了，也跑不动了。现在赶上这样的好政策，那样的好住处，傻子才跑哩！明儿个下去收拾好家后，找个自己能干的活，陪着老娘过光景。这些年和家人分分合合，一直没个安定，现在终于又到了一块，要在娘前好好尽尽孝道。”说到这，张永福有些伤感，不时拿手抹眼角。

老三张永寿的老伴已去世了，留下一个儿子两个女儿。晚上9点多钟，孙子的外婆赶来和亲家、孙子、孙女话别，说：“老姊妹，你别搬嘛，你那么大岁数了，去那干啥？老坟都在这哩！”秦奶奶说：“我搬哩，老坟昨儿个已经上了。这两天，我那些老姊妹都过来道别，还抱着我嚎，我说，嚎啥哩，我搬新家，你们该高兴才是，在这我天天要自己烧炕哩，搬到新家，那里有扯炕，也不用闻这羊粪、柴火味了，你们过去逛亲戚，干干净净的，多好。”

因用羊粪烧炕，秦奶奶屋里始终弥漫着这股味道。晚上气温低，关上门后，这股味就更浓重。

“你人老想法新，看搬下去后，谁跟你唠嗑。”亲家撇嘴道。秦奶奶说：“那你也赶快搬呀，搬下来我俩天天一起唠。”

正说着，外面嘈杂起来，不时有汽车喇叭声传来。大家慌忙起身，说有车来，要拦车装货。外婆也离去，说要去帮外孙搬家。

这时，屋里就剩下我和秦奶奶，时间也近零点。秦奶奶跪上去给我铺炕，说累了一天了，赶快歇息吧。我翻身躺下，让秦奶奶也睡。秦奶奶熄了灯说，好。那也不过是靠在被上假寐。这中间，大家又进来一次，秦奶奶立即坐起亮灯，并低声和儿孙说话。凌晨两点时，又有车来，大伙说，刚才是给老五家装车，现在终于轮到自家了，大家又鱼贯而出，我也沉沉睡去。

不知什么时候，我被眼前朦胧的亮光惊醒，睁眼，只见秦奶奶

盘腿坐在身旁，正托了腮和坐在炉旁的一个孙儿低声说话。孙儿手里拿着一部手机，屏幕亮着，不时递过来让秦奶奶看上面的内容，看到好笑处，两个人就吃吃地笑着。听见秦奶奶鼻子有点齉，怕是感冒了。我说：“奶奶，你着凉了，怎么还不睡呢？”秦奶奶回过头来，眼睛亮亮地看着我说：“睡不着。从得到搬家的消息后，我就七八天没睡了，今儿个更睡不着了。”我问：“为啥睡不着？”秦奶奶说：“可能是高兴的吧，也还有别的，反正说不清楚。”

听见身边有轻微的鼾声，我侧身，只见老六永民头靠在炕沿上睡着了，他媳妇也坐在身旁的椅子上打盹。这个勤劳的女人，这一天来，和男人一样拆房、抱砖、装车，在大家稍事歇息时，她还要做饭收拾一些零碎的东西。我心里很是过意不去，起身往墙边挪挪，让他们上炕来伸伸腿。他们说：“不用了，天马上就亮了，要准备走了呢。”

七点钟时，村部的喇叭准时响起，让大家准备出发，大伙匆匆啃了几口馒头，说剩下的干粮带着路上吃。秦奶奶过来，也要给我装一个馒头。我说：“不用了，我吃几口就行。”秦奶奶把我拉到一边，将我昨天给她的那个苹果又塞给我，说：“我娃辛苦的，这是秦奶奶省给你的。”我笑着接过，眼睛里却湿湿的。

桌椅已经装上车了，昨晚睡过的被褥，也被老六媳妇麻利地卷起装上车，我扶秦奶奶出门，背后留下那个屋顶糊了一层又一层逼仄的老屋，精赤赤的，它会立马被推倒夷为平地。秦奶奶住了一辈子，辛苦育有 3 个女儿 9 个儿子，如今全家上下七八十口的老屋，将永远成为记忆。

晨曦中，一脸光灿的秦奶奶，上车，随着儿孙和乡亲们，一起去向她的新家。

咱要走了，走了，终于走了

与秦成秀奶奶说定要在她家住一晚后，见天色还早，我说再到前面几家去看看。踩着巷道里厚厚的羊粪，我往村子西头走去。见一家家什都已打包好在门口，我问：“都准备好了？”屋主张正兴答道：“都准备好了，就等车来哩。”

见我要往屋里去，张正兴撵上来说：“箍窑全都塌了，房子墙也空了。”说着，他拿脚去踹墙，墙皮簌簌落下。“看，这房子住不了几日了，就等搬家这一天哩。”我进到堂屋，地没铺，厚厚的土能把脚没进去。

张正兴 60 岁，两个女儿已经出嫁，他这次和小儿子一起搬。大儿子在部队当兵 13 年，现转业在县上工作。

往小儿子的新房——西厢房去时，不住抹眼泪的张正兴嘴里一直不知念叨着啥。

这个勤劳的汉子，小儿子婚后去银川打工，老伴也随着去找了个看自行车的活，一年见不上几面。他留在家里种地，饥一顿饱一顿的，弄得身体也不大好。现在终于搬了，连湖离银川不远，儿子可以经常回家，老两口也能团聚了。张正兴抹着眼泪说：“唉，只是可惜了我这些树！长了十几年了，有苹果树、梨树、桃树、杏树、枣树，都已经挂果了。春天你没来，花儿开放，那个美呀！唉，再美有啥用，这个地方不养人啊！有个急病，走不出去人就殁了。这几年虽然通了路，但车没通，还要走七八里地才能坐上车。被大山隔着，信号也不好。有个头疼脑热的，真要急死人。我有个老兄弟，出去浪亲戚，突发心脑血管病，幸好亲戚家离吴忠近，就赶紧送去治疗，后又转到银川，这才把人给救下了。你说，要是放这，不就

生生给耽误了，以前就发生过这样的事啊。现在国家政策好，想着我们这些老的、弱的，我终于给等到这一天了。”

我笑道：“我也替你们高兴！”

正说着，张正兴在县城工作的大儿子张明金赶了回来帮父亲搬家。我说：“你们忙，我再到前面走走。”

“前面没有人家了。”张明金撵上来说。

我说：“我去看看大山。”

“不需要向导吗？”

我说：“那你就来当向导好了。”

“非常乐意！”

张明金笑着，和我一起向西面走去。在一处平坦的地方，张明金说：“这里曾经是一个堡子。”

“堡”是古代驻军搭建军事防守用的建筑物，废弃之后，边民为避战乱，最大限度地获得保护，多置家于堡垒附近，久之则形成规模大小不等的集镇。随着战略地位的更迭，大多军事要塞在撤离之后，原址附近的集镇因人口集聚得以保留，并多以原军事堡垒之名为其名，海原各村几乎都有大小不一、高矮不同、保存完好的堡子，可以说是海原的一大特色。

张明金说“堡”字时，第一次我没听清楚，他就又重复了一遍，我跟着去说，对他而言那样顺口的一个字，到我口中，就生硬拗口。对这个堡子的修建年代，张明金也不清楚，只说很久了。我站在堡子边沿，探头朝下看去，堡墙根离这几乎可用万丈深渊来形容，只看一下，我就头晕目眩，人不住朝后退去。我说：“这是一个大堡子啊。”张明金说：“那是。小时候，觉得它是最宏伟的建筑了，我们轻易上不去，上去了就下不来，下不来就看那无穷无尽的山。你看，我们这地方很奇怪，一个村子面对一座大山，上套脑对的是最前面那座，下套脑对的是这座，段湾对的是倒数第二座，八斗对的是最后那座。其实，在这些大山后，还有那绵绵不绝的大山。”

看见我笑，张明金也笑道：“小时候真傻，觉得头顶的这片天就是天的尽头，觉得这些大山，就是最大的山了。长大后出去，才知天外有天，山外有山。一直想着，我们生就是大山里的人，没有梦想过有一天能出去。没想到我们的父辈，倒先于我们出去，他们是赶上好时候了。”

啊哦，啊哦……听见这样的喊声，我举目望去。只见堡下一片开阔之地，种着一片用于饲羊的谷子，谷子已经黄透了。

“野鸡糟蹋谷子，主人在赶呢。”张明金说。

正说着，两只看上去只有麻雀大小的长尾巴野鸡扑棱棱地向东飞去。

赶走了野鸡，主人也从谷子地里出来，又到崖边斜卧了晒太阳。他不论坐卧还是站着，从这里看去都只有尺来长。在谷地的前方，一条咸水河在阳光下泛着亮光。它于东头绕了一圈，又朝北流去。张明金指着河水北流方向的大山说，他祖上曾住在那里。他太爷爷生了四个儿子，他是大太爷这一支的，大太爷是个地主，二太爷是国民党一个团的团长，三太爷是个土匪，四太爷曾在兰州城里当教授。

他家成分高。父辈一直翻不过身来，到了他这一辈，才有机会出去当兵。十三年，把青春全献给了部队。看着远处连绵不绝的大山。张明金动情地说。

我说：“如今你回来了，父亲和弟弟要搬出去了，会觉得孤独吗？”

“会，但更多的是高兴。父母辛苦了一辈子，在这大山里，身体一直处于透支状态，搬下去，生活、就医，将来孩子求学都方便，希望他们能去享享福！”

这时，我们前方一群鸽子飞起落下，像一条银色的流动的河，

不时有几只红嘴乌鸦从它们头顶飞过。再前方，是一座庙。抽开铁棍插销进去，庙里五尊泥胎神像塑了半拉。中间的那尊，屈腿扬臂，很是霸气。未及塑的头被落满灰尘的绸被面包着，看不出分晓。东墙边神龛靠窗的地方，一个古旧的似猴又像猫的灯台，潮湿、沉重，我一只手举不起来。出来后，张明金说，这庙是刚建好的，以前的老庙在那。

顺着他手指的方向，我看过去，是两间低矮的土坯房，年久失修，也快坍塌了。我说，现在庙刚建好，神像还没塑完，人却要搬走了。看来，这是个完不成的工程了。

“就是。那时老百姓苦日子过怕了，建个庙塑个神，寻求心理安慰。现在赶上国家的好政策，都抢着往下搬，谁还有心思管这些泥菩萨。”

说着话，又来到张明金家门口，暮色里，斜靠在桌边的张正兴嘴里还咕哝着。这次我听清了，他是说：“咱要走了，走了，终于走了。”

不想再漂泊，要和孩子一起成长

看着夕阳西沉，暮色四合，我往秦成秀奶奶家去时，路过一户人家，透过后院木栅栏，见一老奶奶背对了我洗衣服。去还是不去？我在铺满羊粪的巷道里来回走了三趟。最后还是决定去看看。进了院子，我跟奶奶打着招呼，说：“奶奶，明天要搬家了，今天怎么还洗衣服呀？”奶奶忙不迭地起身笑道：“洗干净了好搬新家啊。”

奶奶将我让进屋，屋里有她的三个儿媳妇，两个在灶上准备晚饭，一个坐只小凳在炉边编抽纸盒，红色的绒线在她灵巧的指尖绕动。她叫安小琴，33岁，是三儿媳妇。嫁过来后，就一直和丈夫在兰州打工。

安小琴的衣着谈吐明显不同于她的两个嫂嫂。

我问她在兰州打工怎么样？她说："好当然好，总比窝在这个山沟沟里强。这里，你也看到了，四面是山，沟又深，哪有个发展前途？再说，我们都还年轻。"

这话，秦奶奶的七儿子张永宏也说过。他说："现在社会的进步逼着人往前走，人人都想要发展，看着别人家有小车，自己却连生活都过不去，人就羞臊得不行。"

"那现在搬下去后，还去兰州打工吗？"

"不了，搬下去后，可以就近到银川打工。以前在兰州是没办法，人漂泊在外头，没个家，回来也没个地方落脚，人像浮萍，没个根，漂怕了。现在终于有家了，可以回来好好过日子。再说，我家孩子眼看到上学的年纪了，搬下去后，他可以好好地上学，从小学到初中，再到高中。说到底，我们再怎么吃苦怎么努力，都是为了让我们的孩子生活得更好，我们的希望全寄托在他们这代人身上，我们没读多少书，不能再把孩子耽误了，我要和孩子一起成长。"说到这，安小琴的目光落在坐在桌边和哥哥姐姐看漫画书的儿子身上，满眼爱怜。

是啊，让孩子接受好的教育，是我们这次采访中，许多人的心声。在下套脑村东头，矗立着两排红砖房教室，看起来建成没几年时间，可是已经锁了有两三年了。那时，一至六年级的教室里学生只有五个。有能力的家庭，就将孩子转到县城学校；差一点的，也去了乡上学校；再差一点的，就在附近学校混混日子，等长大一些，也和他们的父辈一样外出打工。这样的现状，肯定满足不了像安小琴这样常年在大都市打工，见过世面的年轻人。他们知道人生的目标和意义。

在他们的新家——连湖农场，刚领到钥匙的史店乡姚家山村的杨芙蓉的丈夫，拉着箱子在巷道里跑，身后三个孩子也跟着一起跑，

搬迁前的民居（资料图片）

冬日暖阳下，我跑在最后。到新家后，他手颤得一时打不开新家的门，不好意思地说：“太激动了，这一天盼了很久！”等终于打开门后，他走进去，对吊顶雪白的家很是满意，说：“要赶紧收拾安顿下来，娃周一就开学了。喏，学校就在家后面，不远，我们这一路的奔波，都是为了娃呀！”

搬出去后，即便乞讨也不再回来

我看见杨久莲时，她正站在院门口抹眼泪。院门已经拆了，女婿正奋力挖门口的两根水泥铸的门柱子，说一会儿大车装了家当，怕出不来碍事。

杨久莲 66 岁，育有 4 个女儿 1 个儿子。老伴已去世 34 年，那时候，小女儿刚满月。

你想想，寡妇带娃，一天疯子一样怀抱手拉着娃满山讨吃喝，

杨久莲将能搬走的都装上车

装 车

山大沟深，连滚带爬，夏天晒掉皮，最难怅的是冬天，吃没吃的，喝没喝的，肚子饿，天又冷，一家人就挤在一条破被子里挨日月。说起以往的岁月，杨久莲几度哽咽着说不出话来。

“丈夫在时箍的窑全都塌了，这几间房是我后来拉扯着娃苦死挣活地盖下的，如今都拆了。”看着残壁断垣、一堆瓦砾的院落，杨久莲抹着眼泪说，“拆了，拆了，拆了好！搬迁后，日子要是过不下去，就是讨饭吃，我也再不回到这个地方来。”

我不知道经历过什么样的伤痛，让杨久莲的话说得这么决绝，但我深深知道，她人生的不易和坚强，这也许是大山所赋予的像她这类女性独具的柔韧。如村西头的杨维花，45 岁，育有一儿一女，丈夫外出打工 13 年，走时儿子才 11 岁。自丈夫出去后，就再没管过这个家，近 3 年更是没有了联系。因家里生活困难，儿子初中毕业后就外出打工，女儿也只上到高二。一天，女儿跟她说：“妈，家里这么困难，你又这么辛苦，我也不想读书了。读下去，将来能不能考上大学还不一定。再说，我哥要结婚娶媳妇，这都需要花费。”那天，她抱着女儿痛哭了一场。之后，女儿上了宁夏职业技术学校的酒店管理专业，毕业后在银川一家酒店打工。

“唉，她爹亏了娃呀！但是，他亏我不能亏。那时他刚出去，我要抛下娃也走了，我估摸能过上好日子，哪像现在一身病痛的。可是，思前想后，我不能呀，我这一辈子就是为了我的娃。搬下去后，我要好好活着，给我儿娶媳妇。”

第二天清早 7 点钟，村部的广播准时响起，让大家准备上车出发。这时，太阳已从东边山坳里爬上来，像个火球，但天气却冷，人一开口说话，雾气就飞上眼镜片，朦胧中，早就出来的大伙，三个一群五个一伙地谈论着他们即将搬迁的新家，也有来送行的，在依依惜别。这时，杨久莲从巷道里出来，头上包着一块蓝色的头巾，上

去往新家

身穿一件银蓝色小袄，套一件绿色外套，背一个黑色小包，手里还提着一个包，满脸喜色。看见我，她更是笑逐颜开。昨天那个抹着泪，一脸愁苦相的妇人不见了，仿佛换了一个人似的。就这样，这明媚的笑伴她一路到新家，在连湖农场一村 6 号，我问她对她的新家满意吗？她说，满意。在指挥女儿女婿往下搬家当的同时，她指着院南阳光普照的地方，说明年开春在这加盖两间房当厨房。冬日暖阳下，她的笑温暖、幸福！

这是时隔五年后，我们现场记录的整个宁夏生态移民中极微小的一部分。其实，早在 2009 年，我们就已关注它了。

哦，永远的西海固

2009年秋末，天气渐渐转冷，气温开始向摄氏零度靠近。因为采访任务量大而且时间紧迫，我们不得不丢下手里其他活计全力以赴应对。正式采访之前，我们先阅读了解有关宁夏中部干旱带生态移民的材料，这些材料繁复庞杂，摞起来足有一尺高。我们一边读着这些材料，一边讨论着采访提纲和步骤。提纲很快列出来了，乱七八糟写在几张皱巴巴的纸上，都是些老套的程式。尽管如此，我们还是感觉很满意，因为我们知道，采访中会有许多不可预知的情况发生，有时甚至千奇百怪，旁逸斜出。但我们此行要表现的主题却非常明确，即客观真实地反映宁夏中部干旱带生态移民数年来取得的成果和一些可资借鉴的方式、方法，给当地甚至是外地的移民工作提供一些有用的经验。

这样定位了之后，我们就开始认真阅读相关部门送来的材料。在阅读材料时，我们试图搞懂摆在我们面前的两个概念：一是宁夏中部干旱带，二是生态移民。一看不要紧，我们这才发现自己的知识储备是那样的有限。“宁夏中部干旱带”几个字几乎天天在我们的耳畔萦绕，但要我们细致地说出个子丑寅卯来，却不是那么简单的事。我们只知道那里干旱少雨，山大沟深，政府年年组织人员抗旱救灾保春耕，可那里还是年年寅吃卯粮，年年需要各界救助。至于其他细致详尽之事，我们却一点也说不上来了。其次是生态移民。移民我们好理解，就是把一个地方的老百姓通过搬迁的方式移到另一个地方，那么生态呢？我们讨论了半天，大家竟都说不出一个准确的答案来。

为了搞清楚这两个概念，我们决定请教专家。

我们首先请教的是地理学和气象学专家。专家在我们面前展开了一张中国地图，又展开了一张宁夏地图。专家说，要搞清楚宁夏中部干旱带这个概念，还得从宁夏的地质、地貌、气候、水文的逐步形成和地球亿万斯年的运动演变说起，于是，我们的眼前就飘过了一些久远的光影和斑痕，犹如一部科幻大片中的一些分解片段。

专家说，就地质而言，宁夏在大地构造分区中属于秦祁昆造山系北祁连弧盆系的走廊弧后盆地。远在距今 5 亿至 4 亿年的早古生代，宁夏还处于大陆与岛弧之间的大陆斜坡地带，系弧后盆地，是秦祁海槽的边缘部分，沉积了很厚的海相复理石—基性火山岩建造，后期转为生物礁碳酸盐岩沉积。到了晚期，加里东运动才使海槽褶皱渐渐隆起。除早石炭世曾发生过海侵，形成海湾外，距今 4 亿年以来，宁夏整体转为陆地，进入陆内构造发展阶段。在这个阶段，宁夏的版图构架经历了六次重要的地质事件，其中之一是开始于上新世晚期（距今三四百万年）的喜马拉雅运动第三幕，导致清水河盆地断陷和清水河西侧山地隆起，宁夏现代地貌格架最终形成，而第四纪更新世广泛的黄土堆积，又使宁夏成为我国黄土高原主体——陕甘黄土高原的一部分。

专家的讲解尽管使用了许多的专业术语，但我们还是很快就弄明白了。

我们问：“那么就是说，宁夏现在的地貌多以黄土丘陵为主，是和这些亿万斯年的运动演变息息相关了？”

专家说：“是的。宁夏地貌自西向东，分为南西华山山地、海原黄土丘陵、清水河西侧山地、清水河河谷平原、清水河东侧黄土

大山深处的家园

山体丘陵5个单元。与山形地理相对应，宁夏境内的气候也曾发生过巨大的变化。就目前而言，宁夏气候沿经度方向变化明显，自南而北，气温递减，降水递减，横穿本区的豫旺—李旺—关桥—甘盐池一线成为宁夏一条重要的自然地理界限。该线以北，四季分明，冬寒夏热，光能丰富，热量适中，降水稀少，属温带干旱区；该线以南，长冬无夏，春秋相连，降水稍多，光热不足，属温带半干旱半湿润区（宁夏只有半干旱区）。海原—李旺一线向北至同心，光、热、水变化梯度最大，在30千米左右的距离内，年太阳总辐射约增加400兆焦耳/平方米，年平均气温增加1.6℃，年降水量减少108毫米，大体由400毫米降为300毫米。也就是说，在宁夏境内，同心、海原和原州区的年降水量既少又不均衡。”

专家一边说一边将象征着学识和智慧的花白头发向后掠一掠。

专家接着又说道：“在水文方面，宁夏属黄河一级支流清水河水系。清水河发源于固原市原州区开城乡黑刺沟，流经320千米后，在中宁县泉眼山汇入黄河，流域面积14481平方千米（宁夏境内13511平方千米），水量小，径流变化大，泥沙多，矿化度高。换句话说，在宁夏中部干旱带，可以利用的水资源少之又少。”

听了专家的讲解，无须再问，我们便已经逐渐明白了宁夏中部干旱带成为今天这个样子的根本原因了。

“那么，宁夏中部干旱带是怎么界定的？为什么要这样界定？”

听了我们的问题后，专家微微一笑，说：“这个简单，你们看一看宁夏地理分布图就一清二楚了。”说着，专家就顺手拉过放在另一边的宁夏地图，像一位即将作战的将军那样俯下身去。

我们知道，专家曾参与了宁夏中部干旱带生态移民的早期调研工作，他的讲解可谓单刀直入。

专家说：“之所以提出宁夏中部干旱带这个概念，完全与这次举世瞩目的生态移民有关，经过前期的调研和论证，大家一致觉得把宁夏中部干旱带界定在年降水量200~400毫米线之间比较恰当。这样，这一区域的区位划分就非常清楚了。关于此区域我们可以这样表述，它地处西北内陆干旱中心区域，四周被腾格里沙漠、乌兰布和沙漠、毛乌素沙地包围，其域内包括盐池、同心、海原、红寺堡等8个县市区的64个乡镇，人均纯收入不足1700元，大部分地方仍是国家和自治区级贫困县。”

之后，专家又为我们详细介绍了宁夏中部干旱带的一些基本常识，这些常识无疑就是我们此次采访之行的行动指南了。

宁夏中部干旱带地处黄土高原和鄂尔多斯台地东部，地势南高北低，东高西低，南部以黄土丘陵沟壑区为主，北部为丘陵台地，海拔高1300~2400米，域内沟壑纵横，梁峁起伏，地形支离破碎，植被覆盖率不足20%，水土流失严重，生态环境极为恶劣。

其气候自南向北由中温带半干旱区向干旱区过渡，有明显的大陆性气候特征：冬寒长、春暖迟、夏热短、秋凉早，干旱少雨，降雨集中，蒸发强烈，风大沙多，日照充足。多年平均降水量自南向北由400毫米递减到不足200毫米，且时空分布不均，降水多集中在7、8、9三个月，占全年总降水量的60%~70%，并多以暴雨、冰雹等灾害形式出现。年平均水面蒸发量在1210~1600毫米之间。

大风天气年平均在8~46天，出现最多的在冬春季节，大风出现时往往伴有沙尘暴,以盐池、同心两县居多,平均每年达20天左右。

中部干旱区属“全年偏干区”，头年11月至下一年6月的8个月均为旱月，即冬春旱的机会最多，几乎年年有，夏旱的机会相对较多。干旱具有发生频率高，影响范围广，连年旱、连季旱发生次数较多，造成损失大的特点。综合宁夏1949年到2006年资料，中部干旱带旱年达41年，其中特大旱7年、重旱10年、轻旱24年，

逐渐恢复生态的迁出区

干旱发生的几率为 70.68%，尤其是 1991 年至今，干旱发生的频率比较高，几乎十年九旱。

由于远离海洋，降水天气变化大。宁夏深居内陆，距东海、黄海、南海都在 1200~1500 千米，沿途有高山阻挡，水气输入困难，只有西太平洋副热带高压在盛夏季节西伸北跃时，才能将西南气流输入宁夏。水气输送量少是宁夏干旱少雨的根本原因。而中部干旱带多为土层薄的山地，土壤蓄水量少，植被覆盖率为 10%~20%。降水量的年际年内变化不均和强烈的蒸发是造成干旱的主要因素。

搞清楚了“宁夏中部干旱带”这个概念之后，我们又开始寻找“生态移民”这一名词的答案。恰在此时，各个媒体关于宁夏中部干旱带生态移民的报道已是连篇累牍，打开网页，我们要寻找的答案赫然在目。

所谓生态移民，其实是指为了保护某个地区特殊的生态或让某个地区的生态得到修复而进行的移民，也指因自然环境恶劣，不具备就地扶贫的条件而将当地人民整体迁出的移民。前者如三江（长江、黄河、澜沧江）之源地区的大规模移民。三江之源是中国最大的生态功能区和水源涵养地，对广大中下游地区乃至全国的可持续发展起着生态屏障作用，可是人类活动加剧了这个地区生态的退化。因此，必须采取自然修复的办法，将当地居民移往他处。后者如贵州省麻山地区，因水土资源不断流失而呈现“石漠化”（石质荒漠化）现象，当地人民失去基本生存条件，因而不得不迁往他乡。

而宁夏中部干旱带生态移民基本介于这二者之间。其所探索实行的办法是把生存在艰苦恶劣环境中的群众整村搬迁，在县内择地而栖，集中规模化安置，同时也使原先脆弱的生态得到自然修复。

据说，中国最早的生态移民是从 2000 年才开始的，仅西部地区就有约 700 万农民须通过生态移民脱贫致富。

中国的三峡移民称为生态移民，为保护三江源头进行的移民是生态移民，贵州麻山地区因水土资源不断流失而呈现“石漠化”进行的移民亦称生态移民，看来，生态移民已是中国目前的一种国策，成为了移民的主色调。

移民，移民

搞清楚了这些基本问题之后，我们又把目光投向宁夏境内。当然，这也关乎我们采访之前了解的另一些问题。其实这些问题都与生态移民的渊源有关，如，宁夏的移民是从什么时候开始？这些移民都有哪些特点？这些移民给宁夏带来了哪些积极的意义？最后，我们一定要搞清楚，现在，宁夏为什么一定要搞生态移民？

带着这一连串的问题，我们开始走访参与前期调研论证的专家学者们。

学者们与我们相对而坐，对我们提出的问题一一解答，并给予了合理说明。

宁夏历代移民

据学者介绍，当在公元前 215 年，宁夏始有文字可考的移民。那时秦王朝正当盛时，他们以“发谪徙戍”和“拜爵”等方式将内地数十万贫民与士卒迁徙安插在了宁夏黄河平原的富平（今吴忠一带）、神泉障（今灵武一带）、浑怀障（今陶乐一带）和眗衍（今盐池一带）等地，意在戍边屯垦。之后，历代统治者都进行了规模不等的移民，而移民的原因则往往与军备战事有关。

元朔二年（前 127 年），为解决边防屯兵巨额开支问题，汉武帝采纳大臣主父偃的建议置朔方郡，“兴十余万人筑卫朔方”（《汉书·食货志》)。

三国两晋南北朝时期，宁夏是汉族与鲜卑、匈奴、月氏等少数民族相互争雄、不断融合的主要区域，为此，北魏末年曾在宁夏平原今银川一带设立了相当于郡一级的“典农城”，专门管理移民屯田事宜。

隋开皇五年(585年)，朝廷发丁三万，修筑西起灵武黄河东岸，东至陕西绥德的古长城，以阻挠突厥的侵袭，“二十年间，天下无事，区宇之内宴和”。

由于特殊的地理位置，从唐朝开始，宁夏便成为了安置少数民族的主要地区。贞观四年(630年)，唐朝先后将顺降的突厥部族几十万人安置在长城沿线的灵州(今灵武)一带，为便于管理，朝廷曾在此设置 “六胡州”。龙朔年间，原聚居于青藏高原一带的吐谷浑部落被日渐强大的吐蕃打败后，沿丝绸之路迁徙，最终被安置在今中卫、中宁和同心一带，朝廷因此在今中宁县鸣沙乡境内设安乐州。

宋至道元年(995年)，陕西转运使郑文宝在银川平原移民屯田，后随着西夏南侵，宁夏北部地区失守，镇戎军(今固原一带)成为宋夏交战的边关前哨。宋朝为解决粮草供应，在六盘山地区大规模移民屯垦和军马牧养。

宋真宗年间，羽翼渐丰的西夏首领李继迁，为了摆脱宋王朝的羁縻统治，在以军事手段攻陷灵州后，即通过移民方式，使大量党项人进入以灵州为中枢的银、夏、绥、宥、静五州地界，并借此在灵州农业发达的灌区站稳了脚跟。

蒙元时期，经历战乱后的宁夏平原几成废墟，满目萧然，但这里得天独厚的粮仓条件依然被朝廷所看重，政府不仅安置了大量的西域人进入这里，而且从内地调集新附的汉民来这里屯田，并设怀远、灵武二县地方政权机构，以图有效管理。据《元史·兵志·屯田》载：至元八年（1271 年），随州、鄂州新民 1107 户被迁往中兴府（宁夏），编为屯户，让他们在中兴府的枣园、纳怯站、唐徕灌区一带屯田，“使耕以自养，官民便之”。与此同时，宁南的固原也是移民屯垦的重要地区，最具代表的是蒙古族上层安西王忙哥剌。至元十年（1273 年）忙哥剌被加封为秦王，得西夏故地，立开城路（今宁夏固原开城），并大量募民屯垦。安西王府所在的六盘山，“经乱荒废……安西王封守西土……募民居止，未几户口繁夥”。

明朝朱元璋也奉行“寓兵于民”的屯垦战略。在统一西北的过程中，出于军事需要，他们高度重视移民屯田问题，军屯、民屯、商屯并举并以军屯垦田为主。卫所制是朱元璋创建的常备军建军制度。卫所军士一边戍守边地，一边垦荒屯田。为了防御北方鞑靼瓦剌的南下，在北方长城沿线共设九边军事重镇，其中便有宁夏、固原两镇。九边重镇的设立，使宁夏及相邻地区的移民和屯垦从数量到规模都达到了顶峰。宣德年间固原镇驻军 79000 人，宁夏镇驻军 44000 人。至嘉靖末年，都御史张镐奏称“宁夏新开荒地近千顷”，实有土地 36000 顷，比元代的“灌田万余亩”增加了两倍多。在军事与屯田的双重背景下，宁夏大量的荒闲土地得以垦辟，生产力得到提高，生产方式多元发展，经济恢复，文化交融，一个个军事屯堡变成了人口繁密的居民村寨，当时的地名至今仍沿用。

清代是又一个少数民族入主掌握中国命运的时期，当满族统治者与蒙古族上层政治联姻后，北部边境的冲突与战争基本烟消云散，宁夏作为历代边境兵锋迭起之地的历史宣告结束，转而成为腹地。康熙、雍正、乾隆三朝的战争都发生在更边远的地带。在清对噶尔丹的战争中，康熙坐镇指挥调度，宁夏已成为了朝廷的大后方。清代屯田，雍正年以前以兵屯为主，到了乾隆前期，则以民屯为主。

乾隆时期，战争平息，农业得到了一定程度恢复，流民商贾渐次回到宁夏，军屯渐渐淡出历史，民屯再度兴盛。乾隆年以后，军事意义上的屯田已不复存在了，“化兵为农”“变兵为农”的改革措施出台后，这些落户宁夏平原的屯田人，成为了宁夏农业发展名副其实的主力军。清末，由于吏治腐败和民族压迫，终于导致西北回族多次揭竿而起，在持续十余年之久的反抗过程中，宁夏人口急剧减少，“往往数十里村落寥寥，人烟绝无”“十屋九空”（《朔方道志》）。为维持统治，清政府采取一系列措施，其中之一就是迁徙宁灵地区的回民于外地，以“涣其众，孤其势”。当时有两种迁置意见：一种是以蜀军统领黄鼎为代表，主张将宁灵地区的回民迁往江南，实行民族同化。另一种是以左宗棠为代表，主张就地消化，他说：“自古迁徙之举，均系自内而外，无有边迁腹之例。”他还提出迁置原则：一是“须为绝荒地亩，且有水灌溉”；二是“须自成一片，又使聚族而居，不与汉民杂处”；三是“须为一片平原，缺山河险恶之利，距大路远近适宜，以便管理”。按照这一要求，将金积堡的12000多回民迁往今宁夏固原地区“拔荒安插”；将金积堡附近的9000多陕西回民迁往化平（今宁夏泾源县）；将望洪堡附近的回民迁至灵州（今宁夏灵武）附近；将在固原居住的数千陕西回民迁至甘肃平凉大岔沟一带；将宁夏府城（今宁夏银川城内）的回民迁至灵武、吴忠一带。左宗棠又将“董字三营”眷属2200余口从陕北迁移至金积堡。同时，外省一些民众为生计所迫，也自发迁徙到宁夏。

站在历史的高度探寻宁夏历代移民问题，我们只是粗略地勾勒出了属于它的线条式的轮廓，撷取了属于那个时代的十分典型的一些移民画面。事实上，穿过悠远的历史隧道，我们可以十分清晰地发现，在宁夏这块苍茫厚重的黄土地上，从贺兰山下到六盘谷地，从黄河故道到泾水源头，处处叠印着移民们永不停息的脚步。他们

含辛茹苦，筚路蓝缕，披荆斩棘，在不同的历史背景中留下了姿态各异的顽强身影，时至今日，我们似乎还能依稀听到他们与自然抗争、开疆拓土、戍边守土、豪迈沉郁的喟然长啸。

毫无疑问，在千年华夏发展史、文明史、边疆开发史大背景下考察宁夏历代移民，其历史功绩是恢弘巨大的。历代以军屯为主的宁夏境内移民，其主旨是坚定明确的，无论是秦汉，还是唐宋，抑或明清，之所以把宁夏作为移民屯垦的战略重点和军事行动的后方基地，是因为宁夏特殊的区位条件、广阔的土地和充裕的粮草资源，这为历代统治者开疆拓土、巩固边防提供了坚实的物质基础。由是观之，宁夏历代移民对抵御外侮，维护国家统一，实现边疆长治久安，加强国防建设功不可没。

宁夏历代移民和屯垦，对该地区的开发起到了一定的积极作用。随着屯垦规模的不断扩大，秦汉以来，相继修建了秦渠、汉渠、汉延渠、唐徕区、美利渠、惠农渠等一大批水利工程，灌溉面积不断扩展，出现了“田开沃野千渠润，屯列平原万井稠”的丰腴景象。尤其是随着移民不断入居宁夏，他们所带来的中原乃至西域的先进生产工具、耕作技术，以及适宜于在宁夏生长的优良农作物品种，有力地推动了宁夏农业文明的快速发展。紧接着，秦直道等交通大道相继开辟。到了明清时期，宁夏已成为了名副其实的“塞上江南”，为宁夏的农业文明奠定了坚实的基础。

数千年的移民屯垦，历代涌动的移民大潮，为塞北宁夏带来了不同地域的群体文化因子，华夏文化在宁夏北部得到了广泛传播。这方土地又以她开阔的胸襟、包容的气度、开放的姿态，吸纳了这些文化的精华。中原文化、游牧文化、西域文化等相互撞击、相互渗透、相互借鉴，不断积淀，孕育升华，发扬光大，最终形成了宁夏绚丽斑斓的文化格局。

宁夏千百年来的移民屯垦，对西北乃至中华民族发展产生过巨大的推动作用。但站在当代经济社会统筹发展的制高点，辩证审视历史上的移民屯垦，历代以政治军事为目的大量移民和无限度开垦，又加剧了人与自然之间的矛盾与冲突，这也是导致宁夏生态不断恶化的历史原因之一。

实际上，宁夏的移民并没有因为封建社会的终结而停下脚步。

1933 年，马鸿逵为了扩大生产，主动吸收其他地区迁徙人口来宁垦殖。

1937 年抗日战争爆发，又有大量中原地区难民相继进入宁夏。

1939 年，国民政府又从甘肃等地迁移 2 万多人到宁夏垦殖。

宁夏移民新篇章

历史进入新的纪元，新中国成立后，从 1949 年到 1979 年，来自五湖四海的人民拥向宁夏，如同千万条小溪汇聚成海，他们奉献了心血、汗水、青春，并以其智慧、知识、力量为宁夏这块土地播撒了勃勃生机。这一代移民，连同他们的后代，仍在这块土地上生生不息。

为响应党中央号召，支宁、支边、支援大西北，从陕北、浙江、上海、北京等全国各地包括家属有近 40 万人移民宁夏，建设宁夏，并在宁夏落地生根。

1949 年 9 月，中国人民解放军十九兵团解放了宁夏，干部队伍中有大量空缺急需填补。为了解决这一困难，原三边地委、中共宁夏工委从陕、甘、宁革命老区和十九兵团选派干部 684 名，从华北人民革命大学、西北人民革命大学又分配来约 400 名新干部，建立了各市、县、旗党政机构。仅一年多的时间，从外省迁移干部近

3000 人。撤省后，从外省区又陆续调配了一批批干部来到宁夏，充实到各部门中。仅宁夏邮电部门，就调入干部 36 人。到 1954 年，干部总数由 1950 年底的 6700 人发展到 1954 年的 12994 人。

1957 年 11 月，中央决定成立中共宁夏回族自治区工作委员会。筹备期间，先后从外地调入各级各类干部 6557 名，分配到各党政机关和新扩建的厂矿及水电系统。以回族干部为例，宁夏回族自治区成立前，只有两名省级回族干部、7 名地厅级回族干部，县级回族干部不到 20 人。中央组织部向各省发出通知，要求支援宁夏县处级以上干部。后来调来了甘春雷、杨辛、霍流、丁毅民等 100 位回族干部。中央军委铁道兵将原渤海回民支队 174 名回族干部又分两批派到宁夏固原、吴忠工作。另外还从天津招收了 276 名回族知识青年来宁夏工作，后来又从各省调拨各级回族干部 600 多人。

20 世纪 80 年代出版的《宁夏名人录》所收录的 700 多位副高以上职称的宁夏专家学者中，大部分是宁夏回族自治区成立后，从各地大中专院校分配到宁夏的毕业生，据统计，579 位自然科学专家中，96% 为外省人。

1949 年宁夏临近解放时，共有小学 639 所、中学及中专 15 所，没有高等院校。1957 年，大量知识分子从各地迁移到宁夏，充实到宁夏各级教育队伍中。1958 年，北京有 330 名知识青年到宁夏支教。1958 年 8 月 21 日，首批支援宁夏高教事业的教师到达银川。这 100 余位教师大部分是北京师范大学、华东师范大学、东北师范大学的应届毕业生，及从北京回民医院调来的教师。宁夏高等院校的教师基本上都是外地人。

解放之初，宁夏没有文艺团体。1958 年春，50 多位文艺工作者从北京来到宁夏。秋季，中国京剧四团整体迁入宁夏，组建了宁夏京剧团。一个月之后，由上海华艺、红花、光艺的部分演员组建了宁夏越剧团。

同时，大批具备医药知识的外地人来到宁夏，成为医药系统的主要力量。1961 年，天津市 947 名医务人员及家属迁入石嘴山市，其中天津市第四医院整体迁入大武口，建立石炭井矿务局大武口职工医院，后来好长时间，这个医院都被称为“天津医院”。

在此期间，为了将大城市的剩余劳动力移往农村从事农业生产，宁夏还迎来一批由国家组织动员的移民计划的移民。1950 年，有关部门商定了北京市向宁夏移民的计划。宁夏专门成立移民委员会，在银川设立了两个移民接待站，分派干部负责对北京移民的接待、管理、教育和分配等事务。1951 年北京移民 795 人分三批抵达银川，受到热烈欢迎，这些移民中，有 583 人被安置到农村参加农业生产，还有安置到机关、学校、商业等单位、部门就业当干部、教员、厨师、勤务、保姆及参军的，另外将无劳动能力的老弱孤残移民安置在盐池县生产教养院。贺兰县京星农场正是由这些移民组建的。

此外，1956 年，上海也向银川移送了 1500 名单身青年妇女，参加农业生产。

到了 20 世纪六七十年代，中央号召知识青年上山下乡，这引起了全国性大规模的移民浪潮。这段时间，有从北京、浙江等地迁到宁夏农村从事农业劳动的大批知识青年，有从宁夏城市到农村的知识青年。1959 年，经宁夏、浙江两地协定，从浙江省动员 30 万名青年支援宁夏建设。5 月 4 日，首批浙江青年乘专列来宁。之后的两年时间，共有 96793 人陆续从浙江来到宁夏，平均年龄不到 21 岁。只渠口农场，在 1959 年的筹建中，就迁入安置浙江支宁青年 2322 人和当地人、转业军人等一起改造渠口山川，为宁夏的经济作出了很大贡献。

同时，在三门峡水电站的建设中，经商定，从 1956 年起，将

三门峡上游陕西库区内的农民迁往宁夏的银川专署和吴忠自治州落户，到 1958 年初，共安置这类移民 31529 人。

除了上述类型的移民外，复转军人、政策性的农转非人员也成为宁夏移民的组成部分。另外，在支宁大军中，还有一批十分特殊的人物，他们就是很多被错划为右派分子的人员，被从上海、北京等地“下放”到宁夏，这批人往往是科技人才和文教骨干，他们的迁入也为宁夏建设注入了积极的因素。著名作家张贤亮先生即为其中一员。

在宁夏 20 世纪五六十年代的移民中，值得一提的是一批因“三线建设”来到宁夏的工业移民。1964 年到 1978 年，在中国中西部的十三个省、自治区进行了一场以战备为指导思想的大规模国防、科技、工业和交通基础设施建设，称为“三线建设”。它历经三个五年计划，投入资金 2052 亿元，投入人力高峰时达 400 多万，安排了 1100 个建设项目。决策之快，动员之广，规模之大，时间之长，堪称中华人民共和国建设史上最重要的一次战略性部署，对之后的国民经济结构和布局产生了极其深远的影响。自 20 世纪 60 年代开始，大量的技术人员、工人调入宁夏，为宁夏工业的迅猛发展奠定了基础。

仅以煤炭工业为例，1956 年，煤炭工业部决定成立石嘴山煤矿筹建处。到 1964 年底，石嘴山矿区的职工队伍已是一个 2 万人的建设团体，其中大部分为外省人。部分企业的老职工及家属来自同一地区甚至同一厂矿，比如一矿职工主要来自本溪；二矿、三矿职工主要来自鹤岗、双鸭山；白芨沟矿区职工主要来自甘肃山丹……由于矿区分散，在较长一段时间，形成了一些语言、生活习惯方面明显区别于周围地区的“外省人文小区”，一度成为石嘴山市的地方特色。

其他工业领域也调来了很多干部职工，有些甚至整厂迁移到宁夏。如 1956 年，上海福康制毡厂迁到银川，并入银川毛纺厂；银川市红旗服装厂于 1958 年由南京迁到银川。后来，相继有银川被服厂、银川五金厂、银川电料厂、康乐木器厂、银川橡胶厂、吴忠配件厂、青山试验机厂、长城机床厂、银川起重机器厂、大河机床厂、青铜峡铝厂、西部轴承厂、905 厂、吴忠仪表厂、银川仪表厂等工厂由“三线建设”迁建为本地企业。

浩大的“三线建设”中，迁入宁夏多少人口现在已经无从查证。综上可以看出，新中国成立后，出于种种原因，大量北京、上海、浙江、山东、安徽、河南等地的人口，以不同原因、不同形式、不同身份，在不同时段相继移居宁夏，这些移民对宁夏经济社会发展作出了积极贡献。尤其值得一提的是，20 世纪 50 年代，根据中央军委指示，西北军政委员会将所属部队整建制转为了生产建设兵团，相继开发建设了平吉堡、玉泉营、渠口、长山头等一批国有农场，吸纳了大量移民，加速了宁夏荒地资源的开发利用，促进了宁夏的经济建设，赋予新中国的军垦事业崭新的时代内涵。

历史深处的宁夏大地既是移民输入地，又是移民输出地。追寻历史的踪迹，在各地移民大量迁入宁夏的稠密脚印中，我们同样可以清晰地看到宁夏人口外徙的匆匆步履。

历代宁夏人口外徙的原因多种多样，其中战乱是主要原因之一。封建时代的宁夏是北方少数民族进入中原的重要通道，也是内地通向西域及塞北的必经之地。这种地缘格局注定了那时的宁夏始终无法摆脱烽火战乱的袭扰。战乱不仅对不同时期的生产力造成直接影响，延滞甚至破坏了固有的经济发展格局，还导致大量人口迁徙外移，对此，相关历史典籍中并不鲜见。

在漫长的历史岁月中，战乱使无数人成为了宁夏移民群体中的

一员，虽然他们匆忙艰辛的足迹早已湮没在历史深处和宁夏大地的黄沙尘埃之中，但他们因战乱奔波流徙的剪影依然镌刻在我们的思想深处，让我们久久思索。

迁徙流动是人类生存发展的属性。无论是政府主导的有组织的移民，还是民众个体自发的迁移；无论商贾流徙，抑或归故移居、避灾徙居，宁夏的移民行动几乎一直都没有停息过，只不过不同时代背景下迁移流动的原因各异罢了。

解放初期，因政治运动、自然灾害等导致的自发移民潮常常是一波未平，一波又起。这种现象，尤以 20 世纪 50 年代至 70 年代宁夏人移民新疆最为典型。当时宁南山区群众的贫困几乎是普遍性的，一些家庭不仅无果腹之食、饮用之水，而且连基本的遮体衣物都没有。个别家庭甚至父子共穿一件上衣、母女换穿一条裤子。万般无奈之际，他们最简单最直接的选择就是父子兄弟结伴到地广人稀的新疆谋求生路。整个 70 年代是宁南山区人“上新疆”的高潮期，泾源县冶家村的兰生昌就是其中一员，1979 年，年仅 16 岁的他只身去新疆，开始他不一样的人生。由于种种原因，我们无法准确统计今天的天山南北究竟有多少宁南山区移民，但深入新疆后只要你留意，不管是北疆的乌鲁木齐、克拉玛依、石河子、阿勒泰，还是南疆的库尔勒、库车、和田，甚至远在帕米尔高原深处的塔什库尔干，几乎每一个市县，每一个镶嵌在大漠戈壁边沿的绿洲村落都有宁夏人，都能听到浓重的宁夏南部山区口音。

宁夏人，尤其是宁夏南部山区人在新疆这方广袤土地上的移民创业史虽没有当年千军万马进疆那样波澜壮阔，那样影响深远，但作为一种源远流长的自发移民现象，值得我们思索回味的东西太多太多。

说到底，宁夏的历史就是一部移民史，从秦汉以来至新中国成立，历代中央政府都注重对宁夏的开发，采取了不同形式的移民措施，有以充实边塞为目的的军屯，有以辅助军事为目的的民屯……种种迁移模式将宁夏的历史交织成一幅移民开发与民族迁徙的历史画卷。移民开发不仅促进了宁夏的经济发展，而且形成了一种底蕴深厚的移民文化，也塑造了宁夏人包容与开放的心理形态，为“塞北江南”的腾飞奠定了良好的基础。

一个世纪梦想的破土生长

1972 年，对于宁南山区而言是一个特殊的年份。这一年，因贫困饥馑远上新疆的宁南山区流民日益增多，引起中央政府关注。受周恩来总理委托，时任国家副总理李先念主持召开了固原工作会议，部署解决当地严重的贫困问题，帮助发展生产，有效缓解了人口的外徙。从那时起，中央关切的目光再也不曾离开过这块土地。

1977 年，国家在财力十分紧张的情况下投资建设了同心扬黄工程，不久延伸到海原兴隆、高崖、李旺和固原的七营，由此更名为固海扬黄工程，这一举措基本上消除了扬黄灌区的贫困问题。但是，宁夏中南部地区大山深处群众的生产条件和生活困难状况并未从根本上得到改变，随着人口急剧增加，生态环境日益恶化和旱魔肆虐，几十万人的饮水和生活问题更加突出。

就此，国务院对甘肃河西地区 19 个县（市、区）、甘肃中部以定西为代表的干旱地区 20 个县（区）和宁夏西海固地区 8 个县，共计 47 个县（市、区），总面积 38 万平方公里，农业人口 1200 万人的“三西”农业建设专题进行了综合研究，决定为当地难以维持生计的人口另找出路，国家资助，将他们移往可开垦地带。

1983 年春天，一项旨在调节人口与大自然矛盾的宏大移民工程，在“三西”土地上全面展开。

伴随着国家“三西”农业专项建设计划序幕的拉开，宁夏区党委、政府提出了“兴河套之利，济山区之贫”的扶贫思路，吊庄移民随之启动。

在宁南山区多数人的记忆深处，“吊庄”并不是一个十分陌生的词汇和概念。其实，在解放前后，乃止 20 世纪七八十年代，这一现象已然零星存在于南部山区一些偏远的村落。它的存在形式就是将少部分劳动力有目的地搬迁至路途较远、人烟稀少且易于耕作的偏远荒芜之地从事生产活动，而其基本的行政隶属关系不变、户籍管理主体不变、生产生活资料的分配关系不变，目的是为了拓展更大的生存空间，获取更多的生活资料。启动于 20 世纪 80 年代初期的宁夏中南部山区吊庄移民工程，就是将生活在宁夏中南部高寒阴湿、干旱少雨、灾害频发地区的部分贫困人口规模化搬迁至引黄灌区和扬黄灌区，从事农业生产活动，集中统一安置。原居住地政府依然履行对移民区经济发展、社会稳定、户籍管理等方面的职能。这一吊庄管理模式一直延续了十多年，时间最长的隆德县潮湖移民吊庄直到 2004 年才正式移交给石嘴山市大武口区管辖。

实际上，吊庄移民无论是实施过程，还是产生的实际效果，都彰显着明显的时代特征。

第一，编制了移民总体规划，确保移民人数与耕地资源合理匹配。

第二，按照靠城、近水、沿路思路选择吊庄移民点。

第三，迁出移民涉及中南部山区七县，移民规模庞大。

第四，有严密的组织性，并注重发挥调动移民自主创业的精神。

第五，坚持规划、开发、搬迁、生产同步推进。

第六，采取政府倡导鼓励，群众自愿搬迁原则，充分尊重农民意愿。

根据自治区吊庄移民总体规划，从 20 世纪 80 年代初期开始至 90 年代中期，国家共投资约 2.6 亿元，相继在引黄灌区和扬黄灌区开辟建设芦草洼、潮湖、月牙湖、大战场、南山台子等吊庄移民点

25处，开发耕地83万亩，搬迁贫困人口32.8万余人。通过二十多年的开发建设，吊庄移民点均发生了显著变化，昔日的荒漠戈壁变成了田畴平展、渠系纵横、粮丰林茂的人工绿洲，移民的贫困问题得到了解决，实现了预期搬迁目标。实践证明，实施吊庄移民是稳定解决中南部贫困地区群众温饱问题的重大举措，是开发式扶贫的有益尝试和成功实践。

就在吊庄扶贫移民工程取得阶段性成果的时候，另一场更大规模的扶贫移民工程在雄浑苍凉的罗山脚下拉开了帷幕。

这里是位于同心东北地区的一片荒凉广袤的土地，不知从何年何月起，它就有了一个颇有几分神秘色彩的名字——红寺堡，也许镶嵌在历史深处的红寺堡曾经有过草木茂盛、村落安泰、六畜兴旺的繁荣景象，但在20世纪90年代大规模开发初期，这里除了沉寂的旷野、起伏的沙丘、干枯的沟壑，剩下的就是一场从春刮到冬的大风，唯一能显示生命迹象的是稀疏的骆驼刺、低矮的芨芨草，以及牧人漂游的身影。

1994年4月15日，国务院下发了《国家"八七"扶贫攻坚计划》，决定从1994年至2000年，集中人力、物力、财力，动员全社会的力量基本解决目前全国农村8000万贫困人口的温饱问题。使贫困人口年人均收入达到500元以上（按1990年不变价格）。

自治区党委、政府高度重视这项工作，并成立由计委、统计局、农建委等部门组成的工作组，进一步摸清宁夏贫困人口的情况，准备召开全区扶贫开发工作会议，讨论宁夏扶贫大计。1994年6月中旬，计委、统计局、农建委进一步对贫困人口情况的调查结果表明，截至1993年底，全区生活在温饱线（年人均收入500元）以下的人口达142.3万人，占全区总人口的29%，西海固地区生活在温饱线以下的人口为139.8万，占西海固地区总人口的64.4%，其中人均纯收入在300元以下的极贫困人口63.9万。自治区党委、政府决定在全区实施宁夏“双百”扶贫攻坚计划，从1994年至2000年，力争基本解决近100个贫困乡、100多万贫困人口的温饱问题。6月28日—30日，在全区扶贫工作会议上讨论、修改了宁夏“双百”扶贫攻坚计划。7月8日，自治区人民政府下发了《关于宁夏“双百”扶贫攻坚计划的通知》。

宁夏“双百”扶贫攻坚计划指出，要积极创造条件建设红寺堡扬水、兴仁扬水等骨干工程，对宁南山区就地脱贫无望的群众，实行移民搬迁。

8月，国家计委有关部门领导专家，对大柳树工程及灌区进行考察调研。其一行实地考察了过河平洞、坝基和坝肩的地质情况，听取了自治区人民政府有关大柳树工程情况的汇报。时任自治区副主席周生贤提出，早在1955年7月，全国人大一届二次会议通过的《关于根治黄河水害和开发黄河水利综合规划的报告》中，就明确了开发利用黄河黑山峡河段，后来因为对开发方案意见不一致，未能实施。1993年8月，国务院第七次常务会议审议通过的《九十年代中国农业发展纲要》，再次明确开工建设大柳树水利工程。如果“九五”期间大柳树水利工程还不能动工，自治区请求国家批准建设红寺堡、兴仁扬水工程，以加快宁夏扶贫开发进程。陈耀邦副主任听完汇报后指出，大柳树水利工程是个大工程，涉及流域治理、省级关系，务必要讲求综合效益，要用好黄河水资源，兴利除弊，慎重决策。他强调要解决宁夏贫困人口脱贫问题，搞农业开发是重要途径之一，宁夏地理位置适中，应当做好宜农荒地开发这篇大文章。

国家计委有关领导专家的宁夏之行，使宁夏人民明白了一条先开发灌区，后建设大柳树大坝的工作思路，对于促进红寺堡扬水和

兴仁扬水工程建设起了积极的作用。

当月，全国政协在京委员赴宁视察团一行 106 人，在团长焦力人的率领下来到宁夏。视察团分成 4 个组，分别视察南部山区和引黄灌区、工业、农业和重点工程项目。南部山区到了海原县关桥乡瓦窑河村、同心县王团镇大湾村，引黄灌区到了属于固海扬水灌区的海原县兴隆乡高堡村、同心县河西乡。委员们对山区人民的贫困状况感到震惊，对搬迁到灌区的农户生活发生的变化感触很深。陪同考察的自治区领导向委员们汇报了宁夏的“双百”扶贫攻坚计划和固海扬水工程的投资和实效，及打算新上的四个扬水工程：红寺堡扬水 90 万亩、兴仁扬水 50 万亩、固海扩灌 30 万亩、马场滩扬水 30 万亩的情况，得到委员们的普遍关注和支持。委员们表示宁夏要在国家正在实施“八七”扶贫攻坚计划中抓住机遇，多上一些水利工程，搞好扶贫开发和吊庄移民。这次考察，宁夏人民扶贫攻坚的决心，打动了全国政协委员们的心，同时对宁夏开发 200 万亩地，扶贫移民人均 2 亩地，总装机容量约 40 万千瓦，干支渠总长 700 公里的扶贫工程，留下了较深印象。

依旧是这一年，时任全国政协副主席钱正英来宁夏考察时提出开发红寺堡扶贫移民区的初步构想，即利用黄河扬水，开发 200 万亩土地，搬迁宁夏中南部山区不具备生产生活条件的 100 万人口，从根本上解决山区农民脱贫致富问题。其规模初步概算投资 30 亿元，用 6 年时间完成。其中，红寺堡开发土地 75 万亩。后来人们把这项民生工程简称为“1236”工程。

1996 年 5 月，红寺堡扶贫扬黄灌溉工程正式启动。经过十多年的开发建设，累计完成投资 43 亿元，开发水浇地 40 万亩，搬迁安置海原、西吉、原州区、隆德、彭阳、泾源、同心 7 个贫困县和中宁县部分贫困乡移民近 20 万人，建立了红寺堡镇、南川乡、大河乡、沙泉乡和买河乡 5 个乡镇，47 个行政村。如今的红寺堡经济快速发展，基础设施日益完善，移民生活明显改善，城市框架初具规模。尤其是生态建设成效显著，通过实施“三北”防护林、退耕还林、天然林保护、绿色通道绿化等工程，完成人工造林 126 万亩，植被覆盖率达到 39%，有效遏制了风沙侵袭，生态脆弱的局面明显改善。一个充满活力、前景美好的移民新区正崛起于昔日的亘古荒原。

红寺堡移民区的开发建设，不仅解决了宁夏中南部老百姓的贫困问题，站在更高层面俯视，其维护社会稳定，加强民族团结，促进区域经济和谐发展的政治意义更为明显。纵观红寺堡扶贫扬黄灌区开发建设，其特点表现在：

第一，领导组织更加严密，在规划的编制上更加注重科学性和系统性。

第二，工程规模和国家投资量大，通过搬迁开发在短期内建成了一个县级移民新区。

第三，因地制宜地提出了产业发展方向，并给予政策和资金支持。

第四，移民搬迁建档立案，变初期插花搬迁为整村搬迁。

第五，工程建设管理更加规范，保证了移民工程建设的质量。

当然，20 世纪的今天，站在一个特定的高度审视吊庄移民，囿于思想认识、体制机制、物质保障等多方面因素的影响制约，移民的历史局限也是显而易见的。在指导思想上，以解决贫困和生存为主要目的，缺乏统筹发展的科学内涵，对人的全面发展关注不够；在移民搬迁上，前期以插花搬迁为主，对迁出地生态恢复、人口压力减缓作用不明显；在移民管理上，缺乏严密有效的措施，致使“两头涮”现象存在了很长一段时间，增大了两地管理难度。

21 世纪初期，在国家实施生态建设的大背景下，宁夏还充分利用长山头、渠口、玉泉营等国有农场和平罗三棵柳便利的灌溉条件，

加强基础设施配套建设，挖掘土地潜力，搬迁中南部山区农民。这是宁夏在生态移民道路上迈出的新步伐，在安置生态移民的同时，又盘活了国有农场的土地资源，实现资源优势的最佳配置，提高了农垦系统的基础设施水平，达到了“双赢”乃至“多赢”的目的。

亘古大漠，荒原作证，在宁夏中南部山区老百姓的记忆深处，宁夏移民建设始终和中华人民共和国的改革发展相伴相随。移民搬迁的过程之于移民本身而言，就是告别故园、白手起家、异地创业的过程，个中的艰辛酸楚自在不言中。上至自治区领导，下至乡镇乃至村干部，其间，他们双肩所担负的重任和期待，所付出的心血汗水，所经历的坎坷困苦，所承受的屈辱怨责，远非我们用一般的笔墨所能尽述。其间，国家的巨大投入和各级政府的大力支持远非我们常规思维所能想象。三十多年的风雨移民路，三十多年的搬迁创业史，宁夏中南部山区几十万移民生活水平大幅提高，生产条件明显改善，居住环境显著改观，精神面貌焕然一新。中南部地区的人口压力明显缓解，生态环境显著改善。

但是，还有数十万人依然生存在生态脆弱、出行不便、饮水困难、致富无望的恶劣环境中。党中央国务院时刻牵挂着这部分人的生存发展问题，自治区党委、政府千方百计地谋划着这部分人的生存发展之路。

多年的移民，已有几十万中南部山区农民前后安插移居在引黄、扬黄灌区，再开辟大规模移民的空间几乎没有。

剩下迫切需要搬迁的数十万中南部山区老百姓到哪里去？怎么办？

经过苦苦思索探求，经过无数次调查论证，2006 年，一个深思熟虑的方案正式出炉——实施县内生态移民。

与引黄、扬黄灌区移民点相比，县内生态移民存在着地域面积狭小、水资源匮乏、工程量大、投资额高等诸多不利因素，正是基于这些不争的事实，国家和自治区党委、政府高度重视这一重大工程，以科学发展观为指导，以共产党人特有的责任感、使命感，以全新的理念和壮士断腕的勇气，凝心聚力推进这项意义重大而影响深远的民生工程。

在认识上，不仅仅围绕解决一方百姓的贫困问题，而是作为社会主义新农村建设的组成部分来对待。

在目标上，不仅仅着眼解决移民的生活问题，而是以全面建设小康社会为目标。

在思路上，不仅仅是改善一方百姓的生存条件，而是立足于人的全面发展和素质提高。

在方法上，不单单为了解决移民的农业生产问题，而是着力推进现代农业发展和现代农民的培养。

在行动上，不是循规蹈矩老路重走，而是大胆创新，以全新的理念推进生态移民。

在措施上，不是单靠行政手段强力推进，而是以多元法制的艺术方式平顺情绪、化解矛盾，尽显人文情怀。

于是，宁夏的生态移民被责无旁贷地推到了历史的前台。

从此，绵延斑驳的宁夏移民画卷上又多了浓墨重彩的一笔。

在路上

初到同心

在2009年秋天最后一片树叶凋落之前，我们动身到宁夏中部干旱带进行实地采访。采访之前，我们又细心梳理了一下之前的采访过程，发现我们的胃口已完全被生态移民这个新奇的概念高高吊起来了。

发改委派来一部黑色越野车送我们下乡采访，开车的司机姓宿名映川，30多岁，年轻干练，曾多次陪领导下乡视察工作，可以说是生态移民的半个专家了。对于我们将要到达的山山峁峁，他已走过了无数遍。

在车上，我们开始讨论下一步采访行程。行程中有几个必须到达的地方——中宁、同心、海原、原州区、盐池，这几个地方是此次涉及生态移民的主要地区，是生态移民的主战场。最后，我们决定先去同心，原因很简单，因为同心是规划中移民最多的地方，人数达13.3万之多，占全区移民总人口的64%。换句话说，同心是宁夏生态移民的重中之重，是意味着这项浩大的民生工程能否有重大突破的瓶颈。

车子在宽阔的高速公路上疾驰，传来车轮飞速转动的沙沙声。与此同时，我们的大脑也飞速转动起来，并很快搜索到了有关同心的一些基本资料。从地理位置看，同心县地处宁夏中南部，是宁夏版图中名副其实的天心地胆。在有关同心的资料中，五个“过渡性”几乎囊括了它方方面面的特点：即地质处于祁连褶皱系与中朝准地台之间的过渡，地貌由黄土高原向鄂尔多斯高原过渡，气候由半干旱区向干旱区过渡，植被由湿带干草原向荒漠草原过渡，语言由兰银官话向中原官话过渡。展开同心县的地理分布图我们发现，这个地处宁夏中部干旱带核心区的县份，其境内不但群山起伏、沟壑纵横、丘陵连绵，且还有一定面积的平坦川原，这或许就是选择同心作为生态移民主战区的根本原因了。

车子在高速公路上疾驰。满眼苍翠的银川平原在我们眼前一晃而过。出银川市区向南，沿京藏高速公路疾驰约 40 分钟后，眼前就突然出现了大片灰白色的起伏山峦，路旁的标示牌显示此地为吴忠关马湖南缘。过了关马湖，过了中宁鸣沙的牛首山，车子一拐，我们的眼睛突然就失去了湿润的感觉，车窗外不时变换的色彩与地形地貌不停地提醒我们，川区过了，山区马上就要到了。虽路边不时出现当地政府号召农民大力种植硒砂瓜的巨幅广告牌，但我们的心里还是微微一动，很明显，我们的脚步已越来越靠近即将要到达的目的地。

就在这时，正在开车的小宿突然用手一指前面说：“看，那就是刚刚建成的移民新村。”

隔窗望去，我们看到的是一片直抵山脚的塬地。塬上有微微起伏的沙丘，没有绿树，没有庄稼，只有一撮撮低矮的蒿草伏在地上，像是上天刻意留在这里的一种标示。在温和明亮的秋阳下，这片似乎一直沉睡着的荒原像溪水一样从我们的眼前漫过。忽然，就在车子猛地驶上一片高地时，一片红色的屋顶突然从塬地上缓缓升起，仔细一看，原来是一大片落成不久的新房子。那些房子红瓦白墙，像是一些精心搭置的积木。它们非常规整地被布置在塬上，大气磅

家　园

礴，气度不凡。

一时间，我们的情绪激动起来。扭过头去，我们开始打量起这些房子来。在一片灰黄的背景下，那些房子格外醒目、耀眼，就像童话中突然出现的幻境一样。房子前有一些人影在动，毫无疑问，那一定是刚刚搬来新村不久的村民了。他们已在自家的屋地上搭建起了一座座白色的塑料温棚，棚前有拖拉机、摩托车，车旁还有三三两两嬉闹的孩子。这时我们注意到，房子的外墙贴有一块块花花绿绿的小招牌，有小卖部、理发馆，还有出售化肥和装修房子的小广告。

倏忽之间我们意识到，数年之后，这里将会成为一个人烟辐辏的现代化村落而引起人们的格外关注。

在同心县城，我们见到的第一个人是同心县发改局副局长丁勇。丁勇是同心本地人，40 多岁的样子，操着一口典型的同心方言。听我们说明来意后，他沉吟了一会儿，说："你们先不要急着下乡，一会儿我让你们见一个人，见到这个人，你们就知道同心的生态移民情况了。"然后丁勇就边打电话边领我们住进了同心宾馆。

在宾馆，我们一边等人，一边听丁勇笑眯眯地为我们介绍即将要见到的这个人——马希丰。"马希丰这个人嘛，经历还是很复杂的，他年轻时当过兵，转业到地方上后，在基层单位的许多部门都干过，现在是县委办公室副主任，兼任生态移民办移民部部长。客观地说，老马原先并不是个优秀干部，但自从到了移民办，干起了生态移民工作，他简直就像换了个人，用时下的话说，他真是拼了老命了。"

听丁勇如此说，我们便立即想起了不久前曾在《宁夏日报》上读过的一篇文章，题目叫《拼命三郎马希丰》。

"那个马希丰，想必就是这个马希丰了？"

"对对对，就是他。"丁勇一边抽烟，一边饶有兴致地给我们讲述着有关马希丰的故事，“老马这个人，说起来真是很有意思。到移民办后，县上拨给他一辆专车，是乳白色的国产华泰龙越野。拿到车后的第二天，他就到一家装潢门市部做了个牌子，上写‘中国移民’四个红字。我们笑他，你一个小小的同心县的移民办，怎么能挂中国移民的牌子呢？老马一下子就急了，说，‘你们懂什么？宁夏生态移民是中国目前规模最大的生态移民，而同心在宁夏是重点，你们说我不挂中国移民挂什么？’听他如此说，我们就上网查了一下，一查，还真是这么个情况。从此我们就对他有些刮目相看了。要说这老马，还真是能干，走马上任后，他就领着他那几个借来的兵，天天下乡，动不动就钻山，把同心的山山沟沟走了个遍。要说起生态移民，谁也说不过他，噼里啪啦像倒豆子。”

说着笑着，马希丰就来了。马希丰瘦高个儿，背微驼，长条脸，长头发，冷不丁看去仿佛一位乡下教书先生，发青发黑的脸色表明他是一个经常熬夜或睡眠严重不足的人。坐下来交谈，他手上的香烟就没有断过，一根接一根，烟雾有时就在他的头发里缭绕盘桓，像着了火一样。

老马果然是个工作热情高涨的人，不待我们发问，他就坐在一旁滔滔不绝地讲述起来，语调沉稳而富有磁性。

“大家知道，同心这地方就是正经八百咱们宁夏中部干旱带的核心，为啥这样讲呢？打开同心60多年来的气象资料你们就明白了。从新中国成立以来到现在，同心县的年降雨量始终徘徊在200~300毫米之间，而蒸发量却一直在2000毫米以上，也就是说，即使偶尔下一场雨，这里有可能连一丝儿痕迹都没落下就无影无踪了。我曾经细致地做过一个统计，从60多年前到现在，其中有3个年份降雨量曾升至450毫米，1970年以后就开始越来越旱了，有一年降雨量只有非常可怜的19.4毫米。树越来越少，井里越来越没水。

前几天我碰到一个从新疆回来的亲戚，他出门已经33年了，在老家走了一圈儿后说，除了县城和一些引黄灌区的镇子，同心的山里还是老样子，周围的自然环境甚至都不如以前了，过去山上还能见到一两只兔子，现在恐怕连兔毛都见不到了。

“咱这里是典型的靠天吃饭，春天撒下一地种子，就一直盼着下雨，有雨还能收上一点，没雨就只有一地晒干的毛衣了。咱这里有一句顺口溜非常形象，叫‘种了一袋子，收了一抱子，打了一帽子’，真是生动到家了。打我记事起，政府年年都在抗旱救灾，春耕抗旱，夏天抗旱，秋收也在抗旱，一年四季都抗旱。特别是春夏之交，政府不但要想方设法保苗救庄稼，还要解决数万家庭的人畜饮水问题。你们知道同心最壮观的风景是什么吗？那就是每年县政府组织的抗旱救灾队伍，炎炎烈日下，人拉驴驮，甚至部队官兵出动，浩荡大军满山遍野，目的只有一个，那就是把救命的水赶快送上山去，那时候天上的麻雀都会冲下来跟人抢水喝。年复一年，日复一日。其他地方千方百计搞投资谋发展，而我们这里却把大量的人力、物力、财力都投入到了‘保证不饿死人’上。救人命、羊命，救大畜生的命。救命这个词，成了我们这里几十年不变的话题，也是当地政府投入最多的一项永久性工程。”

“从地图上看，同心的马高庄、张家塬、田老庄、窑山等乡镇的大部分人都住在大山里，那山可真大呀，一户户人家架在山梁上，远离水源，交通条件差，信息闭塞，百姓生活苦不堪言。这里最突出的特点概括起来有五个字：多、少、散、乱、穷。多指自然村落多，以窑山为例，全乡总人口仅为19244人，而自然村就有58个。王团镇黄草岭村所辖10个自然村中，人口不足百人者就有7个之多。少指资源少，目前探明可供开发的资源基本没有。散指居住分散，村与村、户与户之间散若晨星，就像随意丢弃在山洼里的一些泥巴，这儿一坨，那儿一块。乱指村庄原本缺乏规划，当然这是历史原因造成的。村民们往往撵着自己的地头居住，房屋随意修建，山顶一户，山坡一户，沟里一户，洼里一户，一家能够看到一家，有时还能喊上话，可走起路来却有数里甚至十数里之遥。穷当然指当地人的生活现状了，时至今日，这里的大部分村民年人均收入不足千元。

“我曾经和那里的人粗略算过一笔账，把窑山 8 个村庄的小学生收到一处，盖一所像样的中心小学就能解决的问题，由于上述因素的影响，政府便不得不分散修建数十座村校。一个行政村一所学校，孩子上学动辄走数十里山路，有些地方，孩子上学走路的时间比上课的时间还要多。何况山大沟深，交通不便，教师不安心教书，教育质量可想而知。这就是导致这里的教育永远落后的根本原因。在山旮旯里，大部分自然村培养不出一名中学生，大学生更如凤毛麟角。”

谈到就医之难，马希丰给我们讲了两个例子，说某村有一名孕妇难产，由于没有村医，一家人便不得不抬着产妇往医院走，沟深坡陡，一家人走了半夜才走到梁上，等靠近通往县城的柏油路时，孕妇早已气断身亡。还有某村一名患冠心病的老者，疼得在炕上打滚，赤脚医生以为是胃病，吃药打针三四天，不见效果后才送到县上，一检查家人傻了眼，可惜那时已经迟了。

这些山里人家，几乎家家都有着因就医难而产生的悲剧。而这些悲剧往往又与交通不便紧密相连。虽说政府花巨资修了通向多个乡村的公路，但要这些在大山深处散乱居住的住户家家通路几乎是天方夜谭。

马希丰吐了一口烟说：“你们看，这就是同心。”

当天夜里，我们和马希丰在同心宾馆促膝长谈。据老马介绍，早在自治区发改委调研宁夏生态移民问题之初，他就开始思考这一

重大问题了。他调研过同心的土地分布情况，调研过引黄灌溉在同心的扬程情况，还调研过若移民从山上搬下来究竟种哪些农作物才能获得最大经济效益。为了佐证自己的说法，他特地从手提袋里掏出一本杂志说：“看，这是我发表的论文。”摊开一看，是一本吴忠市委主办的内部刊物《思想工作研究》，期数为2007年第1期，翻开内页，他的一篇调查报告式的论文赫然登在上面，题目叫《关于中部干旱带人口转移问题的思考》。文中，他用大量事实论证了宁夏中部干旱带人口转移的必要性和紧迫性，其中还有许多具体的措施和办法。

我们不由感叹：“啧啧，真了不起。”

见我们对老马感兴趣，坐在旁边抽烟的丁勇便趁机向我们推荐：“你们真应该把我们老马好好写一写，老马真是把所有心思都用到生态移民工作上了。”接着，他又郑重其事地给我们讲起了老马的故事，说老马自从到移民办工作后，一改原来在机关上班的习惯，一年三百六十五天没有假期、没有双休日，闻风而动，随叫随走，几乎是个‘全天候’干部。2009年的一天，老马正在山里检查移民搬迁的情况，家里打来电话说：“快回家，家里的房子着火了。”老马说：“着火了你们赶快救，我离得这么远我能飞过来吗？”结果那次火灾真使老马损失惨重，有大半年他都没有缓过劲来。还有一件事，一次老马照样带人到山里工作，那次应该是去移民村忙分地的事吧，正在路上，家里照样打来电话说：“快回家，老汉怕是快不行了。”老汉指的是老马久病卧床的父亲。老马说：“赶快送医院，我离得这么远我能飞回来吗？”回答跟上次一模一样。结果老马真是没赶上见老父一面，等他回家后老人已落草到地上了。这两次打击对老马来说可真是太沉重了。尽管如此，老马还是坦然面对，丝毫没有退缩的意思，事情过了仍旧一心扑在事业上。报上说他这是“舍小家顾大家”，这个评价可真是恰如其分。

见大家都在谈他，老马显得有些不好意思起来，说：“人家作家是来了解生态移民工作的，不是来写我个人的，你们老强调我干啥？”

这时丁勇又在旁边插话道：“老马还在咱们同心网上开过一个博客，笔名叫‘沈沫超’，专门为老百姓答疑解惑，讲解生态移民政策。”

我们问：“为啥笔名叫沈沫超？”

丁勇说：“沈雁宾、郭沫若、梁启超嘛。”

后来，我们曾仔细阅读了老马这个别出心裁的博客，博客内容丰富生动，有答疑解惑的，有讲解政策的，还有与网民以对话的形式探讨生态移民问题的。为了使自己的博客内容思想深刻，他往往还会引用一些同心当地的古人诗词及掌故，让人读后抚今追昔，感慨良多。他的博客语言生动易懂，深得广大网民青睐，如果把这些零乱的文字用一根线串起来，简直就是一幅同心县生态移民的全景图。

回复大漠孤烟（网名）：同心的县况是十年九旱，甚至十年十旱，特别是2000年以来，持续的干旱使一些山区乡镇的百姓难以维持生计，主要靠打工和国家政策性补助勉强度日。据不完全统计，从2000年到2007年，国家向这些地区投入抗旱资金达7.2亿元，但贫困依旧像吸血鬼一样吸附在那里。为了解决这一根本问题，政府决定用3年到5年时间，将那里居住的13.3万人全部搬迁到靠近水源、接近交通干道的川原区。

回复水中望月（网名）：同心县的移民工程大体从

2007年开始，到2011年结束。2007年建设了李沿子505户，惠安542户两个移民村；2008年又建设了麻疙瘩400户，大沟沿200户，沙沿350户，庙儿岭小扬水58户，韦州南门1400户，甘沟子700户，旧庄子650户，下马关一期移民六村1350户、移民七村1300户、移民八村1100户，总计7508户，约33786人；2009年实施了下马关二期移民中的二、三、四、九、十村，韦州罗山东坡，阎圈等项目，到年底，移民总数近9万人。

回复黄土情缘（网名）：关于移民建房，同心以54平方米户型为主，户均一套，2008年造价在25000元以上，国家补贴10000元，移民自筹15000元，虽说面积有点小，两代以上居住有困难，但这是开始，我们想着还是先搬出来，再发展。按照规划，每个移民新村都配有学校、村办场所、合作医疗站、文化室、计划生育站、物流配送中心等。

回复77楼主（网名）：整建制乡搬迁的有窑山、田老庄、张家垣（不含汪家塬）、马高庄（不含赵家村、邱梁、乔家湾）、预旺（不含南关、南垣、沙土坡、北关、土峰及预旺镇区）5个乡镇，含83个村2.27万户9.6万人。整行政村搬迁的有王团、河西、韦州3镇山区的29个行政村，含0.86万户3.6万人。移民是大事，大家主要出点子，想办法、尽量把事情做得圆满些，无遗憾。

回复水中望月（网名）：4月22日，我陪县领导从韦州到下马关。尽管风沙弥漫，人人身上、脸上全是土，但还是按计划看完了移民点。白天看点，晚上开会研究解决问题，两点后才分散睡觉。生态移民是大事，村庄摆在那里，哪里种地？哪里修路？哪里修水渠？供电管线怎么走？

这都是要事先规划周全的，都要考虑好，都要实地去勘察。

回复如意重阳（网名）：4月23日，我们再次到同心与红寺堡的交界韦州干沟子，风非常大，黄沙漫天，图纸都无法展开，我们还是和相关领导商谈和看点。走到下马关的申家滩，风更大了，人都站不稳，最终我们把移民三村的点定好了。

回复水中望月（网名）：今天又是沙尘天气，真讨厌。现在已经是4月下旬了，漫天黄尘还是刮个不停，真是少见。据资料介绍，沙尘暴形成的主要因素有三个：强风、沙源和不稳定的空气。我国是世界上沙漠较多的国家之一。除沙漠和沙地外，我国北方大部属中纬度干旱和半干旱地区，地面多为稀疏草地和旱作耕地，植被稀少，加上人为破坏，当春季回暖解冻，地表温度升高，狂风四起，沙尘弥漫，在本地及狂风经过的地带形成沙尘天气。由此看来，老天爷也在不停催促着我们的生态移民工作赶快进行呢。

…………

接下来的几天，我们在马希丰的陪同下穿行于同心的“十万大山”之中，我们注意到，老马的车前果然有一块“中国移民”的牌子，艳艳红色，虽不太精致，却别有一种振奋人心的作用。我们和老马坐在同一辆车里，进山途中听老马像背诵课文一样给我们讲解同心的掌故风物、人文习惯。他像熟悉自己的掌纹一样熟悉同心。走着走着，他会像生产队长那样指着山洼里的一户人家说：“这家子人姓王，家里有七口人，穷得全家只有一床被子，家里有一个老娘还瘫着呢。”或者突然停住车子，呵斥路边一个闲逛的行人说：“我让你到移民村抱砖砌墙去，你咋还在这瞎转悠呢？你是不是不想往

好地方搬了？”一边喊一边还骂骂咧咧的，反而让被骂的村民并不反感。

就在这样很家常的吼喊声中，我们生平第一次走进了这片据说是“最不适宜于人类居住的地方”，眼前展开的是我们只有在电影里才见过的黄土高原的景色。老实说，我们的内心深处是凄楚的，甚至是震惊的，我们从来没有见过如此苍凉而贫穷的地方。层层叠叠的大山像无数的巨型馒头一样横亘在我们眼前，就像电影《黄土地》里的某个镜头，又像长安画派的一幅幅写实油画。没有草，没有树，甚至没有一点象征着生命和活力的绿色，漫山遍野就只有令人焦灼的土黄。有些人家孤零零住在山顶，有些又像麻雀垒窝一样住在令人眩晕的沟畔，这里一家，那里一户，真是“见个面面容易拉个话话难”。要不是政府花巨资在这里修了路，通了电，你真不能想象这里的人是怎样祖祖辈辈在这里繁衍生息的。这突然使我们想起了在银川碰到过的曾在同心窑山拍摄过电影《同心》的主创人员。一个搞外景的导演告诉我们：“在那里拍摄解放前的电影，你不必刻意去挑选搭建外景，随便在某一个村庄，某一个山旮旯里架一个摄影机即可，而这样随意启镜开拍的画面，却完全可以展示当年的原始风貌。”

“搬出去，只有搬出去才有活路。”这是我们在采访途中听到最多的，也是最振聋发聩的话语。

驻足下马关

话分两头，先说迁入地的情况。

迁入地也叫生态移民安置地，是关乎生态移民能否顺利进行的核心和关键。

采访迁出地时，我们选择了移民人数最多、征地最广的下马关。

下马关是个镇子，位于同心县城西北部，是同心境内最大的川台地，俗称苦水河川地，被罗山、小罗山、青龙山、谢家山环绕，形如盆地，呈南北走向，开阔的地界远远看去就像一处古战场的遗址。1874 年，清光绪帝在此修建平远县城，意在抵御外敌，是处军事意义重大的边塞要地。现在，只要走进镇子深处，还可看见当时古县城的一些残破墙体，高大壮观，颇有一些古风古韵。在下马关的历史上，有两个名词永远占据着主导地位——要塞重镇、商贾云集，可见这个地方很早以前比较繁华。这里离同心另外一个非常著名的地方韦州约 20 里远，自古以来就是贸易往来，互为依托之地。在韦州古城，有一座巍峨高耸的砖塔，据说是康熙帝为祈祷天下苍生幸福平安而特意建造的，此塔至今完好无损，是同心境内受国家保护的重要文物古迹之一。

说到下马关，我们便不得不提到另一段广为人知的历史，那就是在 1936 年，西征红军曾在此途经驻扎，建立过红色政权。在美国记者埃德加·斯诺所著《西行漫记》一书中，除了离县城不远的预旺古城，这里也是当年红军驻军御敌的主战场，因而民风淳朴，有革命老区的传统风范。

下马关人说，在我们这里，有三大景观可以载入史册，一是明长城，二是防护林，三是刚刚建设不久的移民新村。

我们到达那里时，已是秋去冬来万木萧条。站在山顶路旁眺望，下马关塬地上的一切尽收眼底。在塬上的腹地，明长城像一道山脊横亘其中，蜿蜒东去。在明长城北边的庄稼地里，灰蒙蒙纵横排列着 20 世纪 70 年代为防风挡沙而栽种的防护林带；而在明长城的南侧，像列兵布阵一样排列着一大片屋顶的地方就是业已建成的移民新村。

移民新村一角

提到移民村，下马关镇党委书记王占全就有说不完的话题。王占全中等个头，面相和善，谈吐儒雅，1991 年从宁夏林业学校毕业后，一直在林业部门工作，4 年前来到乡镇工作，先在马高庄，后来到下马关，现在任下马关镇党委书记兼镇长。谈到搬迁移民的土地问题时，王占全不禁感慨万千，他说："那可真是包产到户之后的第二次土地革命啊。"

从生态移民任务下达的那天开始，王占全基本上就没有睡过一个安稳觉，这位曾在林业部门工作过 15 年的基层干部深知，要想在村民的承包地里征地，无异于猫口夺食，没有足够的耐心和做扎实细致的工作是绝对不可能的。

"我首先是给村民们开会，有时是在镇政府，有时就在老百姓家的炕头上。开会干什么？讲解政策呀。咱这儿是革命老区，群众觉悟相对高一些，对于党和政府的政策，一般是不会有什么抵触情绪的。关键是分地，一听说要给山上搬下来的移民分他们的土地，他们哪里肯干，一听当时就火冒三丈，一个蹦子跳得有房檐高。没办法，我就只有更耐心地扳着指头给他们算账，我说政府叫你让地并不是白让，咱们这不都是旱地吗，政府马上就要投巨资把黄河水引上来，把咱的旱地变成水浇地，这叫旱改水。旱改水以后是不是产量就上去了？原来一亩地只打 300 斤麦子，现在能打 600 斤，产量整个翻了一番。比如你家原来人均有地 6 亩，产量总共不过 1800 斤，现在你让出来 2 亩，剩下 4 亩，可这 4 亩一年就能打 2400 斤，比你原来的 6 亩要多 600 斤，这个账你会不会算？表面上是你出让了土地，可实际上你是占了大便宜，还落了个甘于奉献为党分忧的好名声，何乐而不为呢？”

“这样算过账之后，老百姓的思想开始慢慢松动起来，趁这当口，我就抓紧时间做村干部的工作，我告诉他们，要眼光长远，不要只看眼皮子底下，要站在全县乃至全区的立场和高度看待生态移民问题。就这样，他们的思想就算通了。通了之后我就抓紧时间征了一片移民建房的建筑用地，在镇政府东边的三山井村，那算是咱下马关破土开工的第一个移民点。”

“谁想刚开工，麻烦事又来了，那一天我正在办公室里洗脸，我们的一个工作人员就慌慌张张跑进来说，有人打架，工地那边出大事了。我牙都没刷赶忙就开车直奔工地，一了解，才知道原来那块地上的主人思想工作并没有完全做通，他们原来还好好的，但一看施工队开着机器真的干起来，当下就急了，三锤两膀子就打起架来，一下把施工队的人打倒了几个。施工队的人当然也不是吃素的，混乱中也把对方的人打伤了几个，我过去时，挨打最重的那个村民

还趴在地上哭爹叫娘呢。有人当即就拨打了 110，不一会儿打人的村民就被抓走了 4 个。我在现场一边了解情况一边把挨打最严重的那个村民送到了县医院。”

“后来发生的情况你们可能也猜得到，我去医院看望了那个被打的村民。被抓者之一是那个村民的儿子，我去看望他时，他后悔得直抓头发。我趁机讲解政策，晓以利害，并当场拍板解决了他 4000 多块钱的医药费。看我们态度如此诚恳，这家人大为感动，当场表态今后再不闹事，并恳求我说情放了他的儿子。随后我又安排 3 名村干部提了礼物到拘留所看望那 4 名被扣押的村民，让他们当场写下保证书，许诺日后再不闹事。放了闹事者的第二天，移民点建筑工地就顺利开工了。”

其实，像这样在激烈冲突中往来周旋，而在周旋中又妥善解决了大量矛盾的事情，对王占全而言已是家常便饭。在下马关所有涉及生态移民用地的地方，三山井、陈儿庄、五里墩，以及靠近镇政府的北关和南关，到处都有人谈论王占全为村民答疑解惑的事情，崇敬之情溢于言表。

对于接下来的工作，王占全仍然没有放松。

“在征收移民生产用地时，我们的工作就更忙了。那应该是 2008 年 11 月份吧，天气渐渐冷起来，我把全镇政府机关的 51 名干部分成若干组，一个领导带一个组，然后分头去做工作。这时村民们的思想工作已经做通了，我们最主要的任务是和他们协商如何分地。我们整天坐在老乡家的炕头上，和他们讨论究竟应该分哪一块，怎么分。老乡当然主张分他们认为自然条件最差的了。这还不算，问题的关键是这土地统计数据还有问题。通过我们的细致调查、走访，加上比照原来他们留下的土地登记册页，我们发现，一块同样的土地竟有着三种不同的登记方法：一是二轮土地承包时登记在册的面积，二是计税时重新申报的面积，三是农民享受农资补贴时又一次登记的面积。同一块土地因为不同时期不同政策的影响，而出现了这样千差万别的变化，这在以前是从来不曾经历过的。还有一种情况比较现实，就是原来女孩子多的人家，女儿出嫁以后人均有地就变多了；而男孩子多的人家情况则恰巧相反。怎么办？最后我们决定只有重新丈量。就这么着，我们终于把给搬迁移民的土地确定下来了。也就是说，在确定了土地实际面积之后，给老住户人均分 3~4 亩地，给新住户人均分 1.5~2 亩地，给出让了土地的人家每亩补助 400 元，这个结果基本得到大家的一致认可。”

“土地征下来了，便要开始清理土地上的附着物，这下麻烦事又来了。你们知道，附着物就是附属于土地的一切东西，这就包括了青苗、土地庙、散住的人家，以及一座连一座的祖坟。当然了，青苗好说，你给人家每亩补贴 100 元钱就行了，土地庙、散住户，这些也好说，重新规划后你给人家补地补钱就行了，最麻烦的是散布在各个地方的祖坟的问题。大家知道，汉民看坟是很有讲究的，那要阴阳看了一遍又一遍才能算。人家看好的一块祖坟，你总不能说让人家迁就让人家迁吧。这就又得和老百姓坐下来商量。话说到这里，我可要给你们提一个要求啊，你们这次写咱下马关的生态移民，别的写不写都无所谓，唯独一点，你一定要写一写我们这里的老百姓，这可真是咱革命老区的老百姓啊。我们讲了迁坟的道理以后，他们二话不说就开始迁。我们在山上确定了一块公墓，所有的祖坟全部朝那儿集中。后来我让人作了统计，这次搬迁的坟墓一共有 200 多座，其中一户陈姓一家就有 26 座，可真是让人家为难了。还有一家姓杜的，第一次迁坟不知怎么迁到了新村村址内，不得不迁；第二次迁坟又迁在蓄水池旁，又得再迁；第三次才迁到政府规划的公墓里。一年之内三迁祖坟，这在下马关成了一段感人佳话。

我算了一下，下马关涉及搬迁的200多座祖坟，是在一年之内就全部搬迁完了的。对于有主的坟，搬迁一座我们给补偿1000元，无主的坟也不能乱迁，为防止人家的后人以后找麻烦，我特地派专人造册登记，然后请乡老见证，在经过大家公认的乡俗礼仪之后将之安置在集体公墓里。我记得有一段时间，下马关的山山峁峁都响着唢呐声。迁坟的活动过了好一阵子才平息。”

王占全说：“从2007到2009年，下马关的移民征地工作井然有序。三年间，村民们从未因征用了自己原有的土地而出现上访现象，这在形形色色的移民搬迁中或许也是一个先例。”

说完老住户的征地问题，接着又谈移民村建设的问题。这时王占全的神情变得愈加严肃起来，手里的香烟也便一根接着一根地续。

“土地征下来以后,就是实施移民村规划建设的事了。你们知道，同心生态移民的主战场就在咱下马关，在镇子的周围，连着几个地方都是移民村的建设点，三山井、陈儿庄、五里墩，还有镇政府的北关和南关，这些地方都是规划中的移民新村。你们站在老长城上一看就清楚了。其实，移民村所有的建筑设计都是自治区发改委会同同心县相关部门，经过实地勘察和专家论证，进而统一规划最终确定的。规划的方案那是非常到位的。一个村庄一张图纸，每个村庄的结构绝对都是不一样的。那些图纸我见过，每张图纸上都清晰标注方位、结构，及路线走向。展开图纸，一个村庄的大体风貌就一目了然了。实施这些方案时，先后顺序和主次关系也是非常明确的，比如水路、电路、道路、房屋地基、绿化地带的整饬等，哪个部门先施工，哪个部门就先上，主次分明，先后有序。开工之后，先期建设的几个移民村没有一处因为扯皮或撂挑子而影响工程的。咱县上的那些部门，如水利水保、电力、交通、建设等配合得也是相当默契，轮到哪个部门施工哪个就负责。”

“房子建设可是大问题，这个搞不好可要出大事呢。不瞒你们说，自从移民村开工建设以后，我的心老是悬着，生怕哪里出一点小小的纰漏。如果没有其他事，我大部分时间都是在建筑工地上度过。我带人到工地视察、督检，不放过工程中的每一个细小环节，如沙灰的配置、砖瓦的质量、房梁的设计标准、房与房之间的间隔距离等，这些我们都搞得一清二楚，施工队的人糊弄都糊弄不过去。我常常安顿包工头们，打庄盖房那是积德的事，如果在这事上马虎，那可是要遭报应的。”

“当然我们的领导比我们更操心，几乎隔几天就要视察一次，从不耽搁。咱县上也有个长效机制，叫‘四制’。啥叫‘四制’？就是由咱们的人大代表、政协委员、村干部和村民代表组成一个督查团，定期到项目区实地查看，对质量工程进行监督检查，紧盯质量不合格的工程不放，限期整改，对相关责任人还要严肃处理。这个制度可是起了大作用。话说到这儿，我又不得不提到另一件事，那就是自治区党委、政府为支持咱们的移民工作，在镇子的北边投资建了两座砖厂，既保证了建筑用料，也提高了质量，还抑制了房价上涨，真是帮了咱的大忙了。”

户子建好了，移民搬进来了。对于移民村的管理问题，王占全似乎考虑得更多更周全。

“大家知道，移民村都是大村，动辄就是几百上千户。一个村子聚合了四五个乡的人，情况就变得复杂起来。你不要看他们都是同心人，可每个乡每个村的风俗习惯都不一样。马高庄有马高庄的习惯，田老庄有田老庄的习惯，无论哪种习惯，细细说来都能把你的脑子绕痛。还有，大家知道，回民的风俗习惯不同于汉民，这样，我们的工作便不得不做得更细更周密。对于汉民异乡杂居的，我们要教育他们尽量团结，互相包容，时间一长知根知底了感情就会加深。而对于民族杂居的，我们就教育要彼此尊重，彼此相帮，以免造成不必要的麻烦或冲突。当然，在条件允许的情况下，我们还是尽量让每个村住户与迁之前基本一致。”

“一般情况下，每个村都有一个属地乡的副书记或副镇长兼着总支书，然后由迁入地的支书们担任分支书。这样的好处是便于管理，不好的一点是造成部分村干部下岗。大家知道，在原先的村子里，一般每个村都有好几个村干部，九十个村加起来就是二三十个，而现在合并后的大村根本就不需要这么多。怎么办？那就只好动员他们转岗了。面对这么复杂的局面，我们的办法只有一个，那就是要把工作做细做透，以高度负责的精神化解出现在移民村的新矛盾。”

“其实，最让我们担心的还不止这些，最让我们担心的是毒品问题。大家知道，下马关和韦州历来为毒品泛滥重地，改革开放以来，在这里被判刑枪毙的大毒贩就有 200 多个，这一点已不是什么秘密了。如果你沿着惠平公路往前走，道路两侧有一些超豪华的高墙大院，那一般都是原先那些大毒枭的家。你不要看它们气派，里面可是凄惨透顶了，有些有儿无父，有些有父无子，总之，那都是一些残缺不全的家。对于这些刚刚入住的村民呢，我们的办法只有一个，那就是教育。用实例教育，写展板教育，唱大戏教育，总之，能想到的教育办法我们都用尽了。此外，我们还设立了治安巡逻室，一村一个，村村都有，日夜巡逻。我们之所以这样做，目的也只有一个，就像村头禁毒标语上写的那样，要教育大家珍惜生命，热爱生活，远离毒品。”

对于移民村和下马关的未来，王占全是这样表述的。

“前几天我在移民村开了一个会，会上我说，人要记情呢，你们现在有这样好的生活条件，是原来的老乡牺牲了自己的利益换来的，这一点，不但你们要记住，你们的后代子孙也要记住。到新村后，一定要改变过去靠天吃饭的习惯，要抓紧利用农闲多参加培训，知识可以改变思想，科学才是生产力，只有相信科学，利用科学，才能从根本上改变我们贫穷落后的面貌。最后我还跟他们谈了我对新村未来生产的规划。我打算把新村4500亩土地的三分之一抽出来种枣树，一部分搞马铃薯间作，一部分搞蔬菜间作，一部分搞药材间作。枣树是一种极其耐旱且经济效益很高的植物，如果这个项目实施好，大家无疑会有一个良好的发展前景。”

“下马关自古以来就是边关重镇，现在又成了同心的一个经济重镇。移民入住后，变化真是太大了，前几天我进村找村干部谈事，发现老乡的拱棚里已长出了绿油油的菜苗，看了真让人高兴。下马关镇原有人口3万左右，现在搬来2万，二期再搬来两三万，总人口就会达到七八万。这么大的一个镇子，各种消费自然会猛增，那时打工的机会就多了。我大概估算了一下，如果甘肃环县和预旺堡的人来赶集，下马关镇每天的客流量能增至10万人。老住户们明显感觉到，现在的下马关，集市拥挤了，街道变窄了，原来显得有些空旷的商贸区现在车水马龙。一间临街的商品房原来租金是3000~4000元，现在一间1万元也不好找。水果店原来只有两三家，现在多达50多家。饭馆增加了，旅店增加了。一个小小的麻辣烫馆子，每天竟能赢利800元，这在三年前想都不敢想。现在的下马关，俨然就是一个小县城的样子了……”

王占全说着，长长地吐了一口气。这时我们就突然想起在当地志书上曾看到过的一个故事，说公元1874年平远县城初建时，刚刚到任的知县陈日新有感于当时的凄惨景象，曾作诗云：

抱薄稽丁口，疲癃十七家。
老鳏悲失妇，茕独哭无爷。

补缀毡衣重，栖迟土穴斜。

苍生如此困，徒愧俸钱赊。

如今140多年过去了，现在的下马关作为同心的移民大镇、经济重镇，一定会以一种崭新的姿态展现在世人面前。

刻骨铭心的搬迁

夏天的夜晚，凉爽、安静，但空气中却透着一丝不易察觉的隐隐不安。这种不安就像能够传染般传遍了山里的每一个人。

2008年6月15日，同心县生态移民的第一批村民就要告别故土，来到新的村庄了。

所有人的眼里都流露出渴望已久却又骚动不安的情绪。有些上了年纪的人，在帮着家里人收拾好下山的行李以后，就独自悄悄走出院子，来到村头。在星光淡淡的夜色中，眼前的沟沟岔岔、山梁峁塬，就像一幅旧画一样模模糊糊展开在他们眼前。他们的眼前到处都是早年间的光影。闭上眼睛，他们能想象出来哪一片塬上有个窑洞，哪几条路上有几个拐弯，甚至每条小路上的坑坑洼洼、沟沟坎坎他们都了如指掌。从小到大，到胡子拉碴，他们甚至都没有走出过这片土地。这里汇聚了他们足足一生的记忆和光阴。虽说日子贫困、苦焦，但毕竟是生身热土、养育之地，人们哪能说一声走就走得了呢。

大人们在屋里收拾东西，娃娃们则兴奋得蹦跶，到处乱窜，似乎搬家是他们生活中突然降临的又一个重大节日。这时节，村子又笼罩在一种近乎过节的热闹中了。

这时候，马高庄乡党委书记李宁也彻夜未眠。这个经历并见证了同心县生态移民整个过程的年轻干部，2007 年 9 月任马高庄乡党委书记后就立即投身到了生态移民的工作中。在我们后来的采访中，李宁说：“老实讲，那几天我是既兴奋，又酸楚，毕竟是自己地界上的老百姓啊。”

他所管辖的马高庄乡东与甘肃环县、南与原州区一些山区接壤，是同心县版图上最穷、最远，也是村与村最为分散的乡。

他接到的移民任务是在全部 20 个行政村中整体搬迁 15 个，有近 2 万人，村子多，任务重。他知道，这样的搬迁可能在同心县的历史上都是空前的，也在宁夏生态移民中起着示范作用，意义重大。

在布置好了整体搬迁工作之后，他决定到附近的村子走一走，转一转。他知道，今天晚上的马高庄乡人民将五味杂陈、喜忧交集。

他首先走进一个村子，那里的老百姓已收拾好了家里的锅碗瓢盆，桌桌柜柜，正三五成群地聚在一起谈论着明天的行程和对未来的打算。有些人很亢奋，有些人很沉默。他知道，高兴的大多是已准备好搬迁，也已安排好了入住房屋的款项，以及生活中方方面面的人家。而沉默的人多半还在为目前的困顿和今后的生存而焦虑，忧心忡忡。为此，他又对他们苦口婆心讲了一遍政府的安置政策和帮助他们渡过难关的打算。这时村民的躁动情绪似乎平复了一些。一些人悄悄到村里的庙院去烧香，一些人还到靠近村庄的祖坟里转了一圈。一切都似乎蓄势待发。

之后，他又带人到另一个村去转了一圈。村子里静悄悄的，一家家门缝中透出微弱的灯光。他告诫村民，明天的行程将比较艰苦，因为山路多，岔道多，大家必须捆绑好自己的行李与物品，以免掉落，也要注意老人与孩子坐车的安全问题。然后，他又打电话逐一询问了明天早晨所有人员的搬迁工作准备情况。

与此同时，紧邻马高庄乡的张家垣乡党委书记马宗新也在做着

同样的工作。同马高庄乡一样，张家垣也是此次搬迁的重点，共搬迁 3087 户 1.77 万人，涉及搬迁的行政村达 18 个。除了靠近公路的油坊堳、苏家台等七八个村外，张家垣可以说是倾乡而搬。马宗新知道，除了原先自发搬出去的 1200 户 5400 人，剩余大部分人几乎祖辈生活在山里，有许多人就没有见过大山以外的世界。搬迁之前，他一边稳定民心，给他们描述搬迁出去的美好前景，一边加紧部署搬迁前夜的工作。在他看来，一家子搬迁尚且是一件大事，何况这浩浩荡荡的成千上万村民。所以，他对此次搬迁可谓小心翼翼，如履薄冰，生怕出一点纰漏。

一切准备工作安排就绪，搬迁工作即将进行。

层层叠叠的山峦在这时突然陷入了巨大的、无可比拟的空虚之中。

数年前，我们曾通过电视转播见证了长江三峡移民大搬迁的全过程。老实说，我们的心里是难过的、酸楚的，因为对于世世代代生活在巴山蜀水的三峡人来说，搬离故土毕竟不是一件容易的事。搬迁那天，许多人当众洒下了热泪，这一切感动了无数华人。

数年之后，在位于宁夏中部干旱带的同心县，同样上演了这样感人的一幕。

回想起那天晚上的经历，李宁至今仍心绪难平。

“我们马高庄乡方圆 470 多平方公里全部是山，出门是山，抬头是山，低头也是山。老百姓搬迁的前一天，我一整天都没有休息，你想想，20 个村子就要搬走 15 个，谁受得了啊！一大早，我让司机开着车一个村子一个村子地走，走一阵儿，停一阵儿，停下来就随便走进一户人家，至于问的什么自己也不清楚。在学校，我原先学的是法律，考上公务员以后就在乡镇工作。2007 年 9 月我才被任命为马高庄乡党委书记，原本想着要在这里大干一场，没想到不到一年时间村民就被搬走了一大半。生态移民工作开始时，我非常积极，因为新官上任三把火嘛，可惜我的火还没点旺就没有看客了。对生态移民，我举双手赞成，因为这里的老百姓实在是太穷太苦了。可临到搬家的这一天，我还是感觉心里有些酸楚，我知道，我是和这里的老百姓有感情了。”

“搬家前的那个晚上，我就逗留在张大湾和张井村，因为这两个地方离下马关最远，少说也得百十公里远。我带着工作人员挨家

镜中世界

挨户去检查，同时组织了大大小小 36 辆车。老百姓一边往车上装东西，一边围着我们问这问那，看得出，他们完全把我们视为他们的主心骨了。当然，老百姓最关心的还是移民村那边的生活问题，每到这个时候，我就尽量耐下心来，一边给他们介绍那边的情况，一边鼓励他们一定要坚强，一定要相信政府。老百姓一边听一边点头。”

“太阳落山以后，村子里就变得不一样了，似乎有一双无形的大手在暗中操纵，把一种叫作忧伤的东西随意飘洒。我一家一家地走，一家一家地看。家道殷实的人家，大都高高兴兴，他们在收拾好了自家的行李以后就一家人聚在一起高声谈论，说到了移民村以后怎么说也得先开个小卖部，要么开个卖杂碎的小馆子。而家庭条件差的人家就不同了，他们往往袖着手转出转进，彼此不说一句话，眼睛里蓄满了忧郁和茫然。他们的全部家当，包括被褥柜子、杈把扫帚，装得一点不剩还不足一三轮车。”

“到了凌晨一两点，我让大家先睡一会儿，养养精神，因为明天还有一百多里的山路要走哩。但没有一个人听我的话，大家就坐在昏黄的灯光下静等天亮，有人还时不时地走出去再察看一遍捆行李的绳子，看揽家具的死结打得紧不紧。”

“凌晨 6 点左右，原定出发的时间就到了，我发了一声喊，所有的工作人员就去挨家挨户地叫，一时间，村子里就传来了鸡叫狗吠和娃娃的哭闹声，如同很多年前的过队伍。那时天还没有亮，在灰蒙蒙的天光中，36 辆大小车辆在弯弯山路上一字排开，委实有些阵势。由于没有专门拉人的车子，大人娃娃一律挤在行李和家具的夹缝中。我和同事们安顿了一遍又一遍，临行前又挨个儿检查了一下，看有没有遗漏的东西和人。”

“天蒙蒙亮时，队伍就出发了，按照约定，临行时每辆车都要按一按喇叭，36 支喇叭一响，竟然惊天动地，如同一场战争之前吹响冲锋的号角。那时，我的眼泪不由得就唰啦啦掉下来了……”

听着李宁的讲述，我们的眼前似乎总晃动着一些飘摇不定的画面，那些画面凄美、壮观，就像一部还未来得及剪辑的纪录片。

早上 8 时左右，各路人马齐聚离下马关不远的一个叫海池山的山口，机器轰鸣，人声鼎沸，移民大军裹着黄尘伫立在各自的车前，仿佛一组组形态各异的雕塑。

那时，张家垣乡党委书记马宗新同样眼含热泪，他的心情此时和李宁一样，既高兴又沉重。

“比起马高庄，张家垣离下马关相对近一些，但也到处是山。在这次移民任务中，我们一共要迁走 3087 户 1.77 万人，统共只有 23 个村，一下子要迁走 18 个，人心里确实很不是滋味。移民搬迁的那天晚上，我也是彻底未睡，谁能睡得着啊？天麻麻亮，我就开车赶到海池山，随后县上的几个领导也都到了，领导到了以后，几十辆等着拉人的大轿子车也到了，在公路边一字儿排开，确实有些阵势。为啥要在海池山这个地方等呢？因为海池山是个岔道口，所有从山里出来的路都要在这儿会合，过了海池山，山路就平了，走不了多久就到下马关了。”

“到海池山以后，我打电话一个村子一个村子询问，给村干部打，给乡上的工作人员打，打了足足有一个多钟头的电话。落实好了搬迁事宜，我就站在海池山前面的坡上迎接我的村民。7 点左右，我们乡的第一个车队就过来了，接着是第二个、第三个，整整过来了 18 个，一个车队就是一个村，一个村大大小小有几十辆车。你想想，这么长的车队这么多的人，那是个什么情形啊。每过来一个车队，我就使劲儿站在路边鼓掌，不一会儿我的手都拍麻了。车队停下来以后，我就赶忙让坐在行李上的老乡下来，按照次序坐到停在路边

的大轿子车里。这时候，人群里发出了一阵阵的欢呼声，别人不懂，但我却懂得那是什么意思。不大一会儿，我的所有村民就安顿停当了。”

“快到 8 点时，马高庄的第一个车队才出现，马高庄的车队一出现，连等在路边的县领导都激动了，不知谁叹了一声：‘真不容易啊！’大家就哗哗地鼓起掌来，那声音就像闷雷一样在山湾湾里回响，久久不息。”

“当离海池山最远的张井村的车队出现在山口时，不知怎的，我的眼泪一下就流出来了。”

“真不容易啊……”

关于那一天的数万移民大搬迁，各大媒体都做了详细报道，最详尽的还是当地网上发布的一些纪实稿件，综述如下。

距离县城 130 公里之遥的马高庄乡张井村的村民们首先开始行动。张井村是距离全乡搬迁户汇聚地点海池山最远的村子，因而他们天不亮就已经出发。机器轰鸣，人声鼎沸，在一阵阵笑语喧哗中，几辆载着家具、农具，以及全村所有希望的车子缓缓而行，渐渐驶出村道，拐进山湾，向乡干部指定的汇聚地点聚拢。接着，郭大湾、堡子滩、谷地台等 15 个搬迁的村庄开始陆续行动。八点左右，当最后一辆满载家具的农用汽车出现在海池山的山口时，汇聚在这里的群众立即报以热烈的掌声，以及轻轻的欢呼声。这时候，所有工作人员倾乡出动，他们给 300 多辆各种搬迁车编了号，一字排成长龙，之后又将所有村民安排进了早已等候在路边的大轿子车里。警车开道，喇叭齐鸣，宁夏生态移民的第一批队伍就这样声势浩大地离开大山，走向即将开始自己新生活的下马关。

上午10点，从马高庄、张家垣方向远远驶来的移民车队缓缓驶入下马关，长如巨龙的车队在惠平公路摆成一字长阵，等待举行入住仪式。

10时30分，同心县委副书记、县生态移民工程指挥部副总指挥滑志敏宣布入住仪式开始，随着掌声、鞭炮声、锣鼓声一齐爆响，会场上由村民自发打出的红色横幅突然展示了出来，上写“共产党好”“社会主义好”“生态移民好”，许多人在这一刻老泪纵横，感激之情溢于言表。随着吴忠市委领导宣布“同心县下马关（节灌一期）移民开始入住”的声音，鞭炮响起，锣鼓喧天，身上、脸上和车子上覆了一层黄尘的人群车队开始进入新村。

6月15日上午，移民入住仪式刚结束，自治区、吴忠市、同心县的领导们开始一家一家看望群众，并送去蜡烛、水桶、被子等慰问品。

下午，县委领导主持召开会议，对当前移民入住工作做了具体安排。6月16日上午，滑副书记会同相关负责人在移民村看望村民，了解居住情况。

关于那一天的情景，马希丰在自己的博客里作了这样的概述。

6月15日，马高庄、张家垣两个乡的1.4万村民集中搬迁到下马关镇、三山井、陈儿庄生态移民新村。这件事，在报纸上，电视上都作了详细报道，反响巨大。三个移民村，平远村搬的是回民，其他两个村搬的是汉民。从近期的情况看，群众人心稳定，家家户户都打水窖、建沼气池、

收拾院落，特别是张家垣乡搬迁到陈儿庄的群众，干得真是热火朝天，令人振奋。

窑山管委会黄家水村的群众，生态移民安置在庙儿岭小扬水项目区，刚搬来就热情高涨，干劲十足，有的盘炕、打水窖，有的平整庭院，一些人家已完成了房屋前后的绿化，有些人家的庭院已种上了果树。村干部说："搬迁来真好，娃娃上学方便，打工方便，用水更方便。"一个年轻媳妇说："住进砖瓦房，也有心收拾房子了。过去住的那个土窑窑，想收拾干净一点，也没那个心劲啊。"

6月份是全县入住新村的高潮期，到7月份，大部分迁出区就要拆房、断电、修路，有些地方的地名有可能会被人们淡忘，真心希望我县的社会工作者、摄影爱好者，赶快拿起你们的相机、摄影机和手中的笔，到迁出区留下一个又一个旧村落的画面吧。

红寺堡，宁夏移民史上的明珠

红寺堡地处宁夏腹地，高速公路、铁路、公路交错分布，交通四通八达。短短十年时间，亘古荒原上发生了翻天覆地的巨变。奔腾的黄河水流进了希望的田野，这里处处显示着一派繁荣景象。红寺堡经济及社会各项事业从零起步，取得突破性进展，受到党中央、自治区、吴忠市领导的高度赞誉。一片充满生机与活力的绿洲从荒漠上崛起，20 万勤劳勇敢、积极进取的各族人民在这里用智慧和力量创建着无比美好的明天。

红寺堡位于宁夏中部，纵观红寺堡千年历史进程，可以说，外来移民在开发建设这片土地的过程中立下了不可磨灭的贡献。红寺堡地区的移民开发可以追溯到汉代，甚至更远。引起这一地区人口迁入的原因大致有以下几种：自然因素、政治因素（政策、政治变革及军事）、社会经济因素等。

自然环境是人类赖以生存和发展的重要条件，是影响人口迁移及空间分布的重要因素，是引发人口自然迁入的原始动力之一。自然环境中的气候、淡水资源是其中的主要因素。在相当长的时期内，淡水的分布及变化，在很大程度上决定着人口迁移的方向和规模。明朝以前的罗山周边地区，水草丰美，得天独厚的自然环境为众多“逐水草而居”的游牧民族提供了一片生存发展的沃野。红寺堡历史上自然迁入的人口数量及时间虽然无法考证，但是他们无疑为这片土地的开发作出了重要的历史贡献。

红寺堡地区的移民及开发活动，据可考证资料，早在汉代就已经开始。

汉武帝时，开始在边郡安置匈奴降民。汉代，在宁夏地区，最著名的事情为置安定郡三水县之属国，其长官为安定属国都尉。按《辞源》1984年版对三水县的注解："因县界内有罗山谷三泉并流，故名"。三水县城，即今同心县韦州平原的红城水古城。三水县域，推测包括今同心、盐池一部分、红寺堡等广阔地区。《汉书·地理志》称："三水，属国都尉治，有盐官。"即指管理今盐池县惠安堡等地盐池，有产盐之利。《水经注》《后汉书·卢芳传》《后汉书·张奂传》等均有关于三水县故城、安定属国都尉之叙述，表明红寺堡地区安置有匈奴、西羌降民。

盛唐时代，国力强盛，加之气候温暖，宁夏北部大兴屯田，内地军卒、民众进入宁夏。另一方面，少数民族纷纷内附，如突厥、铁勒、党项、昭武九姓（粟特人）、吐蕃等内附部族居于宁夏地区甚多。其中徙置于红寺堡、韦州一带的吐谷浑部，也为促进民族融合、开发红寺堡及周边地区经济作出重要贡献。

西夏时期，宁夏地区北中部作为西夏的核心地区，得到进一步开发。以韦州城为中心的红寺堡、韦州一带是西夏的军镇要地。

明朝时，早在洪武初年，朝廷在韦州设立"群牧千户所"，这是宁夏"两镇""五卫""七所""八十六屯堡"中重要的一"所"。明朝初年，由于与蒙元残余势力斗争的需要，明廷一度将宁夏民众迁往外地，使宁夏变成了"空城"。但到洪武九年（1376年），出于战争的需要，明廷又将移出之民移入原地，并"迁五方之人以实之"。明代宁夏镇、延绥镇、甘肃镇与固原总制府形成掎角之势，作为防范残元势力南下的一道重要军事防线，红寺堡及周边地区为藩王牧地，且为"套虏举众寇固原，往返必经之地"（《嘉靖宁夏新志》）。在此驻军防守，对于阻止残元势力南下侵掠固原及其以南地区有着重要的防御作用。正统年间，宁夏战事频繁，在蒙古势力的侵扰之下红寺堡及周边地区军屯渐趋衰落。明廷为巩固边防，积极招募和迁徙民户屯田，以补军屯之不足。所以，正统以后，景泰、正德年间，韦州、红寺堡地区的民屯规模逐渐扩大。明政府积极鼓励民屯，大力支持，“请令各屯原额地土有抛荒及空闲者，无论土豪官民军余尽力开耕垦，永不起科”。到了万历后期，大批的军屯已转化为民屯。在韦州设立庆王府后，红寺堡及周边地区军政地位更加重要。

明朝红寺堡规模较大的移民活动主要有以下几种：安置“土达”迁入人口和江淮人民迁入。

明初，有相当数量逃往境外的故元蒙古族官民，由于接受汉文化的熏陶，不习惯于漠北居无定所的游牧生活了，决定接受更朝换代的残酷现实，归顺明朝。于是，从明洪武初年到宣德年间，大量的外逃蒙古族人纷纷拖家带口，甚至整部落地赶着牲畜，陆续返回内地。朱元璋对此是欢迎的，他认为：“人性皆可为善，用夏变夷，古之道也。今所获故元并降人宜内徙，使之服我中国圣人之教，渐摩理义，以革其故俗。”这些内附的蒙古族人也被称为“土达”，而包括吴忠、韦州、红寺堡、固原在内的宁夏及周边地区，就成了安置“归附土达”的重要地区。

明洪武二十六年（1393 年），15 岁的庆王朱栴从南京西来，先到封地庆阳，然后，“自庆阳徙居韦州”，在红寺堡东南韦州修建庆王府，明初的韦州、红寺堡一带“地土高凉，人少病疾，地宜畜牧”。当时随从庆王到韦州的护卫接近 2000 人。据《明实录》卷二三五记载：“洪武初，置中护卫，扈从庆王……护卫一千七百人屯田。”这些人与朱栴都是江淮人民。若再加上韦州群牧千户所

的 1120 名军士，仅韦州一地就有江淮人氏近 3000 人。朱栴在此生活了长达 9 年的时间，并留下了动人的故事。

甜水河传说

在当地流传着这样一个传说。

一日，朱栴来到罗山游猎，见此处山清水秀，美景万般，不禁流连忘返，游猎之余，他得知罗山坡下有一个叫苦水泉的地方，泉水极苦，连羊都不喝，所以没有一户人家住在那里。他来到苦水泉，果然看见一泓清泉淙淙而流，他捧起水喝了一口，又苦又涩。他决定住在苦水泉，为当地百姓寻找到一处可以饮用的水源地。

朱栴失踪数日，庆王府的人非常着急，分头打听寻找他的下落。后得知庆王住在罗山脚下一个叫苦水泉的地方，于是王府派人前去迎请庆王回府，庆王平静地说："我在这里住得很好，府里的事交由你们处理。以后就不要再来了。"王府仆从见庆王心意已定，便只好依他意思照办。

从此之后，朱栴就在这里安家居住，成了苦水泉这片土地的第一个主人。为了解决生计，他天明即出，戴月而归，拿着锄头上山辟地，每天忙碌。他向一位山农借了些粮食和蔬菜种子，种在了开垦的土地上。春天过后，满地翠绿，入秋一看，果实累累，于是他便在这远离世事纷争的土地上过着自食其力、简单淳朴的农家生活。

有一天，他扛着镢头来到后山沟中砍柴，突然发现几只兔子在沟边的小榆树下忙来忙去，争着吃刨出来的东西，过去一看，原来刨的是榆树根，他挥锄刨出来一段，尝了尝滋味。发现山榆根竟然是甜的，又尝了尝草根，也甜兮兮的，他暗想："莫非这里有可以饮用的地下甜水？我一定要在这里掘一口井。哪怕仍然是苦水，也心甘情愿！”他每天白天辛苦劳作，晚上放起篝火，照亮夜空，继续掘井，日复一日，历尽艰辛，饱尝苦难，但是他从来没有放弃掘井的信念。有心人天不负，终于有一天，井中出来了清水，夕阳映在水中，把山沟照得如同幻境，他伏下身子去尝水，呀，甜水！他拿水葫芦装了满满一葫芦甜水，连夜赶到村庄向附近的村民报喜，他快步如飞地来到山庄，大家听说他来了，都来看他，乡亲们握着他的手，发现他面黄肌瘦，手上全是血口子，又红又肿，大家都流下了眼泪。村民们决定去苦水泉过一次“青苗水会节”。

第二天大清早，乡亲们由朱梅带路来到山泉旁。泉水又涨了很多，像一面大圆镜。大家围在泉边抢着尝水，真甜呀！喝完水，大家仔细一看，天哪！堆在泉边的石头上都沾满了血，泉边放着的几个柳条筐上也满是血手印，乡亲们看着染着血迹的石头和朱梅破烂不堪的衣裳，感动得哭成一片。村庄里的长老提议：“今天是一个山欢水笑的喜庆日子，我们在这里庆祝新泉开水，这口泉是朱梅兄弟为我们挖掘出的一口恩泽后世的幸福泉。我们从现在开始就叫它‘甜水泉’吧！今天我们第一次取新水，让我们先用甜水祭祀一下我们的先祖，祭祀仪式现在开始！”由一位老者主持，大家烧香谢土祭山，叩头作揖，接着燃放鞭炮，敲锣打鼓，尽情欢唱，泉边顿时沸腾起来了。临别时分，朱梅依依不舍地挽留着大家：“乡亲们，这里有甘醇的泉水、富饶的土地，将来一定是一个充满希望的地方，我恳请愿意生活在这片土地上的乡亲留下来，我们一起在这里创造新的生活！”大家纷纷表示赞成。

第二天，庄上百姓就赶着耕畜，驮着家什，浩浩荡荡来到甜水泉，人们开始在泉边沟畔栽杏种桃，育花插柳，种植庄家，建设新的家园。

十年弹指一挥间，甜水河的面貌发生了惊天巨变：“满山花果铺锦绣，一沟绿柳生翠辉。”桃红柳绿，一派欣欣向荣的景象，俨然一个美丽富饶的世外桃源。朱栴在村里开课讲学，教村上的孩子认字读书，村民们就这样怡然地生活在这片美丽的土地上。

有一日，朱栴忽然神秘消失了，乡亲们四处寻找，找了好几天，也不见他的踪迹，大家都伤心欲绝，万分思念。之后，一位乡民偶然在他的庄稼地边发现一大块石头，捡起来一看，上面刻着几行字："种地二十年，打粮一百石。开出甜水泉，争做英雄汉。"庄民把这块石头搬回来立在朱栴曾经生活过的窑洞中，作为对他的永远感念。

第二年初春，庄上照例举办"青苗水会"，人们怀着思念的心情到泉边取水，忽然看见泉中幻化出朱栴的影子：头戴纱帽，身穿红袍，腰围玉带，足蹬朝靴。乡亲们于是按照泉中映出的朱栴的样子，请来巧匠精雕细刻，刻了一尊栩栩如生的朱栴雕像，供在他住过的窑中，奉若神明，烧香纪念。

正统年间，建城隍庙，朱栴被乡亲们尊为城隍爷，从此甜水泉村庄风调雨顺，五谷丰登，人寿年丰，六畜兴旺。人们生活得幸福而美满。甜水泉日夜喷涌不息，泉水流成一条清澈的河流，这条河因此被命名为甜水河。

这个动人的故事，给红寺堡这片土地铺上一层温暖的底色，让人每每想起，都觉更增前进的动力。明庆王府建成后，红寺堡及周边地区的官府屯垦获得了极大的发展。庆王府的庄田、牧场、园林，在明初即已遍布固原、同心城，韦州、红寺堡、中卫、鸣沙、盐池、灵武、吴忠、银川等地。《平远县志》载："预旺、夹道、可可水三堡，皆明韩藩牧地。韦州、同心城，皆明庆藩牧地。毛居士井、白马城，皆明肃藩牧地。"明正统二年（1437 年），宁夏总兵官史昭曾上奏朝廷告庆王"尽占灵州草场放牧孳畜"，皇帝也因此致书朱栴，说甘肃总兵官奏缺马，闻你府中马多，可选取二三千或四五千匹，给他们军骑操练，即“遣人赍价奉酬”“足感盛德之助也”（《明实录》）。

正统三年（1438 年）朱栴病逝，享年 61 岁。他把自己长眠的土地选择在了罗山东麓，可见他对这里情有独钟，他的历代子孙也都葬于此。“祥云凝翠绕帝子，青山绿水伴君王”，朱栴的一生，与罗山结下了深厚情缘。朱栴历经明太祖、明惠帝、明成祖、明仁宗、明宣宗、明英宗六朝，在历时 48 年的政治生涯中，基本上受到历任皇帝的优待和宽容。死后明廷追谥他为靖王，对他治理边疆的文治武功作了高度概括。他的长子袭封为庆王（死后成为庆康王），其余几个都封为郡王。朱栴死后，庆王府传承了二百多年，宁夏藩王势力经历了跌宕起伏的波澜岁月，有的事件还牵动了朝廷，烟云之后，唯有文化长久地流传下来。

从洪武初至永乐年间，由于连年的屯垦开发，包括韦州、红寺堡在内的地区，已是一片富饶景象，军屯收获的粮食已完全满足军用所需。但大规模的开发、滥垦滥牧却导致生态失衡进一步加剧。据《明实录》《读史方舆纪要》记载，今罗山脚下，包括红寺堡开发区东南部、明代红寺堡（旧寺堡子）地区，自古就是水草丰美的地区，罗山更是古木繁茂、山泉众多，正德初年修建红寺堡城之前，这里仍然是生态保护良好的草原地区。

“红寺堡”名称的由来

由于史料中关于红寺堡的记载十分缺乏，红寺堡的历史一直不被人们熟知，为了打通红寺堡的历史文脉，寻找到红寺堡的历史渊源，2009 年 3 月 3 日，红寺堡开发区工委宣传部邀请宁夏历史、考古、文化诸方面专家学者二十余人，召开了红寺堡开发区历史文化研究

座谈会，对红寺堡开发区的历史文化进行了专题研究，取得了一些突破性的重大成就，形成了一些重要的研究成果。对于“红寺堡”命名及由来，形成了一些观点。

宁夏大学历史系教授白述礼先生通过对相关资料的考证，初步认为：红寺堡命名源于“红寺”，可能是在明代建设“红寺堡”的时候，选址“红富寺”的旁边，依照“红富寺”的名字把新建的堡子命名为“红寺堡”。红寺堡开发区文广中心常刚同志在实地走访红寺堡当地原住居民，并查阅相关文献后推测“红寺堡”一名的由来是和它旁边的寺院有关。早在宋元时期，红寺堡古城周围就有七十二座寺庙，“红富寺”是其中之一。寺内有佛殿、三清殿、玉皇阁、天王殿、菩萨殿、药王殿、文宫、三官、山神土地、龙王等庙寺，有戏楼、花园等建筑物，香烟袅袅，人来人往，熙熙攘攘。红富寺在“文化大革命”中被损毁，近年来重新建设，改名为“弘佛寺”，据现存文献记载，红富寺确切位置就在红寺堡古城的旁边。在考证红寺堡古城遗址的时候，工作人员在遗址东侧发现几个大型建筑土台，在其中一个土台的下面出土了两个泥塑的佛头；在古城西北方向的一个小山包上还发现了一处土窑洞，窑洞的墙上仍残留部分彩绘，当地老农说这是药王洞，据说以前这里有很多座庙宇，香火很盛，来往的人很多。

关于红寺堡的建堡历史，目前有以下说法。

西夏说。宁夏文物考古所的牛达生研究员认为，根据红寺堡的考古新发现，红寺堡古城的历史应该更为久远。在红寺堡北部的水泉村发现了汉墓、红寺堡南部青山堡子发现了西夏墓葬、红寺堡镇西北部的一个工地上出土了一批西夏前期的钱币，这批钱币重约几百斤，其中有汉代的“半两”“五铢”，唐代的“开元通宝”“乾元重宝”，五代后周的“周元通宝”，十国前蜀的“天汉元宝”“乾德元宝”“咸康元宝”等。数量最多的是北宋钱，还有数枚珍贵的西夏文“大安宝钱”。2009 年部分专家学者在对红寺堡古城遗址考察时发现一些带有黑釉、褐釉、白釉的碗、盘残片，经鉴定，属于西夏瓷，因此，他认为：“这表明最晚在汉代，红寺堡地区就有村落，人们就在这里繁衍生息，进行生产活动。”根据红寺堡古城附近发现西夏钱币窖藏和西夏瓷片的信息，他进一步推断：“红寺堡古城极有可能在西夏时期就已存在，明代只是在荒废和破烂的旧城基础上重建了红寺堡。”

明朝说。白述礼教授在《嘉靖宁夏新志》中发现有这样一条重要资料，即宁夏镇人张嘉谟所撰《帅府题名碑》中关于李祥将军的一条记载：“我朝受命是方者……能有所建垂，此又不可以寻常论矣。如勇敢而成功红寺者，李祥。”这是一段红寺堡城建成前两年发生的战事，具体为弘治十八年（1505 年）二月，指挥使仇钺在红寺堡附近成功切断套部小王子劫掠固原归路，击败小王子。又据《朔方道志 · 镇戎县》中的一段记载：“附旧志所载圮废公所：红寺、韦州等各有仓，今皆废。”这些记载说明：在正德二年（1507 年）创筑第一座红寺堡古城以前的弘治年间，已经存在“红寺”的相关文字记载。红寺堡是“正德二年（1507 年），总制、右都御史杨一清奏委指挥郑廉筑之”。杨一清是红寺堡古城堡的创建者，是他上奏正德皇帝，请求建筑了红寺堡古城。杨一清创建的古城遗址，位于今天红寺堡开发区西南新庄集乡南的旧寺堡子村，所以红寺堡古城距今已有 500 多年的历史了。

2009 年 3 月 27 日，白述礼、杨森翔、孙生玉、鲁人勇等专家在罗山西侧、徐冰水东北方向的旧寺堡子村考察后，一致认为：位于红寺堡开发区东南、徐冰水东北、罗山西侧脚下的旧寺堡子村的古城遗址，与文献记载和明代皇明九边考图的标记完全一致。因此，

这座古城遗址应该就是正德二年（1507 年）杨一清、郑廉创筑的红寺堡屯军古城。这座古城于嘉靖十六年（1537 年）废弃。新红寺堡建于嘉靖十六年（1537 年），到嘉靖四十年（1561 年）大地震，总共存在了 24 年。

相信，随着文史研究的不断深入，红寺堡的过往将会不断被揭示。红寺堡，这个曾经繁荣的地方，一定将会在未来的日子里创造无愧于时代的骄人业绩。

旱海明珠—— 罗山

罗山是宁夏中部最高的山，位于同心县和红寺堡开发区境内，是一处被荒漠化土地包围的严酷条件下形成的温带森林草原自然景观，是宁夏仅有的三大天然林区之一，又是宁夏中部的水源涵养林和宁南山区的区域生态环境的有效屏障。罗山 1982 年列为自治区级自然保护区，2002 年被列为国家级自然保护区，主要保护以青海云杉、油松为代表的森林、草原和荒漠三大类型生态系统。罗山之东为韦州，西为红寺堡，也是红柳沟与甜水河的分水岭。山体南北向延伸 50 公里，宽 2~5 公里。北段称大罗山，主峰好汉圪瘩海拔 2624 米。南段称小罗山，海拔 2000 米左右。地处毛乌素沙地南部边缘，境内自然资源丰富，文化底蕴深厚，被誉为宁夏中部的“旱海明珠”。罗山层峦叠嶂，森林苍翠，千岩竞秀，流水潺潺，登高远眺，与贺兰山遥相对峙。山上有珍禽异兽，盛夏凉风习习，彩蝶鲜花争奇斗艳，山下村庄点缀着广阔的绿色草原。罗山东麓有捐资修葺的云青寺，古朴典雅，肃穆壮观。罗山地处游牧文化和农耕文化的交汇区，古代罗山森林茂密，植被良好，资料显示，至少在明代以前罗山周围特别适宜于人类居住，水草丰美，林木葱郁，泉水淙淙，宜农宜牧。因而罗山在中国西北多民族交往发展的历史进程中，写下了浓墨重彩的一笔。

历史上曾有多个民族在这里安居乐业、和睦相处，最后融入中华民族大家庭。西汉降附的匈奴族一部被安置在安定郡治下三水县（县治为今下马关镇的红城水古城）。唐代咸亨三年（672 年），迁吐谷浑于罗山脚下，置安乐州以“安处之”， 安乐州州境包括今红寺堡开发区、太阳山开发区、韦州、下马关、中宁县河南地区（鸣沙县属此州管辖）的部分地区，唐末五代，罗山脚下居住着很多吐蕃部落，并且有大量党项部落迁入。

归纳起来，罗山脚下生活过的民族见于史籍的有先秦的猃狁、西戎，秦汉之际的匈奴、羌族，两晋至南北朝的鲜卑、敕勒、柔然，隋唐五代的吐谷浑、沙陀、突厥、铁勒、回纥、吐蕃族，唐末至西夏的党项族，元代以后的蒙古族等。这些民族为祖国西部及宁夏土地的开发起到了重要的作用。

明末，由于无序开发、气候变化等众多原因，红寺堡的生态平衡日渐遭到破坏。

清初，连年的战争使宁夏很多地方出现了“一望极目，田地荒凉；四顾郊原，社灶烟冷”的景象。因此，清廷要求官吏督垦荒地，发展生产，实行“有田功者升，无田功者黜”的奖罚制度。原明朝宗藩官僚随着明朝的覆灭，失去了勋戚的地位，原属于他们的屯田大都回到当地农民或兵丁的手中，此时，红寺堡及周边地区的开发规模超过前代。河川、谷道、盆地、山坡、草场、林地被不断开垦。清朝末年，明清时宁夏修的著名堡寨，如红山堡、磁窑堡、红寺堡等，于“同治之变”中遭到破坏，后逐渐荒废。

清朝灭亡民国建立，但中国半封建半殖民社会的基本性质没有改变。民国时期政局动荡，西北地区处于社会动荡、自然灾害之中。

1945年后，马鸿逵将银南9县划为银南专区，并设立专署，红寺堡地区先后分属镇戎、金积、中宁等县。在此期间，中国工农红军在今红寺堡地区活动达半年之久，成为红寺堡地区的红色记忆。1947年8月上旬，回汉支队在盐、环、同地区坚持游击斗争。1949年9月15日，红寺堡地区获得解放。新中国成立后，红寺堡地区主要由解放军和武警部队驻守，广大官兵全面开展剿匪，积极投入保卫新生革命政权的斗争。

现代移民及开发活动

红寺堡开发区现辖区域是由同心县新庄集乡、韦州镇，中宁县，吴忠市利通区等地划归组成。红寺堡开发区成立之前，红寺堡境内人口居住较为集中的地区为罗山西麓的原属同心县的新庄集乡。据《同心县志》记载，1990年新庄集乡辖新庄集、朱庄子等13个村民委员会，铁庄子、马断头等54个村民小组，全乡土地面积为973.3平方公里，耕地面积为127125亩，全为旱地，总户数3252户，总人口16422人。

从1967年3月1日起，红寺堡北部鲁家窑地区划归236部队作为军事用地。1983年4月，兰州军区在鲁家窑地区建立炮兵靶场，军用土地面积有83万余亩，统由84555部队管理。

宁夏扶贫扬黄灌溉工程开工建设以后，经宁夏回族自治区党委、政府，兰州军区，宁夏军区共同协商，国务院和中央军委批准，兰州军区在贺兰山东麓重新建立训练基地，兰州军区在红寺堡的军事用地全部移交当地政府，作为扶贫扬黄灌溉工程开发用地。

1998年，宁夏扬黄灌溉工程建设指挥部在红寺堡实施移民试点工作。同年6月19日，自治区人民政府决定设立宁夏扶贫扬黄灌溉一期工程红寺堡开发区，包括整个红寺堡灌区，从行政隶属关系上割断其与有关市、县的联系。11月2日，自治区党委、政府决定成立自治区扶贫扬黄灌溉移民工作领导小组，隶属自治区扶贫扬黄灌溉工程建设委员会领导小组，下设红寺堡开发区管理委员会，为县级机构，统一管辖开发区范围内的乡、村各级组织。同时成立红寺堡扬黄灌溉指挥部，开始了长达10年的移民工程。

1999年10月，自治区人民政府出台了《红寺堡开发区移民搬迁安置工作办法》，规定了移民范围和条件，移民主要是同心、海原、西吉、固原、彭阳、泾源、隆德7县生活在贫困带上的农民，重点是高寒、土石山区、干旱带上就地脱贫无望的农民。此外，政策规定必须退耕还林还牧的封山育林区以及水库淹没区的农户，及中宁县的部分农户。山区各县移民中贫困户不得少于70%。移民条件是具有宁夏常住户口，户主智力健全，人均旱作地不足4亩，或本地降水稀少、人畜饮水困难、交通不便，人均年收入500元以下。根据这一政策，计划从海原县搬迁6544户31673人，从西吉县搬迁6544户30724人，从隆德县搬迁3961户17808人，从彭阳县搬迁3323户16131人，从泾源县搬迁3462户15873人，从原州区搬迁253户1267人，从中宁县搬迁284户1422人，从同心县搬迁1334户6204人。截至2008年底，基本完成了移民安置任务，累计安置移民39977户196779人。所有接管安置的移民中，男性131186人，女性65589人，60岁以上老人20667人，身有残疾者13852人。

随着红寺堡开发区的发展，社会经济因素引起的移民迁入日渐增多，他们也成为红寺堡移民的一个组成部分。有因工作择业迁入红寺堡地区的外来人口，有因投资经商迁入红寺堡地区的外来人口，在原有的西海固移民主体基础上，开发区的人口迁入日渐多元化。

跨世纪的德政工程

宁夏扶贫扬黄灌溉工程是自治区党委、政府贯彻落实《国家“八七”扶贫攻坚计划》和实施宁夏“双百”扶贫攻坚计划而建设的大型水利工程。工程规模宏大，建设周期较长，是造福宁夏南部山区人民，振兴宁夏经济的一项重大战略举措，是宁夏扶贫史上的壮举。红寺堡扬黄灌溉工程是宁夏扶贫扬黄灌溉工程的重要组成部分。规划灌区地势平坦、连片，规划范围内常住人口少，安排移民开发极为有利。从宁夏扶贫扬黄灌溉工程总体组成情况来看，红寺堡可开发面积最大，安排移民人数最多，对扶贫扬黄工程目标的整体实现和宁夏南部山区经济的振兴，都具有十分重要的意义。

1993 年，著名水利专家钱正英率农林水利专家组到宁夏考察，帮助宁夏解决西海固人民的脱贫问题。1994 年 9 月 12 日至 17 日，钱正英率领水利农林专家组一行 13 人深入宁夏，重点考察了西海固地区人民贫困的实际情况、固海扬水吊庄区、大柳树高坝坝肩的岩层和红寺堡灌区的地质地貌，听取了自治区关于黄河黑山峡河段的开发方案和“双百”扶贫攻坚计划的汇报。

在经过深入勘察和与宁夏党委、政府领导多次研究中，水利专家一行了解到宁夏靠近黄河两侧扬程 300 米左右有数百万亩地势平坦的易垦荒地，能源优势明显，人均电量居全国之首，具备建设扬黄工程开发扶贫新灌区所必备的水、土资源等基本条件。考察中，宁夏固海扬水工程和吊庄移民的经验，宁夏黄河两岸扬程低、地势平坦的土地，给专家们以极大的启发。一个“利用黄河两岸尚未开发的土地，扬黄河之水，建设 200 万亩灌区，将山区不具备生产生活条件的 100 万人口迁往灌区，投资 30 亿元，用六年时间建成（简称‘1236’工程），从根本上解决贫困问题”的构想诞生了，这一构想初期总体规划扬黄新灌区包括兴仁、红寺堡、马场滩和固海扩灌四片灌区。

是年，自治区党委、政府起草了《关于将扶贫扬黄新灌区列为国家“九五”重点项目的请示》，以宁党发〔1994〕20 号文正式上报党中央、国务院，在这份报告中把扶贫扬黄工程主要内容已明确为：100 万人的脱贫，开发 200 万亩土地，估算需 30 亿元投资，攻坚计划的时间从 1994 年算起到 2000 年 7 月，工期共排了 6 年，工程概括为“1236”工程。这一构想得到国务院的高度重视，被列入国家“九五”计划。“1236”这一民心工程，从此载入宁夏建设史册。

“2027”号政协提案与“1236”工程

全国政协八届第二次会议确定的“2027 号”提案——《关于在宁夏回族自治区建设扬黄扶贫灌区作为大柳树第一期工程的建议案》对促成“1236”工程起了关键作用。1994 年 9 月，专家们在结束对宁夏的考察回京后，马上向全国政协提交了考察报告。党中央、国务院立即对此作了批示，并指示有关部门进行研究。

1995 年 3 月，第八届全国人大第三次会议在京召开，宁夏的全国人大代表提交了关于将“1236”工程列为“九五”重点项目的提案（编号为 2027 号）。李鹏总理到宁夏团参加讨论，听取对政府工作报告的意见，会上重点汇报和讨论了“1236”工程。李鹏总理表示，“1236”工程国务院会认真研究，给予支持的。

1995 年，国家计划经济委员会、水利部对水利专家的建议案进行研究、调研。调研组成员一致认为这是一个根治贫困的好办法，

对于加强民族团结、维护社会安定有着不可低估的作用。同日，国家计划经济委员会批复宁夏扬黄灌区规划，原则同意建设扬黄灌区工程。5 月 19 日，国家领导人赴宁夏考察，当了解到宁南山区人民严酷的生活现实后，当即表示，建议案应想方设法尽快落实，扬黄灌溉工程建设刻不容缓。同日，国务院副总理邹家华主持会议，国务委员陈俊生，全国政协副主席杨汝岱、钱正英和国家计划经济委员会、电力部、水利部、农业部负责人等与会。会议专题研究了宁夏回族自治区扬黄灌区工程。各部委负责人在充分研究分析了工程建设有关事项的基础上，一致赞同建议案，认为利用黄河水资源和黄河两岸宜农荒地，先期开发扬黄灌区，对尽快解决宁夏南部山区贫困地区群众脱贫致富，促进当地经济发展十分必要；对加强宁南山区民族团结，维护社会安定也有着重要作用。会上，大家高度评价了全国政协在促成宁南问题解决方面所做的大量富有成效的工作，对工程建设的有关原则问题进行研究，取得了共识并形成会议纪要，原则同意在宁夏回族自治区建设扬黄灌区工程，整个灌区可暂按 200 万亩、年用水 8 亿立方米进行规划。同年 5 月 22 日至 26 日，国务院、国家计划经济委员会、外经贸部以及水利部的有关领导和水利专家，专程赴宁夏实地考察，并就灌区的开发范围和开发方案提出了许多宝贵的指导意见。

6 月 29 日下午，自治区党委召开常委扩大会议，专门听取“1236”工程前期工作进展情况的汇报。会上还研究成立宁夏扶贫扬黄灌溉工程建设委员会，委员会下设办公室（正厅级）和宁夏扶贫扬黄灌溉工程建设指挥部两块牌子，一套人马。会后以宁党办〔1995〕22号文下发《关于成立宁夏扶贫扬黄灌溉工程建设委员会的通知》。至此，“1236”工程的组织机构正式成立了。

1995 年 12 月，国务院通过了宁夏扶贫扬黄工程项目建议书，工程正式命名为“宁夏扶贫扬黄灌溉一期工程”，包括红寺堡灌区75万亩和固海扩灌55万亩，合计130万亩，静态投资22.82亿元。

1996年5月11日，宁夏扶贫扬黄灌溉一期工程奠基典礼在红寺堡灌区一泵站站址举行。自此，作为宁夏扶贫扬黄工程的主战场，红寺堡扬黄灌溉工程建设全面展开。

扬黄骨干工程建设5年多来，工程建设者们风餐露宿，披星戴月，携手并肩，务实苦干，书写了一篇又一篇可歌可泣的开发史诗，座座泵站拔地而起，条条渠道蜿蜒前伸，新的灌区应运而生，人工绿洲迅速扩展，一个花园般的新兴城市——红寺堡中心镇在荒漠中崛起了。看着这奇迹般的变化，建设者们忘记了创业初期睡地窝、盖沙子的艰难经历，忘记了拌着沙子吃饭的特殊感受，也忘记了长期别离娇妻爱子的感情煎熬。

艰苦卓绝的奋斗换来的是甜蜜的果实，截至2005年底，扶贫扬黄工程累计完成投资28.5亿元，骨干工程完成泵站35座，干、支渠498公里，新建及扩建变电所29座，新建6千伏~110千伏送电线602公里。通信工程的33个基站已投入使用。

宁夏扬黄灌溉工程的开工及建设完成，标志着红寺堡移民开发至此进入了一个新的历史时期，红寺堡的历史也从此翻开了崭新的一页。

红寺堡生态移民工程于2002年正式实施，自治区党委、政府于2002年、2003年、2005年、2006年先后4次下达了对红寺堡灌区新圈、新庄集三支干、新庄集四支干（低口）、新庄集四支干（高口）、红四干渠5个移民扶贫搬迁试点工程项目区进行开发建设的批复和投资安置计划，国家累计投资达到11495万元。工程实施以来，红寺堡开发区紧紧围绕“发展经济，促进生产，造福移民”的目标，按照“边开发，边搬迁，边建设，边致富”的原则，搬迁安

置宁夏南部山区六盘山林区、挂马沟林区、月亮山林区、南华山林区、罗山保护区和重点生态环境治理区、水库库区生态性移民 17059 户 72145 人，累计搬迁安置移民 16925 户 81172 人，安置规模为 39 个自然村，开发平整土地共计 13.92 万亩。

红寺堡灌区搬迁安置同心县及就地旱改水生态移民 5008 户 21422 人，分别开发建设 9 个移民村。其中新圈项目区 1 个，为大河乡龙兴村，累计搬迁安置移民 475 户 2398 人；新庄集三支干项目区 2 个，为南川乡东川村、中川村，其中东川村安置 659 户 3818 人，中川村安置 420 户 1892 人；新庄集四支干低口项目区 2 个，为南川乡新台村、南川村，其中新台村安置 480 户 2370 人，南川村安置 84 户 320 人；新庄集四支干高口项目区 1 个，为南川乡红沟滩村，搬迁安置移民 1495 户 6495 人；红四干项目区 3 个，其中太阳山镇周新、买河村安置 805 户 3624 人，大河乡石坡子村安置 401 户 2005 人，李家村安置 276 户 1240 人。

红寺堡灌区搬迁安置彭阳、海原、泾源、西吉、隆德、原州区异地生态移民 8633 户 43241 人。其中彭阳县搬迁安置 4 个移民村，

宁夏红寺堡生态移民的绿色新生（资料图片）

安置移民1050户4853人；海原县搬迁安置4个移民村，安置移民2070户10393人；泾源县搬迁安置4个移民村，安置移民1273户6377人；西吉县搬迁安置5个移民村，安置移民1954户10695人；隆德县搬迁安置5个移民村，安置移民2147户10323人；原州区搬迁安置2个移民村，安置移民138户600人。

扶贫扬黄工程的实施不仅改善了红寺堡的生态环境，盘活了历代撂荒的宝贵土地资源，更使20万宁南山区就地脱贫无望的贫困群众通过异地移民搬迁实现了脱贫致富，取得了扶贫和开发双赢的良好效果和巨大的社会效益。一是大大减轻了宁夏南部山区人口和资源压力，加快了自治区扶贫步伐。宁南山区资源有限，自然条件也相对较为恶劣，而这些地方人口增长速度较快，人口密度大，已超过了社会和资源的承载能力。易地移民搬迁对于减轻南部山区人口压力，促进人口、资源与环境的协调发展有着积极的意义。二是盘活了历代撂荒的红寺堡土地资源，改善了宁夏腹地的生态环境。移民开发前，红寺堡土地撂荒，沙化严重，植被相当脆弱，土地沙化大有向周边市县扩张之势，沙灾形势严峻。扶贫扬黄工程的实施不仅盘活了红寺堡宝贵的土地资源，提高了土地的利用价值，而且改善了日益沙化的宁夏中部的恶劣生态环境。三是解决了20万困难群众的脱贫问题和基本社会问题。扶贫扬黄工程的建设能使20万困难群众实现脱贫致富，移民搬迁到红寺堡后，改变了他们祖辈广种薄收靠天吃饭的历史，吃上了安全卫生的自来水、用上了清洁能源、走上了平坦的柏油马路，实现了村村通水、通电、通路；迁入开发区后，移民群众“上学难、看病难”的问题得到了根本解决。开发区的教育、卫生、医疗设施不断完善，建立全区县、乡、村三级卫生服务网络，教育事业健康发展。四是促进了民族团结。红寺堡移民来自陕、甘、宁、蒙四省区和宁夏南部山区八县，各地搬迁

群众相互融合，不同地区的文化相互交融碰撞，逐步形成了独具特色的新型移民文化，实现了不同地域、不同民族的团结和共同繁荣，对维护社会政治稳定产生了积极的推动作用。五是扶贫扬黄工程积累了宝贵的移民工作经验。在移民安置方面，红寺堡开发区积极探索、大胆尝试，按照“边开发、边搬迁、边建设”和“一年搬迁，两年定居，三年脱贫，五年致富”的科学发展思路，有效探索出“分散搬迁，集中安置，统一投资，系统管理”的新型移民安置模式，并被国务院移民开发领导机构在三峡召开的全国移民开发现场会上作为一种成功经验向全国推广。因此，宁夏扶贫扬黄灌溉工程的实施不仅为我国西部干旱、荒漠地区生态环境建设保护提供了丰富的实践经验，还将对全国范围内的扶贫开发工作产生广泛而深远的影响。

米粮川　中卫移民扶贫的一个缩影

米粮川，什么样的地方才匹配这个富饶的名字？宁夏面积六万六千四百平方千米，虽有三分之二的面积处于黄土高原和荒漠区，但银川平原却有着得天独厚的地理条件。贺兰山的天然屏障，阻挡了戈壁风沙和高寒气流；古老的秦渠、汉渠、唐徕渠长流不息，黄河由南向北哺育着塞上的千里沃野，使之牛羊成群，稻谷满仓。人说“天下黄河富宁夏”，此话不假。宁夏民间就流传着这样一首歌谣：“宁夏川，两头尖，东靠黄河西靠贺兰山，金川银川米粮川。”

也许是基于此，香山乡这片荒芜、风沙漫漫的盐渍地，世代被称做米粮川。不是讽刺，而是希望和期待，希望有朝一日，得黄河水之灌溉，能去盐变土，使山川变绿，种出丰硕的谷物，使之成为真正的米粮川，圆祖祖辈辈的致富梦。

米粮川是一个移民村落，2010 年从沙坡头区蒿川乡麻地村整体搬至沙坡头区香山乡三眼井地区，地处宁夏西部干旱带上，可以说，是中卫市最贫困的一个村子，这里的移民扶贫工作，可以说是中卫市委、市政府工作的重中之重。

工程建设之初，市委、市政府就非常重视，让工程建设参与部门全力配合完成新村建设任务。当时，电力的通畅成了新村能否顺利建成的先决条件。起初，中卫供电局及时架设临时电源，满足新村建设过程中的临时用电需求。在一座座新房建成，即将投入使用时，及时接通全村用电成了摆在他们面前的一道难题。因为新建米

米粮川冬景

粮川生态移民区无电源点接入，为解决移民点生活和基础设施用电，需从冯庄线三眼井支线米粮川分支47号杆T接10千伏线路，来满足新居民点的生活用电。2010年8月3日，经过精心策划和筹备后，中卫供电局组织120人的施工队伍吃住在工地，全力奋战。那些天，不管经历多大的风沙，工作到多晚，他们中没有一个人叫苦喊累，人人都在按照工作程序快速地完成任务。

他们的辛苦，当地老百姓看在眼里，说：“真得感谢他们，是他们给米粮川带来了希望，给老百姓送来幸福。”8月10日，工程顺利竣工，有效解决了米粮川生态移民居点电源接入问题，满足了米粮川生态移民的生活用电需求。项目实施后，安置点的学校、卫生所、村部等公共设施得以充分利用。电源接入后迁入区已建成的村庄道路、人畜饮水等工程设施均顺利投入使用，彻底改变了移民的生产、生活条件。

紧接着，中卫市文化体育广播电视局为米粮川村移民群众送去了DTH直播卫星“村村通”电视接收器，并安排技术人员上门免费为群众安装调试。米粮川村地处南部山区，看电视是这里群众获取信息的主要途径之一。为了及时将党的声音传递到这里，给当地群众的生产生活提供强有力的文化支撑，市委、市政府及市文化体育广播电视局将该村划入大力实施直播卫星电视覆盖工程的重点区域，专门预留226套DTH直播卫星“村村通”电视接收器为米粮川移民新村的搬迁户安装。

直播卫星电视“村村通”工程是我国“十一五”期间解决广大农村边远山区20户以上通电“盲村”听不到广播看不到电视的重要项目之一，深受广大农民群众欢迎。随着中卫市直播卫星电视“村村通”工程建设的深入推进，群众的文化生活日渐丰富。

看着刚接通的电视，村民田兰高兴地说，党的政策好，不仅让我们从山沟沟搬到了宽敞明亮的新房子里，通电通水又修路，现在又给我们免费安装了直播卫星天线，丰富了我们的文化生活，让我们学到了许多种植养殖方面的技术，给山区群众带来了实实在在的实惠。

电及电视的问题解决了，移民顺利入住了，但后续工程建设也必须得跟上，以真正达到“搬得出、稳得住、能致富”的目标。2011 年 5 月 22 日，中卫市第 33 次市长办公会议召开，研究米粮川生态移民项目后续工程建设相关事宜，并制定了“五定”（定责任事项、责任单位、责任人、责任时限、责任处罚）方案。米粮川生态移民项目以“水源、生态、开发、特色、转移”为重点，前期虽做了大量工作，但在建设中还存在一些问题和不足。市领导在会上指出，在这项民生工程中，要做正确的事，正确地做事，后续的工作安排中，要对米粮川生态移民项目中存在的问题和不足加强改正、完善，特别是对工程的质量要从严把关，涉及乡（镇）、监理单位、农户的事务，市发改委都要层层验收，如有质量问题，必须追究责任。

在“五定”工作方案中，要求市发改委于 5 月 25 日前，完成移民庭院规划二次设计方案，6 月 30 日前完成米粮川项目区移民住房工程验收工作，并负责对移民项目区后续工程产业建设等方面的工作进展情况进行监督检查。市扶贫办于 5 月 25 日前完成移民贫困村互助资金建设方案编制工作，6 月 30 日前完成互助资金争取、落实工作，完成户均 1 眼水窖建设任务及集雨场硬化工作。市水务局于 6 月 5 日前确保项目区人畜饮水工程通水，6 月 30 日前完成人畜饮水工程管道检查维修，7 月 30 日前完成移民村排洪沟建设，8 月 30 日前完成高效节水补灌工程及各类附属设施建设。市农牧局于 5 月 25 日前完成养殖园区养羊方案编制工作，7 月 30 日前确保

每户圈养羊 10 只，并连续两年每年给每户补助 700 元。市教育局 6 月 30 日前完成米粮川小学操场规划、球场硬化及篮球杆配置工作。

从 5 月 22 日到 6 月 30 日，仅一个多月，没有单位、部门消极怠工，而是全力以赴地去完成。因为在他们心目中，中卫的“五定”方案，考量的就是各部门和负责人的责任及担当。

如今走进米粮川移民村，满眼生机。数十个规划整齐的移民院落依次排开，一间间红瓦白墙的房屋顶上太阳能热水器在阳光下格外显眼，家家户户在地头建起一座座圈舍，一只只小尾寒羊正在撒欢。2014 年 2 月 21 日，对于米粮川移民村的村民来说是一个喜庆的日子。当日，在村部广场上，中国国际技术智力合作公司（以下简称中智公司）与自治区外事办为该村 83 户村民送去了 166 只羊。和其他村民一样，田高英早早来到广场等候，牵着刚刚分配到的羊只，她高兴地说：“真的很感谢他们，有了羊，我就能搞养殖了，谢谢！”该村党支部书记田兴良说：“村里主要以发展养殖业为主，2013 年，市扶贫办为我们村每户购买了 4 只羊，现在全村共有 2200 只羊。我算了一下，村里羊只数量如果能达到 3000 只至 4000 只，基本就可以脱贫致富了。”米粮川移民村是自治区外事办的定点帮扶村，自治区外事办争取中智公司扶贫资金 35 万元，为米粮川移民村购买了价值 24.9 万元的基础母羊，并投资 10 余万元修建蓄水池。

自治区外事办不光争取资金给米粮川以支持，并从 12 月初，派遣曹向阳副处长驻村两年，给米粮川更真切的支持和帮助。

2014 年 12 月 15 日，我们走过崎岖弯转的山路，冒着严寒和满目的沙尘，见到了借住在香山乡福和小学米粮川教学点教师宿舍的曹向阳。他话不多，但始终笑着，一笑，隐在厚厚眼镜片后面的那双小眼睛就愈发瞧不见了。宿舍里有点冷，揭开墙边的火炉盖，发现火快熄了，他拿火钳捯饬了两下子，也不挪开放在炉子上烤着的吃剩的半个馍。见我盯着那馍看，他笑笑说："这是我早餐吃剩的。"见炉子上还温着个大搪瓷杯子，我说："您早餐就吃这些？"他憨厚地笑笑说："这就很好了，茶水就馍馍，美着呢！"同去的中卫市扶贫办副主任何卫中说，"你这连个电脑、电视机都没有，太艰苦了，应该想办法装个电视，闲时也好消遣消遣。"

曹向阳的早餐

"就是，冬天长夜漫漫，孤独难耐，有个电视，倒也还过得快些。"我开玩笑说。

"孤独倒不孤独，整天和移民、村干部在一起，觉得日子也快得很，转眼都快一个月了。晚上看看资料看看书，倒也没什么。电视正在播《马向阳下乡记》，现在是我曹向阳下乡了。下乡，可不是为了来享福的。"曹向阳笑着说。

我们离开时，他拿出由自治区外事办驻米粮川扶贫工作组起草的《关于在米粮川村建设小拱棚的建议》，希望何主任带回去能得到市上的支持。不到一个月时间，可以看得出，他已真正地扎根此地，并思考着这里的民生发展大计。

建议里说，中卫市沙坡头区米粮川村是自治区外事办定点帮扶的贫困村，米粮川村又是宁夏最贫困的村庄之一，米粮川村产业发展方面受众多不利因素的制约。其中，土地少是制约其发展的最根本因素。香山地区这些年发展硒砂瓜产业，所产生的效益有目共睹。移民刚到这里时，政府人均给 1 亩压砂地，后在政府的支持下，又

扩充新地压砂，可现今也不过是人均3.5亩，这远远不够。再说，土地盐碱化是米粮川亘古荒凉的重要标签，米粮川近一半的压砂地因盐碱化严重，使得西瓜苗根本就无法存活。

针对米粮川盐碱化严重问题，2014年9月23日，宁夏大学社会服务处、新技术应用研究开发中心、生态中心、农学院、土木与水利工程学院相关专家赴米粮川生态移民村开展盐碱地治理项目调研。

在米粮川生态移民村盐碱地现场，专家们仔细查看了该地地形地貌、土壤状况和水利设施条件，并积极与当地技术人员开展交流，深入了解该地土壤盐渍化、水利条件和作物种植生长等情况。

在交流座谈会上，宁夏大学专家就米粮川生态移民村盐碱地改良利用等问题积极献言献策，对米粮川生态移民村的盐碱地综合治理和产业发展提出了意见和建议。校领导介绍了宁夏大学在盐碱地改良方面的技术成果，提出要采用综合技术工程化治理米粮川盐碱地，并建议将米粮川移民村纳入宁夏大学新农村发展研究院基点建设，进行跟踪服务。

宁夏大学相关领导也非常重视米粮川生态移民村的盐碱地治理与综合开发，表示要举全校之力做好此项工作，为自治区生态移民工程提供技术支持与服务。同时，对宁夏大学开展米粮川生态移民村盐碱地治理与综合开发工作进行了部署，要求社会服务处把此项工作作为下半年的重点工作来抓，并提出总体规划；要求新技术应用研究开发中心牵头，联合宁夏农学院、生态中心、土木与水利工程学院等单位协同创新，提出米粮川生态移民村盐碱地改良技术方案。

新技术应用研究中心根据指示，立刻行动，于9月24日组织单位盐碱地治理及生态恢复方面的10名博士到米粮川村进行了详细调研。在了解该村农田基本建设情况的同时，仔细勘察了该村水利设施、土壤质地、灌排道路、生态环境等基本情况，初步提出了《米粮川生态移民新村生态环境治理方案（修改稿）》。

建设小拱棚的建议，就是自治区外事办驻村工作组在广泛听取群众意见，和宁夏大学新技术研究中心专家商讨后就米粮川的产业发展提出的。

针对米粮川村盐渍化问题，自治区、中卫市相关领导也很关心，多次到米粮川村调研羊产业、土地改良、群众生产生活等方面的情况。并与市农牧局及宁夏大学专家进行详细交谈，了解了土壤改良试验过程中存在的问题、解决的办法措施等。听取情况介绍后对此项工作给予肯定，指出了土壤改良的必要性，要求有关部门要积极配合，支持土壤改良实践探索。有关部门也采取喷灌、洗碱和增施有机肥等措施进行土壤改良。

建议中提到，在米粮川村土地条件较好的地方集中建设165座小拱棚，每户一棚，每个拱棚的面积为半亩，形成小拱棚种植基地；为基地建设统一配套的灌溉管网和滴管设施，通过水肥一体化滴管技术解决压砂地的可持续利用和高效利用问题；在盐碱化问题上，采用宁夏大学研发的技术对基地的压砂地进行改良；建设一座育苗棚，为基地提供种苗。并请宁夏大学科研工作者和中卫市农机人员对村民进行技能培训和现场指导。同时，希望中卫市和沙坡头区对米粮川村的扶持资金集中使用在小拱棚种植基地建设上，保障基地的基础设施和每户一座小拱棚的建设和种植，通过规模效应提高村民的收益。

从这个建议中，可以看出他们在认真思考，并力图找出最佳的方案、最好的方法，来解决米粮川移民的生产生活问题。

移民的光景能不能过到人前头，将来的日子会不会更好？除了

各级政府的支持外，自己的能力、努力，起着决定性的作用。对农民来说，所谓能力、努力，不过就是勤苦和踏实以及诚信。市领导就曾说过，“扶贫不扶懒”“扶贫要扶志、扶智”。在米粮川村，36 岁的田良成就是这样一个具有农民所有优秀品质的人。时常，在别人没活干时，他的活却从没断过。当我们说要去他家看看时，他起身前面带路，腿一跛一跛的。原来，他腿有残疾。远远的，看到一个与众不同的院落，我们猜想是他家，果真就是。之所以与众不同，是一模一样的搬迁房外，他又扩建了很大的养殖棚，旁边还堆着用来养羊的两大垛麦草及玉米秆，这是他打工闲暇到附近田地收回来的。我说：“这很辛苦的！”他憨厚地笑笑说：“有总比没有强，能搭帮搭帮。我们农民，凭的就是个苦力。再说，羊太多了，吃得也多。”田良成的养殖棚里，养着四五十只羊。2014 年，市扶贫办通过实施“双到”、整村推进及“530”项目，积极帮助米粮川村发展产业。如今，全村羊只存栏达到 2870 只，户均 18 只，而田良成家多出了其他村民的两三倍。

在来米粮川村的路上，得知这个村子是由蒿川乡移民过来的时，我头脑里还是十几年前，那里的壮劳力蹲在墙根下晒太阳的情景。时任中卫市扶贫办副主任何卫中说：“搬过来后，日子促着他们得往前走。对正面的东西，我们要充分挖掘、发扬，而负面的，我们要加以教育、引导。现在，他们的眼界不同于在大山里生活的时候了，什么都得改变。而田良成，似乎是个什么都能做得好的人。他和妻子，现在已经是这个村子里的品牌。不仅他有工可打，他还带动村子里的其他人都有工可打。就像杨永山，既是米粮川村的计生干事，又是组织村民外出务工小分队中的一个小队长。”

2014 年，香山乡政府协调米粮川村与附近的 7 个硒砂瓜种植村、13 个硒砂瓜专业合作社以及当地的硒砂瓜代办点联系，通过组织村民以务工小分队的形式与他们对接，群众打工的积极性很高。米粮川村负责人说："我们村每天有 100 余人外出务工，每支务工小分队由 8 人至 10 人组成，大多都以家庭为队伍。每支小分队每天装 60 吨左右的硒砂瓜，每吨 30 元，每人每天都能收入 150 元左右。由于能及时兑现工资，离家又不远，现在参加务工队的群众越来越多。加上种瓜、除草、清理地膜的收入，一年人均收入有上万元。"

以前，他们外出打工都比较分散，挣不了多少钱，现在组建了务工小分队，只要留下队长的电话，活自己就找上了门。9 月 6 日一大早，杨永山就接到该乡深井村瓜农的电话，让他找五六个人帮忙把地里的塑料膜清理一下，争取一天干完。连日来，杨永山已经接到了很多活。面对这繁荣的景象，杨永山说，没搬下来以前，每天都要早早起身外出打工，有时候出来了还不一定能找到活干，不但白白浪费了很多时间，还影响了打工收入。自从搬下来后，村民们自发组成了小分队，就近打工，收入还比以前多了。他和妻子两个月下来就挣了 8000 多元。

除了打工收入不菲外，在米粮川村，村民种瓜的劲头也很足。该村村民田兴德 2013 年花 8 万元从别人手里买了 50 亩压砂地，第二年就买了辆小轿车。

"以前给别人打工时，我学到了种瓜技术，这些都是我的财富。"对今后的生活，田兴德满怀憧憬，说打算明年在城里买套楼房，也做回城里人。

硒砂瓜所产生的效益，让米粮川村民看到了致富的希望，但如上所述，土地盐碱化是制约发展的瓶颈。前面讲到了，有关部门正采取喷灌、洗碱和增施有机肥等措施进行土壤改良。喷灌、洗碱改良土壤，需要大量的水。我们走过的平罗县红崖子乡五堆子村，周满仓、杨怀义家二三十亩生机勃勃的土地，就是通过这种方式改良

的，但他们是得黄河水之便。而在这片风沙弥漫的土地上，这谈何容易！可就是在2014年7月，出生于沙坡头区香山乡景庄村峡门组、现为宁夏汇霖农业投资有限公司董事长的孙兆献，以惊人之举，自掏腰包1.7亿元，在景庄村峡门组的碱壕沟里修建钢筋混凝土水库。该水库的建设，能彻底解决香山地区硒砂瓜种植的用水难题。生于斯长于斯，住在窑洞里，曾是放羊娃的孙兆献，感受了这里太多的苦难，因不想像他的父辈那样，出门便是山，吃水要靠老天爷开恩下雨下雪，过永远没有尽头的穷苦生活，14岁那年，孙兆献觉得要想改变自己的命运，就得走出窑洞，走出大出，到外面为自己闯出一片天空。既然决定了，就没有什么能够阻挡这个倔强的，什么活都要干在人前头的山里娃，他走出大山，来到城里，当装卸工，修过水利工程，贩过粮，所有脏活苦活累活他都干过。在人生的苦难和磨砺中，他不断地积累着创业资本及经验。每当夜深人静的时候，他睡不着四顾茫然，感到自己小打小闹不行，他必须要干大事，要从根本上改变命运。

当他看到别人走市场开公司时，他再也不甘于做个小商贩了，他也要开自己的公司。他从山里出来时，什么都没有。现在开公司，不过是从头再来。他什么都不怕，公司若做不成，最坏的也不过是回到原点，有什么了不起的，出力、受苦，他孙兆献就从未怯过。

2007年，孙兆献创办了宁夏三鑫源粮油贸易有限公司，这是由中卫市鑫源粮油加工厂发展起来的一家集水稻收购、加工和销售于一体的贸易公司，经营范围是粮食收购，大米生产、销售，水稻、小麦销售，玉米、大豆、杂粮收购、销售，化肥、种子销售。产品销往云南、四川、重庆、甘肃、新疆、青海等地。

自古以来，宁夏河套平原以盛产珍珠大米名扬天下，闻名四海。早在清朝乾隆年间，宁夏大米就以贡米进贡朝廷，素有“贡米”“香米”

之称。20世纪80年代，宁夏“珍珠米”出口东欧国际市场，享誉世界。中卫地处河套之首，以“鱼米之乡”闻名塞上，卫宁平原，物华天宝，早在20世纪就被国家评定为全国商品粮生产基地。宁夏三鑫源粮油贸易有限公司依托卫宁地区独特的优势资源，精工生产的“贡米”系列与“珍珠米”系列，颗粒饱满、质地优良、色泽晶莹、耐熬耐煮、米香浓郁、口感糯香、回味悠长，实为黄河流域之上乘谷米。多年来，孙兆献一直坚持“以农村为地，以市场为天，以客户为尊，以质量为先”的经营理念，牢固树立“为农民增收，为产业增效，为企业增光”的企业形象，不断扩大生产规模、拓宽经营渠道。

宁夏三鑫源粮油贸易有限公司的发展壮大，对别人来说是个梦，对孙兆献来说，更是个梦。但对真正了解孙兆献的人来说：“这小子，有今日，是迟早的事。”经过多年的蹒跚跋涉，孙兆献完成了人生的原始积累，这是从14岁那年发愿要离开大山，远离贫穷过富裕生活梦想的实现！可是，他的梦仅仅如此吗？不，他还有他的绿色梦。这个梦的根基，无疑在他的家乡——香山乡。小时候放羊，当太阳和暖，羊儿满山吃草时，他总喜欢躺在山坡上做梦，梦中草儿青青山溪潺潺花儿烂漫。他总是笑着醒来的。可醒来后，眼中依旧是被太阳照得僵白的光秃秃的山，只有稀稀拉拉的毛头柴和芨芨草勉强填饱那瘦弱的羊只的肚腹。他舔舔干裂的嘴唇，说：“有老辈人讲过啊，曾经，香山不是这样的，一旦下雨，赶着毛驴进山，草都没过毛驴的膝盖了。人走过，爬松那清香的气味就弥漫在你左右，然后你去采那漫山的蘑菇，不一会儿就是一口袋。美着呢！”真的吗？香山曾经是这样吗？香山会不会成为这样？但是，孙兆献希望香山能成为这样。这个绿色梦，一直萦绕在他头脑中。

然而，眼前的现实是，近年来香山乡虽得到快速发展，群众温饱问题已基本解决，住房、农电、交通等基础条件已逐步得到改善，

群众生活水平普遍提高，但灌溉用水和农民生活用水还没有从根本上解决，供水工程设施建设明显滞后于其他基础设施。缺乏水处理设施、水质达不到规定的标准、供水保证率低下等饮水不安全因素对当地经济发展和群众的身心健康构成了威胁，灌溉水源不足是制约该地区经济发展，影响小康社会建设步伐的最主要因素，也是当前群众最关心、最迫切需要解决的问题。

解决家乡父老的难题，使通过艰辛创业走上富裕路的孙兆献看到了自己的价值所在。投资修水库，不仅能解决乡亲的用水难题，而且还能圆他儿时的绿色梦。而与水库一隅之隔的米粮川，也在这个梦里。

孙兆献说，香山地区土地肥沃，但十年九旱。如果能把黄河水及山洪水引到香山地区的最高处蓄积起来，用水的时候再通过自流灌溉将水引到周围36万亩的土地里，这里将变成绿洲。

有了这一大胆的想法，加上国家对民间投资水利设施政策的放开，孙兆献先行先试，从2013年7月开始建设，至今，高68米、底长40米、顶长150米、底宽60米、顶宽6米的钢筋混凝土水库土坝岿然耸立在峡门组的碱壕沟里。经过多次协调，孙兆献又从甘肃方面争取到了每年2000万立方米的黄河水。2014年冬天进行输水管道的铺设等，2015年6月进行一期供水。

“山那边芦沟村（属甘肃省靖远县北滩乡）黄河水灌溉的土地每亩收入5000元，我们这边没水的田地一年只收入几百元。天天盼着这个坝赶紧建起来，就等那一口水，急得人都不愿在屋里待。没有魄力的人干不了这个事！”说起从本村走出去挣了钱又回乡修建蓄水大坝造福乡邻的孙兆献时，香山乡景庄村村民何玉华赞不绝口。

“从小因为没有水穷怕了，那时走很多山路念书都不愁，愁的是去几里外的地方抬水。”站在水库土坝上，皮肤黝黑、衣着朴素的孙兆献感慨万千。

一个人富不叫本事，让香山地区5万人都富起来才叫真本事。

从工程建设之初，孙兆献就与施工队工作人员同吃同住，将自己与这碱壕沟的大山紧紧地联系在一起。以前生活在这大山里，每天满山跑着放羊，看着朝阳与落日，觉得日子是那么漫长。如今在这大山里，心境和希冀不同，孙兆献就觉得日子快得撵都撵不上。每过一天，似乎他的绿色梦就更近一点。在大家的通力合作下，如今90%的工程都已完成。等大坝全面建成后，可以常年积蓄1000万立方米的山洪水和从甘肃调剂过来的黄河引水，在香山地区最高点海拔1709米的地方修建一个蓄水池，通过两次扬水将坝里的水提到蓄水池，水通过蓄水池再自流灌溉方圆36万亩的土地。

“现在村民从甘肃省买水浇瓜，每立方米成本达到13元，这个大坝的修建可以让每立方米水的成本下降60%。”孙兆献说，“确保用水、降低用水成本只是修建这个大坝的表象功能，而改变这里靠天吃饭、单一的种植结构，发展高效节水农业，让乡亲们彻底富起来，让香山变绿洲，才是真正内涵所在。”

我们往米粮川村去时，路过水库，在亘古荒芜的大山中，那座现代建筑让人的心远远地就震颤着。这样大的工程，需要多大的情怀去承载啊！孙兆献，这个了不起的汉子，我们希望和他一道，早一点看到香山变绿。那么米粮川，也不仅仅是人们的美好愿望罢了，而是真正意义上的米粮川。

老移民　新生活

活力红寺堡

在采访过程中，给我们最多感叹的还是吴忠市红寺堡区。如今站在这道路宽阔、房屋井然的城市里，你想不到在2009年9月建区前，它还是一片亘古荒原。仅仅用了15年时间，它就发生这样大的变化。除了党中央、自治区的正确决策，干群的苦干外，再就是那些坚守在这片土地上的人。那时，他们带着复杂的情绪搬出大山，想不到20年之后，他们赖以生存的土地会有这样的变化，当时觉得只要搬出了，就不能再回去，庄户人，放在哪里，凭的都是把子苦力气。对出力的活，他们从来都不怯。面对漫天沙尘，脱去打着补丁的棉袄，抡起铁锹，干吧，这是我们安身立命之所在。面对他们的信任，红寺堡区的各级领导，果真没有辜负他们的期望。大干、苦干20年，红寺堡区的各项发展，有时连他们自己都吓了一跳。

红寺堡地处宁夏腹地，20年时间，亘古荒原上发生了翻天覆地的巨变。奔腾的黄河水流进了希望的田野，这里处处显示着一派繁荣景象。红寺堡经济及社会各项事业从零起步，取得突破性进展，受到党中央、自治区、吴忠市领导的高度赞誉。一片充满生机与活力的绿洲从荒漠上崛起，20万勤劳勇敢、积极进取的各族人民在这里用智慧和力量创建着无比美好的明天。

孩子是祖国的未来。红寺堡开发建设伊始，宁夏扶贫扬黄灌溉工程总指挥部就将学校建设与移民搬迁、水利设施配套同步规划、同时建设。开发区成立之初，办学条件非常简陋，课桌椅凳极其短缺，教学仪器一无所有，信息教育一片空白。管委会多方筹资，于2002年底分别在城区的红寺堡小学、红寺堡中学建设了微机室和多媒体教室。2006—2008年，开发区的学校硬件建设进入了一个快速发展阶段。以实施“两基”迎国检为契机，争取到国家农村寄宿制学校建设工程、二期国家贫困地区义教工程、农村中小学危房改造工程、世界银行贷款\英国政府赠款“西部地区基础教育发展”项目、中西部农村初中校舍改造工程、百标工程、“明德”工程等项目资金6036.6万元，新建、改扩建学校60所。

红寺堡工委、管委会始终坚持教育优先发展战略地位不动摇，先后出台了《加快开发区基础教育改革与发展的决定》，两基“攻坚”以及迎接国家检查验收的系列指导性文件，为教育发展提供了强劲动力。2009年初，开发区工委又出台了《关于振兴教育事业加快教育发展的实施意见》，明确提出地方财政每年拿出120万元专项资金用于发展教育事业。红寺堡开发区成立后，设立社会事业局，2000年又成立社会事业二局，承担了教育事业的管理工作。2002年成立教育文体广播电视局，2005年10月组建教育体育局，专门负责教育业务管理。教育行政主管部门四易其名，教学管理不断向制度化、规范化、科学化迈进。

2014年11月14日，已是初冬天气，我们一路走来，到红寺堡时，一早就阴霾着的天下起了雨夹雪，加上刺骨的寒风，人就不免瑟缩。但在红寺堡回民中学里，却是一片欢腾情景。正是课间休息，在红黄相间嵌有“让校园充满书香”“让学习成为习惯”的簇新的教学楼前，在宽阔的标准化操场上，孩子们三三两两地坐在草地上，欢

声笑语不断。从他们阳光、灿烂的笑脸上，你不会想到他们是移民的孩子。他们早已融入了红寺堡这座新兴的城市，就像红寺堡本身就以一座让人瞩目的城的形象，融入了时代发展的行列。

一座城市，如果少了文化，就如少了水一般，缺乏灵气及内涵。历史上的红寺堡地区是农业文明和游牧文明相互交融影响的文化区域，特殊的自然地理环境和社会人文景观共同构成了红寺堡南北交融、刚柔相济的文化多元性。新区移民来自不同的地域，不同的民族，荒漠文化、移民文化、黄河文化在此交会贯通。红寺堡的文化因来源广泛而呈现出异彩纷呈的特征。

随着移民开发建设不断深入，十几年来，开发区汇集了方方面面的人才，文艺工作者队伍不断壮大，文艺创作也呈现出了勃勃生机，围绕“移民开发与经济建设”这个主题，创作出了一批思想内容健康、积极向上的文艺作品，起到了“以高尚的精神塑造人，以优秀的作品鼓舞人”的作用。

2002 年春，由工委宣传部主办的第一份《创业报》刊印，开启了红寺堡文学创作的先河，在不足百名的干部队伍中涌现出一批文艺骨干进行创作。2003 年由红寺堡中学创办的第一期《绿沙》期刊面世。红寺堡文学创作队伍伴随着经济社会的发展也在不断壮大、进步。尽管条件艰苦，工作任务繁重，还是有一部分文学爱好者以坚韧不拔的精神，用心灵、用热情、用神圣的使命感，创作出了一些讴歌时代、讴歌改革开放，反应移民新家园日新月异变迁的具有浓烈现实生活气息的作品，并陆续在区内外各级各类报刊发表。2008 年 12 月，红寺堡文学、民间文艺工作者协会成立，文学创作从此走上了组织化道路。截至目前，开发区约有文学爱好者近 200 名。其中杨森出版个人文学专辑，杨迎春的诗歌作品在全国各级诗歌刊物发表并多次获奖，周国宁、陈维良的报告文学《碧玉妆成红寺堡》《挺进荒原》获农业改革开放30年吴忠市大型报告文学征文大赛二等奖，并入选大型文学集《大势》。在开发建设征程中成长起来的青少年一代，也涌现出了一批颇具潜力的文学创作骨干，红寺堡中学以“开发创业”为主题的学生作品屡次在全国征文比赛中获得大奖，红寺堡中学以《绿沙》为阵地，大力培养文学新人，82名《绿沙》文学社员多次在全国作文大赛中获奖。2004年、2005年红寺堡中学连续获全国作文教学先进单位称号。

2008年红寺堡区委专题研究决定成立文学、民间文艺等3个群众性文艺协会，并拨付资金，征集作品编纂出版了《塬之春——红寺堡开发区文学作品集》，2009年又出版了红寺堡文学作品集《罗山神韵》，该书的出版发行，展示了红寺堡文学创作的实力和潜力，对发现人才、培养人才、繁荣文艺创作起到了积极的推动作用。

20年来，红寺堡开发区美术书法摄影爱好者发展到200余人，涌现出了傅国胜、杨有恒、陈永康、王晓龙、张世铎等一批德艺双馨的文艺工作者。其中傅国胜的书法多次获得国家、省、市级奖项。杨有恒的草书作品、陈永康的楷书作品在自治区五十周年大庆成就展和全国第二届中小学书法作品（成人组）展中展出。在独具特色的图书馆里，悬挂张贴着他们创作的四百多幅书法、绘画、摄影、刺绣作品。在这些或朴拙或苍劲或精美的作品前，我们流连忘返，赞叹不已。而在那些收集了宁夏作家作品及宁夏各市县出版的所有地方志和宁夏人文历史的展柜前，我们更是欣喜得挪不开脚步。见我们如此喜欢，之前给我们介绍电子图书下载的红寺堡图书馆馆长马广录过来说：“这也是我们的得意之作啊！我们建就要建最好的图书馆。当初在建图书馆时，红寺堡区领导非常重视，工程于2012年5月立项，2013年5月开工建设，2014年9月30日开馆，建筑面积达5362平方米，藏书8万多册。有残疾人、老年人、少儿

阅览室，每个人都可以来读书，并借书。”我们问：“每天来读书、借书的人多吗？”周馆长说：“多，大多都是学生。不过，马上就要到农闲时候了，那时候人肯定会更多。”

“一个爱读书善读书的民族是有希望的民族，我们就是要搭建这样一个平台，将希望给予他们，以期通过知识改变命运。”陪同我们的红寺堡区工委宣传部副部长姚一凡说。

是啊，通过知识改变命运，不仅仅是红寺堡人，而是我们一路走来的整个宁夏南部山区，抑或说是整个中华民族。是到了该以优秀的文化给养我们心灵的时候了。

文化是民族的血脉，是人民的精神家园。红寺堡汇聚四方移民群众，他们带来了不同地域的优秀文化，通过不断挖掘和探索，形成了具有红寺堡特色的移民文化。随着开发区经济和社会事业的快速发展，文化事业呈现出勃勃生机，文艺活动深受广大群众喜爱。在文化部门的引导下，农民群众每年利用春节自发组织社火等民间

红寺堡图书馆

宁夏移民博物馆

文艺活动，农闲时在村部或自家小院自编自演小品、折子戏、眉户剧，并经常组织团队在各乡镇巡回演出，为群众奉上新颖、优秀的节目。为进一步繁荣农村文化，开发区组建农民业余秦腔剧团 7 个，其中南川乡南源村农民秦腔剧团和杨柳村农民文艺团队受到自治区、吴忠市新闻媒体关注，被宁夏多家媒体相继报道。在秦腔比赛、农民才艺比拼活动中涌现出 10 余名戏剧爱好者，为开发区农村文化生活注入了新鲜的活力。2009 年 3 月，红寺堡开发区工委整合了各乡村农民文艺团队，成立了红寺堡移民秦腔剧团。

在红寺堡，给我们印象深刻的，除了它宽阔的马路，新颖、大气的图书馆外，再就是已经建成开放的宁夏移民博物馆。作为红寺堡区标志性建筑，宁夏移民博物馆是自治区党委、政府为了传承移民文化，展示国家“八七”扶贫攻坚和宁夏“双百”扶贫攻坚成果而建设的综合性博物馆。博物馆全面记录和真实再现了宁夏扶贫移

民工作全过程，生动展现了宁夏民族团结、繁荣发展和移民自力更生的创业精神。博物馆外形呈正方体，边长为 64 米，高为 16.8 米。四个角寓意四方移民，边长相等寓意移民群众不分地域、不分民族一律平等。博物馆外观整体采用中国传统西北民居砖墙拼花的建筑元素，色彩以黄色和白色为主，博物馆门前的汉白玉护栏上雕刻着葡萄图案，展示的是红寺堡区特色葡萄产业。博物馆主体建筑有三层：一层为办公区域，二层和三层为博物馆展陈区域，分序厅、宁夏移民史刻、新时期新移民 3 个展厅。展示了新中国成立后的支边建设到“十二五”规划生态移民的基本情况，重点展示了红寺堡这个全国最大的生态扶贫移民区十几年来的开发建设成就，以及移民文化的形成和移民社会的变迁过程。参与了红寺堡开发建设过程的移民群众在这里可以忆苦思甜，回味那些已经逝去的艰苦岁月，感谢党和政府的移民政策。孩子们可以在这里接受教育，明白幸福生活的来之不易，深切感受党和政府移民决策的良苦用心。

自 2013 年 10 月开馆以来，宁夏移民博物馆布展工作总体上得到了外界的肯定与好评，每月参观人数达 3000 人次，参观主体以中小学生为主，很好地发挥了博物馆的教育功能，博物馆成为学生的第二课堂。目前，宁夏移民博物馆已经成为吴忠市第一批党史教育基地和红寺堡国防教育基地，肩负着弘扬移民文化、进行国防教育和爱国主义教育的重任，是红寺堡区精神文明建设和对外宣传的重要基地。同时，宁夏移民博物馆也成为宁夏黄河金岸旅游线上一个重要的点，成为人们休闲观光的首选之地，也是外界了解红寺堡移民文化的一个窗口。

红寺堡，这颗宁夏移民史上最璀璨的明珠，处处给我们新奇和惊喜。励精图治二十年，最终是为了让移民过上幸福的生活。如今，它真的做到了。通过下面这篇报道，我们可以了解几分。

红寺堡区移民妇女的“高大上”生活

“过去衣服穿了又穿，洗得变色了都舍不得扔，哪有追求品牌和时髦的想法。”正在驾校学车的红寺堡区兴旺村移民妇女张琴说，“我家前后住着 17 户人家，有 8 户家庭主妇买了小车，农忙时开车种地，农闲时开车去美容、旅游，美得很。”张琴仅是红寺堡移民妇女的一个缩影，昔日足不出户，保守封闭，成天围着锅台和孩子转的农家妇女们，学会了网上购物、驾校学车、跳广场舞、微信沟通……她们引领着红寺堡农村新的时尚。

记者从红寺堡区鑫月驾校了解到，今年该校学员 573 人，女性 240 人，其中农村妇女 170 人。“当地移民妇女在美容方面消费力惊人，一次购买千元以上化妆品很普遍，而且注重品牌和质量。”太阳山镇一化妆品店老板坦言。

城里人特别注重的家庭教育也正成为移民妇女的另一种新时尚，她们积极参加家庭教育、计算机技能、健康知识等培训，通过微信交流学习如何教会孩子管理情绪、建立孩子的责任感等知识，积极参加社区、学校组织的亲子游戏、家庭才艺展示等活动。“今年妇联举办 3 场家庭教育讲座，有 800 多位移民妇女参加，几乎场场爆满。”红寺堡区妇联主席郑慧玲说。“弘观村 1000 多名妇女大多都会操作电脑，有些文化程度低，但经简单培训，就能在电脑上熟练打字、购物、聊天等，这在移民前想都不敢想。”弘观村 39 岁的姚玉红说。

移民妇女勤劳致富的同时追求生活品质，她们的时尚嬗变折射出红寺堡区开发建设20年来日新月异的变迁。

摘自《宁夏日报》（2014-06-11）

记者　杨之汀

这些是我们实地采访时，他们给我们的感动！

哄不回来的马存禄

在我们采访中，接触过很多最基层的村党支部书记，但留下印象最深的，要数固原市原州区中河乡硝口村的村党支部书记马志江。马志江60岁，可当村党支部书记已经20多年。当我们大清早赶到他们借住的硝口村村部时，马志江刚刚起来，未及洗脸就坐在一张老旧的办公桌前，他微胖，眼惺忪着，脸白，不像是一个多年工作在基层的村干部。

在了解了我们的采访意图后，马志江说："移民是件大好事，山里没水，人迟早要往下搬，越早搬越好。"说到这，马志江的脸上露出丝笑意，这笑，说是狡黠也好，得意也妥当。因为，这话，他是用实践来证明了的。早在1998年，他的大儿子马存禄就搬到了红寺堡。准确地说，当时也不叫搬，先是过去个人占地方。因为那时那片荒芜的土地上根本就没有房子让他们搬，只是用推土机推出个地窨子，上面覆些柴草木棍就当是暂时的窝巢。人蹲在里面，遇上刮风天，沙子就不住地往下漏。那年月，红寺堡好像天天刮风，一条土路被风吹得一会儿看得见，一会儿又看不见了。人苦叫得不行，喊上两声，就像狼嚎一样。便赶快住了声，真怕把狼给招来。

儿子回来，向马志江哭诉道：“爸，那哪是人待的地方？”看看儿子下去不到一个月，脸比山里人还红还皴裂，马志江也心疼，但他还是劝儿子坚持下去。来年，政府给搬迁户盖房子，自己要掏 1.5 万元。马志江二话没说，去银行贷款给儿子。事实证明，儿子留下来是对的。如今除了当初政府给的每人 1 亩 8 分地外，儿子还开垦出了不少荒地。人勤地广，庄稼长势很好。看着生机勃勃的庄稼地及移民越来越好的生活，当初搬迁的 130 多户，只有 30 多户留下来，那些因当时生活条件艰苦没有留下来的人就后悔得不行。

“放现在，你就是哄他都哄不回来。人家看到了希望，为啥还回来过这苦巴巴的生活？”说到这，马志江得意地笑着。

正因为看到了希望，2008 年，他让二儿子也搬了出去。

“经过这么多年的基层工作，我始终明白一个理：共产党、政府不会不管这些贫苦的老百姓。不管啥时候，他们都巴望着老百姓过好日子。”马志江的话掷地有声。

我们看着这暗旧，甚至是破败、杂乱的屋里，墙上挂满了锦旗，有先进集体、先进村、全区优秀村党支部书记的，等等。在东边的墙上，一面小小的党旗，四角各别着一朵小小的红花。花虽陈旧，但规矩、郑重。

这次，在硝口村的搬迁户中，马志江不在其中。问他是否愿意搬时，他说：“当然愿意了，现在大家都搬走了，也没什么工作可做了。瞅个合适的机会，能搬就搬，不能搬就撵儿子去。”

周满仓仓廪实

在采访过程中，有许多人，他们不屈服于命运，坚忍、执着地与命运抗争的事迹令我们感动，并心生敬意。

2014 年 10 月 22 日，当我们来到石嘴山市平罗县红崖子乡五堆子村原村党支部书记周满仓家时，西斜的太阳照过来，把院里摞码整齐的 3 堆近万斤金黄的玉米棒子映得刺人眼目。因此，进到他家，面对那簇新雅致的窗帘、高端大气的皮沙发及一应齐全的家电时，我们一时适应不过来。在主人的热情招呼下，我们在沙发上落座，环视屋里，都不由啧啧称赞。说他们是移民，我们真还不敢相信！

对我们的赞叹，坐在对面小凳上的周满仓拍拍腿笑道：“我家这还真不算啥，要说富，还数我们杨书记家。”说着，周满仓指指跟进来坐在他身侧的现任五堆子村党支部书记杨怀义，“他家才叫豪宅哩！”

周满仓家盛满希望的院落

听周满仓这样说，杨怀义谦虚地笑笑，说：“我家也不算什么，比我家富的人多得是。当年，能留下来的移民，现在日子都好过了。”

听他这样说，周满仓点点头。周满仓 60 岁，1986 年从海原县关庄乡窑儿村搬下来时，不过 30 岁出头，正是人生的大好年华。他不想一辈子困在缺水少吃永无尽头的大山里，他有一双勤劳的手，他想走出去。和他一起走出来的60多户，因受不了苦，又跑了十多户。

“我们那时候的移民不像现在啊，政府给盖砖房、盖楼房，给太阳灶、太阳能啊，没得，就两间土房子，还没门。刚搬来，那大风就不断，当时也没啥，就可怜的一床被子一床褥子，把褥子挂在门上当门帘。可是后半夜紧接着又一场大雨，屋顶漏雨，没办法，人和娃娃就缩在墙角旮旯蹲了一夜。那时的情景就是‘三根檩条九根椽，睡在炕上看见天’，弄得娃娃哭老婆伤心，说咱们还是回去吧。山里再穷再不济，还有个热炕头哩。这里算啥，孤寂得跟狼一样。”

“当时，我就不认那个理，我说，哪的土地不养人？在一年下

在周满仓家采访

不上几滴雨的大山里，我都活了30多年，何况现在在这样平展展的土地上，还靠着黄河。既然出来了，哪还有回去的道理。现在想想，当时也是太年轻，天不怕地不怕的。”说着，周满仓呷口水，抹抹嘴。黢黑的脸上，皱纹似都结在一块了。

“土地平展，你以为是啥土地呵？盐碱地，白花花的。”杨怀义说，“那时我才20多岁，说没经事吧也经过，可当时，这里的确苦。几乎天天刮沙尘暴，没有路，路都是我们一天天走出来的。种田，没水不行，我们就挖水渠、打田埂，可一场大风后，水渠被填了，埂也走了形。叹一场哭一场，我们再重新开始，要不，怎么办哩！”

“像挖沟挖渠这样的苦活，当地人都不愿意干，那时我们被当地人看不起，他们排斥我们。反正我就是个二杆子，好，你不干，我们干，非干出个样子给你们看。那时，我已是这儿的村党支部书记了，我就把我的村民连打带骂，让他们出工出力。不但干，而且要干好。”周满仓舒展一下眉头，接着说，“可是，与人斗，我们不怕，无非多出把子力气，出力又苦不死人。但与天斗，我们就怕了，也斗不过，记得第二年，麦子眼看快要收成了，大人娃娃高兴，大人许给娃的白面大馒头，眼看就要端上桌了，可一场大风后，麦子被压的压，吹跑的吹跑，大人娃娃都落了泪。”

“好，老天既然不疼惜我们，我们只有把自己苦上十倍八倍，我们终究会打动你的。于是，渠埂走形了我们重新修，麦子今年压了我们来年再种。终于，老天被我们感动了，不再使坏，以前的盐碱地现在都被改造成了黄土地。那时干活满地里连个做锨把的柴棒子都找不到，如今栽树栽一棵活一棵，大的都能抱一抱子了。”杨怀义边说边拿手比划着，“地也是种啥收获啥。我种25亩地，光收小麦就是15袋子、黄豆15袋、菟丝子21袋，每袋90多斤，1斤30多块钱，光这一项就收入五六万块钱。还套种了2亩菠菜，菠菜籽也收入 5000 多块钱。”

听到这，我们边给他算着账，边问周满仓他家的收入。周满仓喝口水，咂咂嘴说：“和杨书记家差不离。我种着 32 亩地，收菟丝子 12 袋、豆子 4 袋，麦子 26 袋，还有院里的这些玉米，后院还养着 15 只羊，日子好得很！”

当问到种这么多田，如何忙得过来时？两个人几乎是同时说道：“不愁，现在好多都是机械化作业。不像在老家时，庄稼不收获也愁，收获了还是愁，机器开不进去，啥都要靠两只手抓挖。哪像现在，收 1 亩麦子，也就是眨巴眨巴眼的事。需要人工的，就请新移民帮忙。在我们这里，许多人家都是新移民给老移民打工。”

对如今的日子，杨怀义有时也颇觉恍惚：“刚到这里时，我不过是 20 多岁的毛头小子，那时听别人说万元户，觉得新鲜得很，若把这跟自己扯上关系，又觉得是遥不可及的事。可现今，我们这些老移民，家有几万元、十几万元的，比比皆是。上百万元的，也不是没有。我们这些移民，日子好过当地人的，也大有人在。”

看他志得意满的样子，我笑道：“现在他们不敢再小瞧你们了吧。”

“人若不㞞，叫是叫不㞞的。只怕自己当了㞞包，别人不叫还是㞞包。他们早就不敢小瞧我们了，他们甚至怕我们，怕我们的较真，怕我们的苦力。现在，我们的日子好过当地人的很多。我们的娃们也争气，从搬下来的那天起，大家好像都憋了一口气，不只是为我们的光景，还要为娃娃的前程。因此这么些年，娃们很少有辍学的，考上大学者一个接一个，最不济的，也要去当兵。每逢年节你再来看，几乎家家都有小轿车开进来。”越说，周满仓脸上越舒展。

如今，周满仓的大儿子在江苏当兵，娶了个江苏媳妇留在了江苏。二儿子考上了大学，毕业后和媳妇都留在平罗中学教书，三儿子在

外打工。两个女子都已经出嫁了，现就老两口守着这一大摊子。

“现在，就剩我们老两口了，想吃啥就吃啥，想干就干，想不干了就缓着，自由得很，日子根本就不愁。再说，我每个月还有劳动模范津贴哩！”说着，周满仓瞥一眼放在高低柜上装裱在镜框里的荣誉证书，有“自治区道德模范”的，还有“全区优秀村党支部书记”的，等等。

从周满仓的眼中，能看出他对这些荣誉的看重。在这片荒芜的土地上，近 30 年的光景，人生的一半，他将热血付诸在这里，将汗水挥洒在这里，他带领他的村民，将这没有希望的盐碱地改造成生机勃勃的黄土地，且树木成行，这，可能是对他最好的嘉奖和肯定了。

出了周满仓家宽敞的种有枣树、苹果树的院落，秋日暖阳照下来，在铺了一层余晖的金色原野上，我们丝毫看不出周满仓初来这里时的影子。

孟永恒：太阳梁上种“太阳”

2015 年 1 月 13 日，我们来到宁夏农垦渠口太阳梁移民新村，与在石嘴山市平罗县红崖子乡五堆子村看到的情景一样，这里田畴交错，树木成行，我们不住赞叹它的广阔和生机。来到一户门前，主人不在，门锁着，钥匙却插在上面，陪同我们的宁夏农垦渠口太阳梁移民管理委员会综合办公室主任温学章自己开门进去，后脚赶来的四村党支部书记孟永恒摇头说：“以前可不是这样的，干焦的荒滩地，满眼看不到一根草，太阳照在上面，石头上也冒火焰哩，是真正的太阳梁。我们硬是改造了这片荒地，在这里种出了‘太阳’，种出了希望。‘十一五’期间，这里搬来移民 2195 户 9000 多人，

‘十二五’期间是 2812 户 12334 人，如今共有 5000 多户 2.6 万人在这里生活。”

52 岁的孟永恒是隆德县奠安乡人，2005 年，因家乡实施退耕还林政策，他和乡亲们移民到太阳梁。在老家时，虽然地无平地，路是羊肠小道，但草木总是鲜活的，哪像这，真正荒得狼叫唤。刚搬来时，他的心情低落到了极点。不几日，他便自己调整了心态，觉得作为一个农民，没有田地种，心里的恐慌是无人知晓的。不就是出把子力嘛，谁怕呀！这里的地起码比山里的平多了，而且还这么广阔，并有欢快流淌的渠水灌溉。不像老家，要靠天吃饭。说起第一次灌溉，孟永恒红黑的脸上露出不好意思的笑：“你们不要笑话我们这些见识短的山里人，从没见过这么恣肆的水，拿把锹，手足无措，不知怎么去驯服它，人掉渠里两裤腿湿透的事也不是啥稀奇。但是，不会，我们可以学，我们跟附近村庄的人学，跟农场的人学。农场里有 2003 年搬来的 230 户插花移民，现在他们可是富了，把娃娃送进城里读书，在城里买房的人也多得是。可当初，农场的职工是看不起我们的，他们嘴上不说，心里在嗤笑。我们真的是与这荒地拼了，每天天不亮出门，晚上披着星星回家，夏天晒破皮，冬天手脚上裂的口子像个娃娃嘴。我们就是凭这蛮力，硬是把那沙石地填低就高，改造成了今天这个模样。现在不光是你们这些城里人佩服，就是农场职工，也把我们佩服得不行，说太阳梁的今昔比照，简直就是个梦。”孟永恒是健谈的，因为有切身的经历，他给我们复原了一幅当初改造太阳梁时不管是无奈，抑或是火热，甚或是悲愤的人与天斗的生活画卷，与五堆子村一样，我们深受感染，也心生敬意，为在这片陌生的土地上，既要生活，而且还想生活得好的人！

不知什么时候进来的这家主人，也是四村村委会主任靳川孝，

虽不善言辞，但对孟永恒讲给我们的过往生活，很是认同，他不住地点头。他满面尘土，手黢黑，说是正在隔壁大儿子家帮助脱粒玉米。他的爱人杨小琴这时也抽空过来给我们倒水，得知我们快两点了还没吃饭，赶紧端上新炸的油饼和麻花，让我们垫垫肚子。

杨小琴 44 岁，身体结实，一看就是个利落人。她说自家种着 30 几亩玉米，其中 8 亩是刚移民下来人均分 2 亩，她家 4 口人分了 8 亩，还有 20 多亩都是承包那些外出打工的年轻人家的，许多

太阳梁移民新家

都是生地，熟地产玉米 1 亩地能产 1600 多斤，而生地也就产 1200 多斤，不过不要紧，生地种上几年就成熟地了。至于生地种成熟地，别人要要回，杨小琴也没什么话可说，力出就出了，都是心甘情愿的。杨小琴对这些土地她有自己的经验和眼界。除了种玉米每年收入四五万元外，他们还种了 3 亩枸杞树，每年也有 3 万多元的收入，他家花五六万元在原有移民房前盖的五间房子，很是气派。

像靳川孝家这样重新盖房子和翻建的，在这个村就占到 60%，而且光这村的私家车，就有一百多辆。对这个数字，孟永恒很是自豪。

靳川孝家两个儿子，大儿子技校毕业后在天津打工，已经结婚。小儿子现正在北京上技校。

移民，除让我们的生活更有希望外，最主要的是改变了娃娃的命运，这是我们最希望看到的。这是靳川孝、孟永恒的心声，同样是我们的心声。

在靳川孝、孟永恒移民搬迁 7 年后的 2012 年 4 月 12 日，来自固原市原州区和中卫市海原县的 1206 户 5186 名生态移民乔迁新居，入住太阳梁生态移民新村，这标志着宁夏农垦“十二五”期间首个移民安置点正式启用。

宁夏农垦结合实际，多次实地调研论证，系统制定了农垦“十二五”生态移民规划。计划在渠口太阳梁、连湖农场、南梁农场、暖泉农场、简泉农场 5 个农场安置隆德、泾源、彭阳、西吉、原州区、海原南部 6 县（区）的生态移民 6163 户 26500 人，提供总土地面积 5.48 万亩。其中渠口太阳梁生态移民工程计划分两年完成，搬迁安置移民 2800 户共 1.2 万人。

终于搬出了深山沟，这里吃水方便，出行方便，娃娃上学再不用走四五公里的山路，新家门口就是学校，比起老家来好得很！经过几小时的山路颠簸，终于住进太阳梁移民新村新家的海原县西安镇范台村的金宝海一家，对未来生活充满憧憬。

在移民新村，1200 多套移民房屋整齐分布，水电入户，门前刚种下的绿化树已经抽芽，道路四通八达，住家不远处就是移民小学和村镇卫生院。500 栋设施温棚已经建成，今后每户移民可以分得 1 栋日光温棚或养殖棚圈，每户还有 6 分地庭院经济、5 分地特色产业。这是农垦系统组织实施生态移民工程，注重将工程建设和产业发展相结合，在实施太阳梁生态移民基础设施建设的同时结合区域特色产业优势，大力推进“1165”工程，即户均输出一个劳动力、

太阳梁移民正在脱粒丰收了的玉米

户均一栋设施农业、户均6分庭院、人均1亩水浇地、半亩经果林。

宁夏农垦局负责人说："宁夏农垦在粮食、葡萄、奶牛、牧草、设施农业等方面具有先进的种、养殖技术和产业集聚优势。移民群众入住后，农垦将依托自身优势，组织开展系列技术指导和培训，帮助移民尽快掌握水浇地种植、经果林修剪管理、奶牛高产养殖、日光温棚栽培等先进实用的生产技术。还将抓住葡萄、经果林等劳动密集型产业劳务需求量大的特点，组织引导移民就近打工挣钱，并利用农闲时间参加专业技能培训，外出打工增加劳务收入。未来几年，计划在太阳梁建成一个以果树种植为主的经果林种植基地，在果树种植、采摘、水果包装、批发、零售等环节，为移民提供就业机会，实现移民群众在自家门口就业。"

相信经过3~5年的发展，这个移民点会变成"人在林中，林在村中，三季有花，四季常青"的绿色、生态移民示范新村。对这振聋发聩的声音，我们自然愿意相信，这是宁夏农垦领导的期许，也是移民群众的盼望。有了"十一五" 期间这些老移民的模范带头作用，新移民自会有其努力的方向。

从靳川孝家出来，去到隔壁他儿子家，一院子黄澄澄的玉米，几个人在帮着脱粒。墙后他初来时的移民房逼仄荒凉，里面放着杂物长着荒草，一只狗在那不住地吠着。他家的老房子还留着，而稍往前走，与他同年从隆德县桃山乡碾沟村搬来的马宝成家，只有一座在原址上花七八万元翻盖的房子，房子窗大门敞，里面亮堂温暖，皮沙发、家电摆放整齐。在这样的家里，你都想着要多坐一会儿。他家烧的是土暖气，炉子在院南另建的两间厨房里，厨房里和卧室、客厅一样干净，见不到丝毫灰尘。旺旺的炉火上坐着一壶水，冬天做饭用炉火，夏天就用电饭锅、电磁炉或煤气。我们开玩笑说："你这简直就是城里人的生活嘛！"一旁的孟永恒笑道："如今城里人

要拿他们的所有来跟我们换，我们还不换哩！现在的太阳梁种粮粮丰，栽树树活，空气好着哩，有能力者再种上二三十亩地，简直就是个庄园主嘛！”看着他颇为自得的样子，我们也笑着点头称是。

现在马宝成家也种着 30 多亩地，除自家 10 亩，又承包了 20 多亩。以前都是他种，自他去年得了腰椎间盘突出症后，就把常年在外打工的小儿子叫回来，将担子压在儿子身上。我们离开时，见我们还没吃喝，已是太阳梁四村村委会副主任的马宝成的小儿子马跟回捧了一捧橘子追出来非要塞给我们。

在车上，吃着甘甜的橘子，温学章说：“不知你们发现了没，有些移民特别勤苦踏实，认命却不认输，他们从不滋事，他们很好打交道。”听他这么说，我笑了，说：“在管委会时，人家不就迟来一会儿嘛，你就把人家训了一路，可人家没发脾气，只是跟你解释迟来的原因。对彭阳人的勤劳肯干心眼实，一路走来，我们是深有体会的。”见我这么说，温学章也笑道：“可能我是军人出身吧，时间观念强，对人严苛，该几点就几点，该什么时候完成就什么时候完成，你们时间宝贵，我知道耽搁不起。不过我训完人后，他们

作者采访太阳梁移民村群众

并不记仇，知道我是为了工作，之后，还是朋友。”

就是这样一个人，硬是用一个月时间为太阳梁移民新村二村搭起了 200 栋设施葡萄大棚。当时各方面论证这里的土质和地形不适合搭大棚也搭不起大棚来。可是，温学章，这个曾经的军人，在仔细考察多方走访后，于 2012 年 7 月，带人用一个月时间将棚搭起。

“这在当时，也是个奇迹啊！”温学章笑道。

钻过厚厚的墙体进到大棚里，电动卷帘已被卷起，顶棚钢架上不时有水滴下来落到葡萄树下松软的土壤里。

这些树已经挂果了，去年每个棚能收入四五千元。太阳梁移民新村二村村党部书记撒有海说：“这些树的品种好，有扎娜、无核白鸡心、玫瑰香等，每年 6 月下旬 7 月上旬上市，很受大家欢迎。”

“一般种大棚的，都是些 50 岁以上，不能再外出打工的中老年人。我们有技术指导，果子成熟后联系客户上门收购，他们种一茬也费不了多大力气，大家都很高兴！”温学章说。

离开太阳梁移民新村时，我们的车在这片充满生机的原野上行驶了很久。我们时常在思考：到底是政府当初为给他们更好的生活，让他们来到这里，吃常人不能吃的苦，才过上今天的幸福生活？还是因他们的到来，受常人不能受的罪，通过辛勤劳动，才成就了这片充满希望的土地？

移民村的新气象

从 2009 年第一次采访开始，我们就一直在移民村盘桓。那时中部干旱带已建成了许多移民村。关于移民村的故事，我们也已从各种媒体的报道中了解了不少，有的很新鲜，有的很令人振奋，也会带着明显的担忧和深深的思虑。但不管怎样，我们终于看到和感受到了生态移民这一英明决策的硕果。

老实说，在移民新村的日子，我们的心情是愉快的，甚至是兴奋的，因为这毕竟是数十万饱受贫困折磨的山里人翘首期盼的日子。

我们到过许多移民村，海原的、原州区的、中宁的、盐池的，当然去得最多的还是同心下马关的。为了方便叙述和读者阅读时有一种连贯性，我们首先从最早进入的下马关开始，这或许更有助于我们对后面一些移民村的认识。

在同心，截至 2009 年底共建成移民村 7 个（当时还有一个正在建设中），除规模最大的庆华村在韦州外，其余六个均在下马关，分别为平远村、三山井村、陈儿庄村、南安村、移民三村、移民四村。

在真正进入移民村之前，我们已将一些基本情况清晰地记录在案。

在我们的采访笔记中，这 7 个村庄就像七朵盛开的野山菊，风姿绰约地扎根在下马关和韦州的黄土地上。

第一个是同心县目前规模最大的移民村庆华村。庆华村位于韦州镇南 4 公里处，惠平公路东侧。该村于 2007 年 10 月 20 日开工建设，投资4500多万元，建成移民房屋1400套，开发土地1.2万亩，架设农电线路37公里，安装自来水主管道及入户管道106公里，硬化道路37公里，完成道路、庭院及生态文化广场绿化5万多株。建成建筑面积为2354平方米的小学，宽敞明亮，已投入使用。之后又投资8万多元以民办公助的形式办起了庆华农村社区幼儿园，解决了移民后代幼教的问题。沼气池、太阳灶、垃圾填埋场、垃圾箱、垃圾转用车辆，这些在大山里闻所未闻的新生事物，此时在新村全部出现了。他们还投资230多万元建成了占地面积45亩的生态文化广场，硬化场地8000平方米，配备了体育设备及健身器材。按照农村社区化管理的模式，设置了警务室、村“两委”办公室、会议室、多功能娱乐室、党员活动中心、社会治安综合治理委员会办公室、计划生育服务室、卫生室等各种功能室，健全了各种规章制度、配备了办公设施。投资5万元成立了劳务信息中心，多渠道组织、引导剩余劳动力外出务工、就近打工，增加收入。2009年上半年输出剩余劳动力5686人，实现劳务收入3350万元。积极采取项目扶持和群众自力更生相结合的原则，发动群众平整林带、庭院、砌护围墙、建设厕所、安装大门，多措并举让移民群众定居新村。很快地，1.2万亩土地全部分配到户，经过积极引导，农户调整产业结构，发展庭院经济，发展设施农业和高效养殖业，建成圈棚167座，当年玉米、油葵等农作物产值达到1000万元，确保了移民群众“搬得出、稳得住、能致富”。他们下一步将在预留发展空地上规划建设敬老院、农家店和物流配送中心等，努力实现移民区“居住有房、饮用有水、照明有电、出行有路、耕种有地、致富有门、上学有校、活动有室、看病有所、管理有序”的目标。

第二个是下马关镇平远村。平远村（原移民六村）是下马关节灌一期项目区移民村之一。该项目2008年8月开工建设，建成移

民房1305套，2009年6月15日组织移民入住，搬迁安置马高庄乡汪阳洼、张家井、郭大湾、郭家岔、计嘴子、冯家湾、张家庄、壕前门、马家塬山、套子滩10个村的1305户5533人。目前移民已全部入住，土地分配已全面完成，人均1.46亩耕地。新建完全小学一所，建筑面积1787.4平方米。新建村级活动场所及卫生室200平方米，铺设巷道21公里，道路、学校及村级活动场所等均已投入使用。供电工程全部入户，自来水入户520户，打水窖1305眼，打炕1305个，建设沼气池529座。搭建拱棚200座，已投入生产。通过这些非常具体的数字，我们充分地感受到了这里勃勃的生机和热火朝天的干劲。为了解决移民群众的眼前困难，同心县委、县政府号召动员广大干部职工，开展“我帮移民渡难关”结对帮扶活动。吴中市直机关动员干部职工帮扶该村移民群众，户均帮扶物资折合资金达300元以上。并积极组织移民群众进行劳务创收，当年共输出劳务人员1620人次，创收162万元。移民入住后，及时成立了村“两委”班子，选派马高庄乡一名副乡长担任村党支部书记，下马关镇一名干部担任代理村主任，由迁出区村干部担任“两委”委员，强化了对移民村的管理。成立由同心县领导任组长的工作队，驻扎在移民村，及时了解具体情况，帮助移民群众解决实际困难。充分发挥移民群众中共产党员的先锋模范作用，组织开展了“党徽在移民村闪耀”“有困难，找党员”等活动，及时为广大移民群众提供劳动就业、医疗卫生、警务、维权等服务，确保了移民村的社会稳定。在村“两委”班子的带领下，移民群众生产发展、社会稳定。

下马关镇三山井村（原移民七村）位于下马关镇区以东7公里处。于2008年8月10日开工建设，实际建设移民房953套，2009年6月15日移民入住，将马高庄乡汪阳洼、张家井、郭大湾、冯家湾、张家庄、郭家岔、套子滩、计嘴子、马家塬山9个村953户实行整村搬迁，目前移民已全部入住，土地分配已全面完成，人均1.5亩耕地。移民村建设学校一所，建筑面积1787.4平方米，主干道完成水稳层铺设，建设巷道21公里，村级活动场所及卫生室400平方米，道路、学校及村级活动场所等均已投入使用；供电工程已全部入户；打水窖500眼；建设沼气池686座；配套太阳灶100台；建设拱棚200座，已投入生产，人饮工程正在建设，秋季基本农田平田整地1500亩，其中秋季覆膜300亩。为了解决移民群众的当前困难，县委、县政府号召动员广大干部职工，为每户移民群众帮扶水桶、被子、煤炭、蜡烛、面粉等。吴中市直机关动员干部职工帮扶该村移民群众，户均帮扶物资折合资金达300元以上。移民入住后，新村与原靳儿庄村合并，成立了村“两委”班子，强化了对移民村的管理。成立由县领导任组长的工作队，驻扎在移民村，及时为广大移民群众提供劳动就业、医疗卫生、警务、维权等服务，确保了移民村的社会稳定。在村“两委”班子的带领下，移民群众情绪稳定，生活有序，生产发展。

下马关镇陈儿庄村(原移民八村)位于下马关镇区以东9公里处，于2008年8月开工建设，建成移民房1022套，整村搬迁安置张家塬乡大庄科、汪家塬、郭井沟、沈家湾、海棠湖、折腰沟、范堡子、梨花嘴、陈家台、张家塬10个村1022户4271人。目前移民已全部入住，土地分配已全面完成，人均1.67亩耕地。扩建了陈儿庄小学，新增建筑面积1603.8平方米，已投入使用；扩建了陈儿庄村级活动场所及卫生室，建筑面积达300平方米，已投入使用；完成7横16纵约21公里村庄主、次干道、巷道混凝土路面铺设，现已投入使用；供电工程目前已全部入户；自来水入户30%；打水窖1000眼，打炕890个，建设沼气池500座，已完成定植任务，完成环村林带及道路绿化400亩，平田整地7200亩。移民入住后，新村与原陈儿庄村合并成立了村“两委”班子，充分发挥移民群众中共产党员的先锋模范作用，组织开展了“党徽在移民村闪耀”“有困难，找党员”等活动，及时为广大移民群众提供劳动就业、医疗卫生、警务、维权等服务，确保了移民村的社会稳定。

南安村是下马关节灌（二期）项目区移民村之一，位于下马关镇政府南5公里处的五里墩村魏儿庄社，下马关至马高庄公路两侧，靠近惠平公路。南安移民村于2008年9月20日开工建设，按照“规划、招标、设计、建设、分配”的“五统一”建设要求，坚持高起点规划、高标准设计、高质量建设，建成移民房1370套。2009年8月3日组织移民入住，搬迁安置田老庄乡杨家新庄、席家井、吴家堡子（侯塘、南塬）、郑家台、田老庄、千家井和张家垣乡赵卷槽、苏家岭、薛山庄、沈家湾村的移民群众1370户5809人。新建完全小学一所，建筑面积1971平方米；新建村级活动场所及卫生室600平方米；打水窖300眼。道路、供电、自来水工程已完工。南安村是福建省南安市结对帮扶的一个移民村，故冠名为南安村。福建省南安市在同心县挂职的县委常委、政府副县长傅自评，县长助理戴江华同志包抓该村建设工作，目前已落实帮扶资金300万元，全部用于配套基础设施工程建设。2009年4月19日，时任福建省南安市市长陈荣法率南安市党政代表团对南安村进行考察；2009年6月30日，福建省委组织部考察团对南安村进行考察，南安市与同心县就南安村的建设已达成协议。

下马关移民三村建设地点位于下马关王古窑村东部，该移民村计划建设移民房1335套，村庄占地面积近3000亩，并建设农田水利、道路、自来水、供电、学校、村级活动场所及卫生室等配套设施。计划将张家塬乡柳树崾岘、套子崾岘、骆驼崾岘、东梁洼、苏家岭等村1335户5660人进行整村搬迁。目前，该移民村1335套移民住房已全面完工，占地 52 亩的学校已开工，计划建筑面积 1752.4 平方米。农田水利、道路、供电、自来水、村级活动场所及卫生室等其他配套设施已全面完成。

下马关移民四村位于下马关窖坑子村西北部，该移民村计划建设移民住房 1407 套，村庄占地面积 3000 余亩，并配套建设农田水利、道路、自来水、供电、学校、村级活动场所及卫生室等配套设施。计划将田老庄乡锁家岔、白家湾、吴家堡子、马家井、千家井等村 1407 户 5966 人整村搬迁。目前，该移民村已完成主体工程，占地 50 亩的学校已开工，计划建筑面积 1653.3 平方米。农田水利、道路、供电、自来水、村级活动场所及卫生室等其他配套设施，目前已全面完成。

我之所以不厌其烦地列举数字，介绍这七个村庄的基本情况，是因为这些都无一例外地包含了建设者们太多的心血和殷切期盼。

接着我们就进入了移民村。

在去移民村的路上，忽然想起 2008 年 7 月中央电视台 7 频道《聚焦三农》栏目曾播过的一个专题片，叫《告别缺水的故土》，讲述的就是同心县生态移民的故事。具体采访地在同心的马高庄，以及下马关移民村。在那部专题片中，人们除了谈山区之苦外，谈论最多的还是移民新村，在所有人的想象中，移民新村无疑就是他们理想中的安心福地。

其实，移民村远比他们想象的要气派、壮观，远远地就能看到高大的牌坊门楼矗立村头，牌坊上雕着五颜六色的吉祥图案，牌坊正中书写着意味深长的村名——平远村。让人一下子有走入梦境的感觉。整齐的，像棋盘格子一样布成阵势的水泥路面平整如镜，人走在上面感觉就像是到了城里，这让在大山里饱受行路之苦的村民们心里乐开了花。路两边整齐划一的红顶子砖房，以及用雕花铁栅

栏围成的院子，构成了他们即将开始新生活的全部蓝图。

2009年秋末，当我们在时隔一年后走进这些充满了温馨和生机的移民村时，村民们兴致勃勃地谈论起了他们当时入住新村的感受。

原先住在张家垣乡沈家湾，现在住在移民新村陈儿庄的村主任马富强说，20世纪七八十年代，随着同心扬水工程的建成，一大批山区村民移到灌区。那时候，国家还不富裕，政府除了给移民分田到户外，基础设施几乎为零，放眼望去，移民人家就像散落在荒地上的一堆堆泥巴。移民们用毛驴车一车一车把自己的那点家当像蚂蚁搬家一样搬到移民村。来了后先挖一个地坑子住下，慢慢再盖房子，房子也是土木结构的。那时候，平田整地都靠人工，真是把人苦掉了一层皮。而现在，国家不但给移民们补贴先把房子盖好，把水利工程建好，把柏油马路、水泥路修好，把电通好，还统一像迎接贵宾一样把人从山里用大轿子车拉来。可以说，现在的移民比过去强了几十倍啊。

老马说，刚搬进移民村的当天晚上，人们根本没有睡意，从出门即沟的大山褶皱来到平展展的塬上，人们似乎还没有从幻觉中醒来，这儿走走，那儿看看，内心深处翻腾着从未有过的新奇想法。老马注意到，有人开始洗头、洗脸，擦拭蒙着一层尘土的皮鞋。环境改变了，人们的生活习惯在一瞬间就受到了冲击，注意仪容仪表是这诸多变化中最明显的一种。紧接着，人们开始谋划在移民村盖小卖部、理发馆、饭馆、移动公司代理点、汽车摩托车修理部等。这些在原先想都不敢想的新鲜念头，这时就像雨后的蘑菇一样一朵一朵长了出来。不到一个礼拜，这些新奇的想法便在移民村很快付诸了实施。

据老马介绍，在他们那个数村相合的大新村里，由移民自发建成的各类铺面一月之内就达到40多家。这给初来乍到的村民带来了便利，也给那些先行一步的聪明人带来了不菲的收入。

来到平远村，一进村，我们就被一种喜庆热闹的气氛包围了。原来，今天是个好日子，移民村里有好几对新人在忙着办婚礼。工整的对联和劈啪作响的鞭炮声点燃了所有人的热情。孩子们在巷道、庭院里嚷嚷喊叫，追逐嬉闹，而大人们则穿戴一新地等候在路边，忙着看热闹，吃喜筵。整个村子都沉浸在安静祥和的喜气中。

我们走进平远村一户靠东居住的人家。这户人家姓马，是夏天刚从马高庄搬到下马关的。主人公老马满面红光，精神很好，他站在屋子前面一边招呼从四面八方赶来贺喜的亲戚们，一边不停地安顿着过事的细枝末节。

据老马介绍，他儿子今年 20 多岁，原来在老家居住时，曾托人多次说媒撮合，但最终没能说成一个媳妇，原因很简单，家穷路远，没有前途。去年秋天，他为了挣钱筹措移民房款来到下马关建筑工地打工，在用石头砌房基时，认识了从田老庄席家井村来的马学英，同样的境遇，同样的希冀，立即把两个人的心拉近了许多。在干活间隙闲谈时，老马知道马学英有一个女儿，与自己的儿子年纪相仿，还没有婆家。两个人一合计，当时就把亲定了下来，后来两个孩子见面，很快喜欢上了对方。在两家人相继从山上搬迁到移民村的这年冬天，在亲朋好友的一片祝福声中，老马给儿子完了婚，成了家，了却了一桩心事。老马说，要不是从老家山上搬进移民村，儿子成家恐怕就是这辈子永远都无法实现的奢望了。因为老家有许多男人就因为穷困和居住偏僻，打了一辈子光棍。

离开平远村，来到庆华村。庆华村的村部像城市社区的小公园一样沐浴在冬阳下，走过与村舍民居相隔的马路，广场边上的两排松柏郁郁葱葱，格外惹眼。在一面高高飘扬的鲜艳红旗下，蓝瓦白墙的村部静卧于此时略显沉寂的塬上，典雅庄重。这一排现代感十

足的平房，囊括了庆华村的所有村级机构，有卫生所、治保所，还有一个挂牌为商务厅“万村千乡市场工程”的小型超市。超市的门大开着，它的主人丁文——一个精干而热情爽朗的小伙子笑脸相迎。在一排排干净整洁、货物琳琅满目的货架前，丁文向我们讲述着他和移民村的一些故事。

丁文原是韦州镇石峡村人，由于家穷、天旱，他从十多岁开始就外出打工。打工时攒了一点积蓄，同时也认识了后来成为他妻子的女朋友。但女朋友跟他去了一次石峡后就再也不提婚嫁的事了，他知道，女朋友实实在在是对他的那个老家失去了希望——谁会把自己的一生交付给一片一年连一场透雨都不下的荒村野洼呢。正在这时，同心县的生态移民工程拉开了序幕。丁文和妻子是 2009 年 5 月结婚后搬进移民村的，搬过来后，他首先承包了村部的超市，在占据了有利位置后，又以借贷的方式筹集了 3 万元，装修进货，不到数日他就将之经营成了庆华村规模最大，货物也最齐全的农家超市。虽然目前生意还不是很好，但随着村民们的收入不断增加，生活水平不断改善，相信他改变自身环境也不会太难。

过了一会儿，丁文又领着我们来到他在村部后面的新家。他的新家只有一间大房子、一个小院，从统一样式的镂花铁门进去，就看见主人用旧砖铺出来的院地，以及预留准备再盖新房的房基。进屋之后，丁文的媳妇忙着给我们烧水沏茶，炉火正旺，我们立即被这间小屋温馨和美的气氛吸引住了。大房子装修一新，一隔为二，外间的房子里放着新式沙发、衣柜，和一些家居用品，而里间则是他们暖和雅致的新房。在新房里，大炕、烤箱、写字台、临时做饭用的案子，所有的东西都被擦拭得纤尘不染，而墙上的大幅结婚照则更增加了一种温暖浪漫的气息。我们注意到，这对小夫妻把在外面见识到的现代生活带到了这里，还带来了一种朝气蓬勃的生活态度。这态度就像一缕花香，不久就会弥漫整个还处在变化发展中的庆华村。

傍晚时分，我们离开了庆华村。在通往韦州与太阳山的柏油路上，回头一望，一片整齐的红瓦屋顶就像卡通片中的贝壳，静静地泊在夕阳中。

回到住地后，我们仍处在兴奋中，于是打开电脑，在有关生态移民的网页中搜索关于移民村的报道。果然，我们很快就找到了当时的一些亲历者和见证者。

其中一篇是来自中国网的报道，题目叫《生态移民：同心在探索中前行》。这是一篇带有思考性质的报道，首先，作者带着好奇走进了移民村，地点恰好就是我们曾经到过的惠安新村：

> 来到石狮管委会惠安移民新村，看到新村庄通水通电通路，还有配套的学校、卫生室、图书室、小广场、便民超市，新农村新气象扑面而来。走进马全华家，屋子很亮堂，他指着厨房说，这些米面、电饭锅都是社会各界捐赠的，我们搬来后，老村的村民不但不排斥，还很友好。
>
> 2008 年之前，马全华全家 4 口人，从马高庄乡壕前门村搬到石狮管委会惠安移民新村，全家分得 3.6 亩水地。他说，住在大山里，虽说有 100 多亩旱地，但天不下雨便没啥收入。自打搬到惠安村，因为离县城近，打工、种拱棚、养牛，年收入达到 1.5 万多元。在同心县，大部分搬迁移民与马全华一样，靠人均 1.5 亩到 2 亩地先稳了下来。但也必须看到，他们目前的生活还只属于温饱型。
>
> 虽然老百姓搬了过来，建了房子，但多年的家底也被掏空了，想发展，缺少资金、项目、技能……马全华一家

对西部大开发充满期待:“国家政策应再放宽些,加大道路、绿化等基础设施投入和项目扶持。”

接下来作者就提出了自己的思考:仅靠几亩水浇地,养几只羊,能达到小康水平吗?

在同心县统计局了解到,2009年,同心县移民群众人均纯收入仅1960元,与2020年按自治区实现小康农民人均纯收入标准9500元比,还差7540元。同心县委、政府主要领导说,同心不能拖全区后腿,但如果生态移民工程不培育致富产业,就会拖后腿。

同心县委、政府在深入实施西部大开发战略大学习活动中提出,要确保2010年县内移民人口全部“搬得出”,安置定居的移民全部“稳得住”,移民区高效节水特色产业能够“发展好”,移民群众户户都有增收门路“能致富”,再苦干10年,与全区人民一样,昂首阔步跨入小康。

“能致富”,是党中央的殷切希望,是移民群众的共同心声,是自治区党委、政府的富民之举。

但如何致富?成为摆在同心县人民面前的最大难题。同心县委领导认为,人均两亩地,只能生存,很难发展。生态移民区采用的是节水灌溉技术,继续走“分田到户”的老路子,是没办法管理的,连水费都收不回来,更无法建设节水高效示范农业县。所以必须采用新的经营方式、耕作制度、种植模式、优良品种,才能实现农业高效,农民增收。

2009年,同心县下马关以色列节水补灌示范区采用返租倒包种植模式,马铃薯丰收在望,农民既有地租收入,每天还有50元务工工资。

此外,同心县应抢抓机遇,用足用活用好西部大开发政策、支持革命老区政策、省直管县试点政策、自治区扶持生态移民新村发展政策，充分发挥劳动力集中等优势，在移民区大力发展劳动密集型产业，增加移民非农收入。自治区要进一步加大对移民迁入区集镇建设基础设施投入，给予更加优惠的政策，吸引投资者在移民安置区投资办厂。

此后，我们又多次到过同心，到过下马关，在移民新村，每去一次都有一些新发现、新变化。我们有理由相信，假以时日，移民村的未来一定是光明和美好的。

“团结”和“三和”的寓意

以上篇章，我们讲述的都是同心县生态移民的故事，在讲述这些故事的同时，我们又开始着手整理之后的采访笔记。紧接着我们将要去的是宁南山区的原州区和海原县。在现在区域划分的版图中，虽然海原已属年轻的中卫市，但在人们固有的观念中，西海固是永远都不会分割开的一个整体。

在宁南山地，我们的脚步依然匆匆。

此时已是初冬，经了霜的草木在公路两边一片枯黄，万木萧条，只有远处一栋栋援建小学在阳光下熠熠生辉。

车子在高速公路上飞驰。

一路上，固原北川在两边山峦的夹峙中渐行渐近，就像一道田园味道十足的巨大布景。村落民居一晃而过，鸡犬之声遥遥相闻。在原州区三营镇和头营镇两侧，两个规模很大的移民村就像一首乐曲中的高音音符，突兀地跳了出来。远远看去，那些红瓦砖墙的移民房，犹如布置在北川塬地上的两处城镇社区，隐隐地透着现代气息。

毋庸讳言，地处宁南山地的西海固，历来就是贫穷与落后的代名词。在有关它的地理词条中，永远都充斥着“千沟万壑”“层峦叠嶂”“丘陵纵横”这样的字眼，起起伏伏间，难得有一块像样的川原或平地。这里的老百姓祖祖辈辈都在与干旱，与严酷的自然环境作斗争。20 世纪 90 年代，随着红寺堡等地的移民大开发，一大批西海固人告别了这块苦难累累的土地，迁到了扬黄灌区，过上了和川区人一样方便自在的生活。尽管如此，大多数西海固人仍生活在这里，他们仍然在无望的困窘中挣扎在温饱线上。

就原州区而言，居住偏远分散、生态失衡、干旱缺水、地质灾害频发，这些自然因素永远是制约他们发展的拦路虎。炭山、寨科、官厅、河川等乡镇的贫困人口，永远是他们的心头之痛。2008 年以来，按照自治区中部干旱带生态移民的总体规划，他们决定实行县内生态移民。他们将移民安置地选在了一马平川的头营镇和三营镇。之所以将移民点定在这里，是因为此地地处清水河道，地势平坦，土层深厚，土质良好，适宜农作物生长，而固海扩灌工程南城拐子支渠则正好远远地从这里经过。

据原州区发改委的同志介绍，原州区县内生态移民项目区，北以三营南城为界，南至彭堡镇肖家深沟，东至南城拐子支干梁，西以二级扬水管线为界，南北长 15 公里，东西平均宽约 3 公里。该项目涉及头营、三营和彭堡三镇。根据规划，项目区总体计划安置移民 1720 户 7830 人，分三期进行建设。

我们将目光收回到 2008 年 4 月 17 日，这一天，原州区举行了生态移民工程启动仪式。也就在这一天，原州区发改局的罗永吉被抽调出来作为生态移民干部开始正式投入到项目区的工作。他记得那天是个晴天，无风无云，天气还微微透着春寒。一大早，罗永吉和其他工作人员早早地来到头营镇马庄村，在非常紧张的气氛中布置好了会场，安排好了启动仪式的每一个细小环节。

9 点左右，数十台崭新的推土机一字摆开，排成长龙，而准备进行移民房建设的民工们也陆续到位。

9 点 30 分，自治区、市、区领导们依序走入会场，在原州区数百名职工的热烈掌声中，领导们给项目区剪彩奠基，并同时宣布原州区生态移民工程正式启动。

当天下午，罗永吉和同事们开始清点丈量征用土地上的附着物，如小麦、苜蓿，以及一些零星建筑。登记造册后，又马不停蹄地汇总到总指挥部，以供领导者们决策之用。紧接着，凡涉及生态移民工程的单位，如交通、城建、民政、供电、水利水保，以及财政局的工作人员也依次进驻马庄。自此，一场轰轰烈烈的县内生态移民运动便在固原北川徐徐拉开大幕。

移民工程的第一步便是征地，这是项目区所有工作的重中之重。

相较于同心的下马关，这里的征地工作显然要温和许多，因为毕竟这里的移民人数只有数千，而其中被征的部分土地确实非常期待“旱改水”。为此，原州区给原驻地的村民了极为优惠的条件，即开发土地面积的 75% 用于原居住村民，25% 由政府统筹，用以安置本区东部干旱片带移民。经协商，他们很快整理出了规划面积为 5.75 万亩的移民土地，其中包括可开发节水灌溉净面积 4.6 万亩。土地开发主要为上扬引黄水，同时引寺口子水库水，两水混用，以期用节水灌溉的方式建成节水示范区。在规划的所有移民用地中，三营鸦儿沟生态移民团结村是南城拐子生态移民项目区一期工程，规划开发面积 19962 亩，其中统筹规划移民面积 5000 亩，涉及曹堡、鸦儿沟、农科、白河 4 个行政村 18 个自然村。头营马庄生态移民村是南城拐子生态移民项目区二期工程，规划开发面积 23213.4 亩，其中统筹规划移民面积 5000 亩，涉及头营镇马庄、陈庄、三岔、杨庄、

杨郎、南塬 6 个行政村，27 个自然村。

移民项目区建房开始后，罗永吉便和同事们进驻工地，在头营马庄和三营鸦儿沟之间往来奔波。他们的任务是严格监督移民房的施工建设，对施工过程中出现的误差及质量问题及时纠错、整改。为此，他们开始熟悉并掌握原本非常陌生的建筑学。在他们眼里，这里的一砖一瓦、一石一木，都附着了某种神圣的印记，而在他们心中显出了分量。他们开始学习建筑监理工作中的一点一滴，如沙石的成色、砂浆的比例、墙体能够防震减灾的强度与硬度等，就连和泥抹顶的麦衣，他们也要按照要求一一检测。为此，他们成了承包商及建筑工人眼里的恶人。

其实，在此之前，原州区就已出台了多项建好移民房的制度与措施。在政府文件中，这些制度与措施都被一一细化分解，从而成为了某种庄严神圣的工作要求：生态移民是一项重大的工作任务，更是一项重大的政治任务。原州区委、政府高度重视，将生态移民新村建设列为区委、政府的重点工程和民生实事之一。及时成立了以区长任总指挥、四套班子分管领导任副总指挥，组织、发改、财政、交通等相关部门主要负责人为成员的原州区生态移民即危窖危房改造工程建设指挥部，加强组织领导。区委、政府主要领导亲临一线，每周都要深入施工现场检查工程进度和质量，研究解决实际问题。项目实施单位强化责任，抢时间、赶进度，主要负责人靠前指挥，安排干部蹲点抓落实、倒排工期抓进度、严把环节抓质量，将移民建设的各项工程任务分解落实到具体责任人，做到每一项工作任务有人抓、有人管。确保了生态移民新村建设工作顺利有序开展。

移民工程涉及面广，工程质量的好坏，直接影响实现移民搬得安心、住得安稳、早日致富，也将会影响到今后生态移民工作的开展。各部门不仅强化了移民工程质量的监督管理，而且所有工程全部实行招投标监督管理，杜绝转包现象发生，确保工程建设质量，严格执行法人制、监理制、合同制和招投标制“四制”管理。建设单位紧盯监理，监理紧盯施工现场，做到有问题早发现、早整改，对不达标工程坚决拆除重建，绝不留后患。

2008 年底，原州区一期移民区的 503 套移民建房，和所有村道民巷等附属设施全部竣工。

10 月初，第一期入住移民开始集体搬迁。

与同心下马关声势浩大的移民搬迁不同的是，团结村的此次搬迁显得小心谨慎。因为此次搬迁的村民可谓来自四面八方，而搬迁原因也是五花八门。如开城贺家湾 78 户人之所以搬，是因为要保护供水的水源地——东山坡引水工程，这个地处阴湿山区的村子，显然并不属于干旱和特别贫困之列。彭堡的凤凰蛋村，山大沟深，至今不通车路，一下雨，村子几乎与外界隔绝，搬出搬进都可以说是如行蜀道。寨科的浦川属于云台山保护区，也不得不搬。张易的石嘴、河川店河，属地质灾害区，裸露而酥松的砂岩土质在雨季随时都可能吞没整个村子。数来数去，唯有炭山吕套、三营唐湾等地属于干旱片带，是真正兔子都不拉屎的穷地方。

尽管如此，大家还是对即将开始的新生活充满了期待。

走进团结村的这天早上，天刚刚下过一场小雪，阴云低垂，冷风阵阵，还没有来得及筑墙砌院的移民房在寒风中孑然孤立。由于天冷，移民村并没有几个走动的人。一下车，我们就赶忙联系村委会成员。新村的村部也略微显得有些冷清，最后终于找到了新村的会计。听我们说明来意后，会计说：“你们是来采访的，那我可要给你们找个会说的。”说着，就领我们走进村子中间的一户人家。这户人家的女主人姓海，叫海清芳，据说原是河川乡店河村的妇联主任。搬来新村后，她依然是村妇联主任。她家也只有一间大房子，

我们进去时，她正在屋子中间的烤箱上蒸馍馍，腰里系着围裙，手上还沾着面粉。热情地招呼我们坐下后，就麻利地给我们倒水。看得出，她是个利落干练的农村女人。

趁她忙活的当口，我们迅速地打量了一下她家的新屋。说实话，屋子里显得有些零乱。或许是搬来不久的原因吧，有点杂乱无章，屋子内侧有两张用木板搭成的大床，中间也没有帘子，床上的被子显然已有些年头了。屋子的另一边摆着一组三人沙发，茶几是有机玻璃的。现在，我们就坐在这个已有些年头的沙发上，一边喝水，一边听海清芳给我们讲她有些独特的移民故事。

海清芳记得，她们整个村子 22 户 118 人搬来的那天，已有另外几个村子的人陆续入住了。海清芳和乡亲们在当地乡镇干部的带领下，领了钥匙，填了入住表，就开始动手往屋里搬东西。河川乡店河村属山体滑坡地质灾害区，如果不下连阴雨，她们原来的那个村子马马虎虎还能过得去。可一旦下雨，人进不去也出不来。人在山上，若遇到山体滑坡，没有路可走；一下雨则山路湿滑，很多人放牛羊时一不留神便从山腰摔到山脚，不死也残废。一旦大雪封山，要进城看医生难如登天。黄土高原极度缺水，村民需远距离取生活用水，得家家户户修水窖。建水窖，除了因水资源少，还与苦咸水有关。在团结村，夏天干旱的时候，泉水往往断流，村民得靠打井取水，但打井 100 多米深了，依然是苦咸水，老一辈人得黄牙病的特别多，医生过来诊断，发现至少有 10% 村民患有佝偻病、大脖子病等。这样的生活环境，是到了不得不搬的时候。

搬来新村后，一切都得从头开始。这个曾当了 20 多年村妇联主任的妇女，从入住新村的那天起，就开始对新生活进行了周密细致的安排谋划。

“我家一共有 6 口人，老两口， 4 个娃娃。娃娃们都大了，大儿子已经成了家，还有一个小儿子和两个碎女子上学着呢。不瞒你们说，搬到移民村的第一天，可把我给难坏了，你想想，一家三代，有公公婆婆，有儿子儿媳，而分到的房子却只有一间。咋住？原先在老村的时候，虽然房子有些烂有些旧吧，可凑合着儿子儿媳另住一间还是行的。可是搬到移民村，生生把一大家子人给放到一起了。头一天晚上，一家人在中间挂了个布帘将就着住下，第二天，我就挨家逐户地到别家去看，这一看我就看出些门道来了。很显然，在团结村这样住家的不止我一家，有好多人也是一家几代人在一个房里住着呢。可我同时又发现，人家经济条件好的早就把房改造装修了，人家在房中间做一个隔断，里面公公婆婆，外间儿子儿媳，既漂亮又实用，还有专门洗脸做饭的地方呢。可再一打听我又傻了眼，你猜怎么着？光这简单的装修最少也得一万元呢。回到家里以后，我就赶忙召开了家庭会议，我说，看来，我们搬到川里以后，要想过好日子还得加一把劲。就这样，我当晚就对全家人今后的生活做了安排，先让老汉（丈夫）出去打工，打上一个月后，儿子儿媳再出去，毕竟是在川道里嘛，打工要多方便有多方便。就这样，一家人住的问题算是解决了。接着我又把新分到的所有土地都进行了规划，盖了一栋牛棚、一个蔬菜温棚，这都是国家政策扶持的。还种了枸杞和庄稼，也都是经济作物。我算了一下，如果不出意外，到年底我就可以在我家的房子里也装上隔断了。”

在移民新村，海清芳扳着指头给我们计算一家人的吃穿用度，脸上洋溢着爽朗的笑容，看得出，她对未来充满了信心。

与海清芳家不同的是，从张易镇石嘴村搬来的李百林一家显得更艰难一点。李百林家共有 7 口人，其中两个儿子在山东上高职，一个闺女读小学，虽说孩子上学的费用国家都做了相应的减免或补贴，但一家人的生活还是令他左右为难，倍感煎熬。搬来新村后，他基本处于茫然无措之中。新村的新式生活和他在大山深处的日子可谓天差地别。就种地而言，原来他在老家基本上是靠天吃饭，几十亩瘠薄的山坡地陡得连耕牛都站不住。他只要在春天把种子撒进去，剩下来的日子就是在墙根下晒太阳，或与人下“方”，仅此而已。而来到新村后，种土地需要技术，种枸杞需要技术，养牛需要技术，而此前他对这些一无所知。说句不嫌人笑话的话，到新村后，他连川区人日常劳作中最基本简单的一件事——给庄稼浇水都不会。一切从零开始，这是他入住团结村后一直念叨不已的一句话。

在团结村村委会，我们看到了一份以原州区政府的名义下发的文件。在这份文件中，针对移民中存在的诸多问题，原州区生态移民办指挥部设定了操作性非常强的指导意见。比如，原州区南城拐子泵站生态移民项目区产业以土地资源为基础，从产业结构战略性调整的要求出发，遵循自然规律和经济规律，整合现有资源，以节水抗旱农业为抓手，建立长期农业抗旱耕作新制度，提升产业化水平，增加农民收入。以科技进步和机制创新为动力，以优惠的产业扶持政策和综合配套技术为保障，扩大产业规模、集雨节灌和保护地栽培，形成合理的区域布局和专业分工格局，推动农业和农村经济快速发展。

产业发展的目标是建设高效农业，从而改善生态环境。他们的口号是，力争移民一年搬迁，三年解决温饱，五年脱贫，逐步走上小康之路，确保安置群众能够安居乐业。对于产业发展，他们也有一个非常理性的原则，那就是，先生存，后发展，优先解决生产生活中的突出问题，重点发展生产开发项目。结合区内节水型社会示范省的有利条件，发展设施农业、节水农业和特色农业。

团结新村项目的主要特点是干旱缺水和耕地开发有限而造成人均耕地少，要确保移民发家致富，其产业发展方向必须定位在大力发展设施农业和养殖业上。通过一年多的努力工作，目前建成 1100 亩枸杞园区 1 个，户均 2.2 亩，枸杞已全部栽植。对居民点生产区实施节水灌溉工程改造，户均 0.6 亩，共计 300 亩。建设设施农业园区 1 个，完成日光温室 500 栋，占地约 500 亩。建设“一池三改”沼气池 1 座，和标准化牛棚 1 栋。

发展设施农业有两个关键因素严重制约着项目区农民的生产致富，一是水资源，二是农民生产技能。在解决水资源的问题上，他们积极争取自治区项目扶持，新建蓄水池容量达到 20 万立方米，完全可以保障设施农业用水。在农民技能培训上，他们方法灵活、形式多样。首先对所有农民进行一次最基本的生产技能培训，然后培训一批设施农业和养殖业能手，再从中选拔有文化、有责任心，愿意热心帮助周边群众发展的农民作为技术员，给予他们一定补助，使他们能随时随地解决当地农民发展设施农业和养殖业存在的问题，从而达到带动当地农民生产致富的目的。

2010 年 12 月 23 日，在距离我们上次采访一年后，宁夏《新消息报》记者刿文鑫走进了团结村。他此次看到的情形与我们当初的见闻可说是有天壤之别，团结村发生了翻天覆地的变化。他采访的人物恰好就是我们上次见到的村妇联主任海清芳。他一共拍摄了四张照片：一张是海清芳老家的旧窑旧院，已经垮塌了。另三张是表现现在生活的，一张是团结村的街道景观图，从照片上看，移民房已砌了墙、安了门，绿树绕院，街道整齐，一望而知便是安居乐业的新农村；另两张是海清芳家院内的情形，丈夫在太阳灶上烧水，她在屋里给客人端油饼，两口子均笑逐颜开，幸福洋溢在脸上。他这篇现场感很强的通讯发表在 12 月 27 日的《新消息报》上，现照录于此，也算是对团结村一年之间作一“今昔比照”吧！

今昔对比，变化翻天覆地

清一色的砖瓦房，院子里铺了水泥地，户户安装太阳灶、通了自来水，这就是固原市原州区三营镇团结村。

12月23日，记者来到团结村，敲开了海清芳的家。海清芳从大山里搬到此处已有两年，3个子女陆续成了家，都到外面打工去了，她和丈夫在家一边照看孙子，一边经管一座大棚。“做饭用沼气，吃水有自来水，耕地一马平川，孩子上学在家门前，看病买药也非常方便。”海清芳高兴地说，新家的水、电、沼气全通了，路也平整，与原来相比，生活环境发生了翻天覆地的变化。

“原来种40亩山地，一年收入不够吃。移民搬迁到新地方后，仅种4亩地，一年吃不完。”现在，海清芳一家一年收入3万多元，家里又建了新房。2010年10月，丈夫海正仓患急病，海清芳立即在村里找了一辆车，拉着丈夫赶到三营镇医院，随后又将丈夫送到固原市医院，由于救治及时，丈夫得以脱离危险。“如果在老家，后果不堪设想。”今昔对比，让海清芳感触颇深。

海清芳的老家在原州区河川乡店河村。采访当天，海清芳带着记者回了一趟店河村。从河川乡政府至店河村没有一条像样的路，村民只能沿河道而行。时至寒冬，河水结冰，河床上留下模糊不清的车痕。记者和海清芳乘坐的越野车进入河道后，在满是石头的河床上颠簸前行。途中，不时见到陷入冰中的三轮车。

店河村的村民原来都沿着沟壑居住，以窑洞和土坯房为主，饮水依靠山涧渗水。由于烟熏火燎，房屋和窑洞墙壁变得乌黑一片，村民戏称自家的住所为“乌鸦洞”。

海清芳的旧居在半山腰，门前是有二三十层楼高的悬崖。搬迁后，这里已经荒芜，院内长满蒿草，窑洞塌陷。提起以前的日子，海清芳很痛苦。“每天都在紧张中度过。”海清芳说，村民出行和孩子上学必须经过河道，最担心下雨下雪。下雨时，河道发洪水，家长担心孩子，不敢让孩子上学；冬季河道被冰覆盖，害怕孩子摔跤发生意外。海清芳有3个子女，每天上学时都要护送，由于上学难，海清芳的3个子女均辍学。

2004年，海清芳的儿子骑摩托车从家中出来后，竟然摔下门前的悬崖，庆幸的是摩托车摔坏了，人只受了轻伤。由于生活环境差，姑娘都不愿意嫁到这个村。海清芳的儿子谈了对象，女方家得知海清芳家的条件，首先就要求他们必须搬离店河村。

在这里，耕地就更难了。由于耕地都在陡峭的山间和崖边，耕地时必须一个人掌犁，一个人在前面牵引牲畜，给牲畜壮胆，同时防止牲畜受惊乱跑。让海清芳印象最深的是2005年夏季，庄稼收割后，她赶着毛驴上山驮小麦，毛驴失重摔倒，一路号叫着滚落至沟底摔死了。海清芳说，从那以后，每次上山下山，家人都要牵着牲畜小心翼翼行走，生怕发生不测。

看着昔日的住所，海清芳不断地说：“移民搬迁如果再早十年多好！”

新闻链接：2010年，共有2000多人与海清芳一样，从偏远山区迁入地理条件相对优越的川区。其实，早在1983

年，固原市已经开始实施移民搬迁工程，至2010年共移民53万多人。移民搬迁工程实施以来，经历了三个阶段：1983年至2000年为第一阶段，以移民吊庄为主，安置区主要分布在银川市、石嘴山市辖区；2001年至2006年为第二阶段，以跨县区移民为主，至2006年，在宁夏扶贫扬黄灌溉工程开发的红寺堡灌区、固海扬水扩灌区等灌区以及国营农场等地安置移民，其中安置六盘山水源涵养林区移民4.94万人；2007年到2010年，以县内移民为主。

2009年10月，原州区二期移民三和村的500户村民全部入住。

与移民同时入住的还有头营镇副镇长马建军。这个具有多年基层经验的镇政府干部，全程参与了项目建设的整个过程，可以说，他就是原州区县内生态移民的见证人。基于他对移民工作的熟稔和多年本土工作的经验，2009年10月，他被临时任命为三和村的第一任兼职村支书。

支书就是家长、管家，是大家生产致富的引路人。上任伊始，马建军就带着沉重的心情在移民村走了一圈儿。那时正是深秋，天气还比较暖和，他走在水泥路上时内心深处五味杂陈。可以说，移民村的贫困程度令他吃惊，有些携儿带女的一家人，其全部的家当竟只有一辆手扶拖拉机、一文不值的破旧被褥，和坛坛罐罐。他走一家，看一家，看一家，心里的感慨和怅惘就增加一层。他知道，他此次承担的决非一蹴而就的日常事务。因此，他到任的第一天就暗下决心：不在团结村干出点名堂，决不会草草收场。

为了表达诚意，他到岗的第一件事便是公开承诺，他将新领导班子成员组织起来，公开他们的电话号码、联系方式，以便随时解决问题。之后他运用村民管理卡的形式，杜绝了个别人转卖住房现象，这使一度有些惶惑和不明所以的村民感到安心、安全。在村委会的一整面墙上，由他设计的三和村村民分布图，标示了村里每一户居民的具体居住位置、相关信息，并附一张彩色全家福照片，具体明白、一目了然。利用冬闲时节，他会同发改局的同志，多方联系，在村里举办了为期两周的培训班，以及特色种植、劳务输出、舍饲养殖等村民急需掌握的技术与技巧，在村民中引起了强烈反响。他还利用村委会整洁的广场，组织篮球赛、象棋比赛、放电影等文化活动，这在一定程度上增进了村民之间的交流，缓解了他们初来乍到的生疏与孤独。并及时审核移民户籍，做到户随人走，使迁入区所在的镇及早进入管理状态。

不单单是马建军一个人，其实移民办所有工作人员都是这样兢兢业业、富有爱心。正是有了他们扎实而富有成效的忘我工作，原州区的移民搬迁才顺风顺水、深得人心。加之一系列管理和引导，三和村的村民入住后有秩序、有条理，且对未来的生活充满信心。

二期移民村取名“三和”，意为和谐发展、和衷共济、和睦相处。

张易镇黎套村的李正清就是这个村子第一批入住的村民。他家共有 6 口人。在老家时，20 多亩陡峭得连牛都站不住的山坡地使他伤透了脑筋，也耗尽了他的体力心血。尽管如此，一年到头他还是东挪西借，日子过得捉襟见肘。搬到和平村后，平整的土地和整洁的村巷新居就使他得到了莫大慰藉。他想，苦日子总算是熬到头了。遂一边安排儿子上夜校、上培训班，学习新的生产生活方式，自己则借贷了 3 万元在村里开了一家小型超市。他的超市由于位置好，价格公道，深受左邻右舍的赞许，每月可净赚 800 元，抵得上一个在外摸爬滚打的壮劳力。另外，他抽空给自己新分到的土地浇了水，并积极响应镇上关于大力发展特色种植和养殖的号召，建了一座温棚、一座牛棚和一亩枸杞园。

寒冬季节，他坐在自家暖融融的小卖部里，一边享受着政府所发的每家500元的取暖补贴，一边憧憬着一家人来年全新的川道的日子。他相信，通过自己勤劳的双手，和未雨绸缪的谋划，他未来的生活一定是芝麻开花节节高。

冬天的和平村到处都弥漫着新鲜的生活气息。

据统计，原州区二期移民共投资4315万元用于完成移民安置的八大工程，即农业水利工程、住户工程、人畜饮水工程、供电工程、道路工程、教育设施、取暖设施、设施农业。日前，所有工程已全部完工。

随着500户村民的陆续入住，一个崭新的、具有现代化管理意识的大村，在固原北川西南一隅已初显其形。

入选“美丽乡村”创建试点的皇甫村

时隔五年，我们再来到固原，看到的又是另一番情景。

在彭阳县古城镇皇甫村，洁净井然的水泥巷道，白墙青瓦翘檐的房屋、门楼及院墙，还有院墙外枝繁叶茂的核桃树、桃树、杏树等，让我们想不到这是移民村，觉得他们世代生活在这里，几经发展才成这个样子。经过走访了解，得知彭阳县古城镇属地质险点，因山体滑坡，他们从2011年的172户、2012年的147户、2013年的33户陆续搬迁至皇甫村352户1530多人。

在2013年11月13日，农业部办公厅公布的全国1100个“美丽乡村”创建试点名单中，彭阳县城阳乡杨坪村、古城镇皇甫村、新集乡团结村名列其中。近年来，彭阳县结合县情，充分利用生态建设取得的丰硕成果，抢抓自治区生态移民工程的有利机遇，以生态建设为依托，以移民新村建设为基础，以现代农业园区建设为引

大气的移民新村

领，以文明和谐社区建设为抓手，科学规划，部门协作，上下联动，整村推进，全力推动特色村庄建设、基础设施配套、优势产业培育、生态环境优化、文明生活创建等，打造了一批“生态宜居、生产高效、生活美好、人文和谐”的“美丽乡村”示范典型，农村人居环境明显改善，生态文明建设快步发展，美丽和谐新景象显现。

隆德县在自治区最南端的六盘山西麓，全县总面积 985 平方公里，辖 3 镇 10 乡 1 个街道办事处 118 个行政村，总人口 18.1 万，其中回族人口 1.8 万，占 10%。全县人口密度达 183 人 / 平方公里，人均耕地不足 3 亩，有效灌溉耕地不足 0.3 亩。

隆德县地处中温带季风区半湿润向半干旱过渡性气候地带，春低温少雨，夏短暂多雹，秋阴涝霜旱，冬严寒绵长，年均气温 5.1℃。近年来，由于持续干旱，降水量大大减少，年平均降水量 400 毫米左右，且多集中在夏秋两季，大风、干旱、冰雹、霜冻等灾害性天

气频发。全县平均海拔 2008 米，地质结构复杂，地貌破碎，土石山区和黄土丘陵沟壑区占全县土地总面积的 88.96％。全县有滑坡重险点 30 处，涉及 8 个乡镇 17 个行政村，群众 497 户 2252 人，占农村人口的 1.4%；地震断裂带 4 处，分布于温堡、山河、奠安、凤岭 4 个乡，涉及 111 户 449 人。高寒阴湿的气候、频繁发生的灾害性天气、严酷的自然条件制约了当地群众的生存和发展。按照自治区农民人均纯收入低于 1350 元的贫困标准，全县仍有贫困人口 5.5 万人，他们渴望彻底走出大山，改善贫困面貌。

按照《自治区中南部“十二五”生态移民总体规划》，隆德县 2011—2015 年搬迁 7409 户 30649 人，涉及全县 13 个乡镇的 73 个行政村 160 个自然村，占全县农村人口的 19.2%，其中向永宁县移民 2691 户 11130 人、向大武口区移民 2514 户 10400 人、县内移民 2204 户 9119 人。

县内移民，主要是因这里山大沟深，丘陵起伏，由于地表属于易塌陷的黄土层，每逢下雨、下雪天气，最易引发泥石流及山体滑坡等地质灾害。连年频发的地质灾害，威胁着当地群众的生产生活。为让居住在这里的群众安心生活，各级政府研究出台移民搬迁、异地安置等措施，让他们告别这个令人胆战心惊的地方。年近 70 岁的古城村西沟组的马成秀老人，就是受惠者之一。现在，他夜夜睡得安稳，再也不用担心因山体滑坡带来的隐忧和恐惧了。

马成秀的老家西沟组，站在山顶便可俯瞰村子全貌，散落在半山腰的一个个破旧的窑洞和院落，折射出当地村民的生活现状。马成秀的老家就修建在一个山峁上，门前山体滑坡的痕迹非常清晰。随处可见宽裂缝，有些裂缝的宽度超过五十厘米，长几百米。他原来居住在另一个山坡上，由于山体滑坡将家掩埋，全家人被迫寻找新的地方，但依旧没有离开滑坡区。

住在这里，村民最害怕的就是夏秋两季的暴雨和春季土壤解冻，最易导致滑坡。每到这些季节，村民夜晚都不敢睡觉，白天下地干活也提心吊胆的。

如今，这样的隐忧再也没有了。

为坚决贯彻落实自治区党委、政府的重大决策，使贫困地区群众早日过上幸福生活，隆德县委、政府将生态移民工程列为2011年改善民生一号工程，以“思想大解放，树立新形象”活动为契机，根据《宁夏“十二五”中南部地区生态移民规划》确定的目标任务，及时成立组织机构，出台优惠政策，加大宣传力度，深入农户调查摸底，登记造册，建档立卡。县委、政府主要领导和分管领导也先后多次到大武口和永宁县对接工作，县生态移民办工作人员常驻县外安置区，积极配合迁入区政府做好移民管理、户籍迁移、政策落实等工作，保证县外移民顺利实施。迁入市县党委、政府高度重视移民的安置工作，为移民安置出台了一系列优惠政策，大武口区将劳务移民安置房规划面积由40平方米调整到54平方米，对不适宜在企业务工的50—60岁人员通过公益性岗位进行安置。县外移民安置点工程建设有序推进，小学、幼儿园、农贸市场、服务中心开挖基础；双方县区联合深入村组对第一批计划搬迁移民情况进行摸底，筛选900多个就业岗位提供移民培训就业。永宁县闽宁镇武河村生态移民安置房已建成，闽宁镇劳务移民进行二层施工。

为确保移民实现“搬得出、稳得住、能致富”，海原县还出台了《关于加强县内生态移民帮助扶持工作的若干意见》，按照统一规划、集中使用、渠道不乱、用途不变、各负其责的原则，整合财政扶贫、农田水利、农村饮水、民政救助、农村能源、少生快富和产业发展等各类资金，提出了住房建设、产业发展、配套设施、困难救助、培训就业、子女上学6大类18条扶持措施。特别是在产业发展方面，

整合农业产业、节能环保、文化设施、技能培训项目，使县内生态移民安置区移民实现“五个一”，即户均无偿提供一座日光温室（或1~2座拱棚，或扶持发展一亩苗木，或补助建设一座养殖圈舍），配套1台太阳灶、1套太阳能热水器、1架户户通卫星电视接收器，培训掌握1门实用技术。

针对迁入区产业发展情况和对技能的要求，与迁入区积极配合，采取县内与县外培训相结合、课堂讲授与实践操作相结合、实用技能与新市民意识培训相结合、政府组织与委托职业技术院校培训相结合等多种方式，对移民开展技能培训，提高移民适应环境、发展产业、增收致富的能力。邀请石嘴山市领导在新市民就业创业培训班上为搬迁区群众代表讲课，进行劳务移民培训教育，强化对移民的“市民”“产业工人”意识的教育引导。与大武口区联合，委托宁夏军宏职业技能学校、固原市职业技术学院，为生态移民进行瓦工、电焊工、园林绿化、花卉栽培、装饰镶嵌工、家政服务、餐饮服务等各类专业技能培训，培训人员733人次。与永宁县联合举办生态移民葡萄种植技术培训班，邀请宁夏大学教授授课，已有108名移民参加了培训，学员还到永宁广夏葡萄基地实地观摩，参观生态移民安置区建设情况，增强了移民搬迁的积极性和主动性。

从一个门楼牌匾上书“幸福之家”人家的院墙看过去，院子里盛开的各色菊花和大丽花与院门口的花遥相呼应，引得蜂嗡蝶舞。因着欢喜，我们信步进去。迎出来的是刘正宗老人，2012年搬过来的。老人不善言谈，但得知了我们的意图后，他憨厚地笑笑，说：“生态移民好啊，我以前住窑洞，现在窑洞都塌了，真想不到这辈子还能住这么好的房，享这么大的福！”

在他家正房墙侧，依偎着与正房风格一致的另一间房，这是当初统一规划建设房屋时，考虑到山区人口多，政府便超出54平方米的标准，多建了8平方米，多出来的3.5万元费用，移民都乐意承担，觉得这是政府以人为本，考虑到他们的实际情况，解决他们的后顾之忧，是真正的民生、民心工程。

刘正宗认为，县内生态移民，既不让他们离开故土，又能把他们迁到安全的地方，还能住上他们以前想到不敢想的房屋，觉得除了政府、共产党，再没有谁能做到这般周全。

刘正宗的儿子都已成家外出打工，他现在种着政府补偿给的一座日光温室大棚，闲时侍弄侍弄花草，觉得生活很幸福很安逸。

皇甫村的352户村民，在搬迁前都没用过自来水，更不知道生活污水要处理的道理，迁入新居后最先享受农村集中连片整治的福利，村民全部用上了自来水，国家还投资220万元建起了集中式污水处理设置，在很大程度上改善了移民群众的生活环境。在“洪福之家”的谭福杰老人家，他家洗澡间里，光新旧毛巾就挂着七八条。洗澡时，谁有谁的，都不混用。

对如今的生活，谭福杰老人很是满意：“以前在老家时，年龄大些的人都不知道上水是个啥，下水是个啥，更不要说有这么宽的水来洗澡了。人实在脏的不行了，就在大洗衣盆里胡乱洗两下。以前在老家，不管天晴，还是下雨下雪天，一出门就是两脚泥土，哪像现在，穿双皮鞋，要不下地，几天都不脏。”

现在，谭福杰和老伴杨有梅跟大儿子住。儿子生意做得顺风顺水，院子里儿子铮亮的小轿车在明媚的秋日阳光下闪烁着诱人的光彩。而屋里那大块的洁净的白色地砖及全新的家具和家电，也印证着这家日子的殷实，说他们是“洪福之家”，实不为过。

由于以前在山里住窑洞，加之种粮食，常年漫山遍野地跑，63岁的杨有梅浑身是病。搬下来后，分给她家的蔬菜大棚，也给别人种了，她现在的任务就是养好身体。同时，再侍弄侍弄院里种的及

屋里养在二十多只盆里的各色花草。

从谭福杰干净整洁的家里出来，穿过花开满园的院落，又到洁净的村巷里，看着院墙外茁壮成长的各类果树及间作其间的青翠菜蔬，我们的眼睛总也看不够。头顶温煦的阳光，我们希望自己的脚步慢些，再慢些……

贾家岗子太阳正红

在我们早期的采访中，与原州区山川相望，但沟壑阻隔的海原县，虽也在紧锣密鼓地进行着生态移民的初期工作，可那时的难度，并不是我们5年多后看到的那样人心所向，而是在探索中，与恶劣的自然环境及人们的思想观念抗争着，一步一步走到今天。

海原县地处宁夏南部干旱带，县境内地质地形复杂，是全区干旱最严重，灾害发生范围最广，危害程度最大的地区之一，属黄河上游黄土丘陵沟壑区。在1999年版《海原县志》上，关于概况一节记述：本县境内生产生存条件极为恶劣，沟壑纵横，丘陵起伏；土地贫瘠，水土流失严重；气候干旱，灾害频繁；水资源匮乏，降水时段分布不均；天然植被稀疏，退化严重；农业生产效益低下，粗耕简作，产出水平极低。严重的旱灾和水土流失是农业生产发展最主要的两大障碍。截至2009年底，6899平方公里的土地上，尚有贫困人口10.58万人，占农业人口35万人的30.2%。

2001年以来，按照自治区党委、政府易地搬迁试点项目工程安排，海原县已经实施易地搬迁共涉及18个乡镇，123个行政村，124个自然村，共迁出人口1705户8066人。其中实施整村搬迁的有李俊乡水磨湾村、南华山关门山村的大南沟，及鸦儿湾自然村。蒿川、徐套、罗山、盐池等地群众为零星搬迁，分别安置在红寺堡、渠口农场、中卫南山台，以及长山头农场等处。

2008年，自治区党委、政府批复安排海原县县内生态移民项目区共3个，分别为李旺、高崖红古和兴隆——高崖节水补灌项目区，计划安置李旺、九彩、郑旗等乡镇移民1420户7100人。2009年县内生态移民项目区1个，为海原县新区项目区移民安置工程，搬迁三河镇2个行政村20个自然村4500人900户。

2010年1月12日，我们见到并采访了海原县发改局局长柳璞。在一家还算整洁的私人旅馆，刚从县人大会场走出来的柳璞显得压力颇大。

柳璞说，县内生态移民是一个项目捆绑、多方资金整合的综合性开发项目，难度较大，这不但需要牵头单位和当地政府的协调一致，且要求相关部门和移民乡镇的高度配合，只有大家上下一心，才能取得完满。谈到海原县生态移民的具体工作时，柳璞不胜感慨地说，难，真是天下第一难。

客观地说，海原县是宁夏干旱面积最大、受灾面积最多的县份之一，山大沟深，且距离黄河水源较远，县内可供整村移民的地方少之又少。接到移民任务后，由县发改局牵头首先成立了一个专家小组，对海原境内所有能够移民的地方，包括山原旮旯、沟谷河道，都进行了一番地毯式的资源调查。

其间，柳璞作为项目区负责人也随专家们翻山越岭，走访农户，在长达5个月的细致调查中，柳璞渐渐感到了肩上的压力和此次移民的责任重大。毫不夸张地说，生态移民政策在村民中的反响完全可以用一石激起千层浪来形容：举双手赞成的，大多是那些经济较差，自然条件极度恶劣的人家；而经济尚可，又花了毕生积蓄刚盖了新房，或置了一点家业的人家，一般都是等待观望，甚或心存怨怼。面对这种情况，柳璞曾一度怀疑此次生态移民的合理性。但随着调

查的不断深入和推进，那些因自然条件造成的贫穷和人间悲剧越来越触目惊心，甚而令人发指。于是，他更加理解了生态移民政策的迫切和英明，也理解了对这一惠民政策大力宣传和耐心解释的必要性和迫切性。

2008 年初，经过专家团多次反复讨论、缜密论证、认真筛选，《海原县 2008 年县内生态移民项目区工程建设方案》终于高调出炉，同时出炉的还有供水、供电、道路等单项工程建设方案，以及移民区整体和细部具体方案。可以说，正是有了前期扎实有效的基础工作，海原县的生态移民才能水随渠走，顺利实施。

其实，在移民搬迁、入住，进而进行日常生产生活的过程中，乡镇两级干部均作出了常人难以想象的努力。

当天下午，我们见到了李旺镇镇长罗长礼。罗长礼是一位精干、年轻有为的基层干部，因为基层经验丰富而深得领导赏识。他所主持工作的李旺镇，正是此次县内生态移民的大镇、重镇。资料显示，两年间，在李旺马路坡、南坪、水坪、小中咀等村的 5 个移民点上，共搬来 4 个自然村的村民 600 户 3200 人。在本就不富裕的地方又搬来这么多贫困人口，工作的艰难程度可想而知。筹地、分地、选点、建房、分房，直至组织安排移民生产生活，每一件工作都足以让人掉层皮。尤其令他头疼的是，移民区所在地是一个形如五指的分散区域，村落四散，是典型的不便集中管理的地方。而且新村和旧村隔路对峙，冲突矛盾时有发生。为此，他多次召开职工大会和村民代表大会，群策群力，千人一心，通过无数次磨合协商终于制定出了一整套既符合实情，又便于移民工作开展的细则和方案，这些方案涵盖了本地移民工作的方方面面。

罗长礼认为，李旺镇移民工作的难点，不在分地分水、建房分房，而在稳定民心，在搞好新、老村民之间的团结和谐。为此，他在李旺所在地 19 个行政村的现有干部中进行了精挑细选，经考察，他发现新源村（原红圈村）村支书马进成是一位能力强、有责任心的好干部，深得本地村民信赖。此人 18 岁就开始在村里任职，43 岁时仍在任上，其工作业绩曾得到当地政府部门表扬，事迹也曾上墙见报，在当地威望极高。于是，他让马进成新旧两个村的支书一肩挑，这样既有利于协调新、旧村民之间的日常事务，也更有利于化解因利益分配引起的各种冲突矛盾。

2009 年初冬，马进成临危受命，一到任，他就立即着手组建新的村级领导班子。在组织考察和民主推荐的基础上，他挑选了移民村原来 4 个村的支书做他的助手，接连数日召开村委会，商谈沟通，很快就明确了新村的发展思路和工作方法，这在村民中反响极大。马进成认为，人和人之间之所以产生隔阂，一是沟通交流太少，二是利益分配不公，只要解决好这两个问题，相信大部分人都可以和平共处。在他的不懈努力下，现在村民之间关系和睦，情绪稳定，生产生活热情日益高涨。

至 2009 年底，海原县 4 个项目区规划中的移民全部入住，实现移民定居率百分之百。

2010 年 1 月 13 日，我们驱车来到位于高崖红古的移民项目区贾家岗子。正是早晨九点多钟光景，太阳正红，可寒气中夹杂着的冷风却使人浑身打战。

在移民村村头，我们碰到了正收拾温棚薄膜的村民马汉贵，他原是九彩新庄三村人，一家 6 口于 2009 年从老家的山沟沟里搬迁至此，到现在已经定居一年了。谈到入住新村的感受，老马不禁唏嘘感叹，说老家和新家的日子真是没法比，不要说孩子上学，求医问病现在有多方便，就连他家唯一的一头耕牛也是欢天喜地，因为比之于高坡陡洼，平坦的村道街巷，牛走在上面也是舒坦的呀！

到新村后，他安排两个儿子外出打工，自己则和老伴儿在家务农，虽说去年仍然天旱，但通过节水灌溉和政府的帮扶，他还是觉得日子向前迈了一大步。经过一年川道生活的磨炼，他现在也逐渐掌握了许多新的生产生活技术。他觉得，要想使自己的日子有一个大的起色，不依赖科学技术那是万万做不到的。

谈到对未来的打算，老马说，劳务输出仍然是他家的支柱产业，其次，他已完全安排好了一家来年的生产经营。他打算将他家新分到的 7.5 亩土地一分为四，种两亩苜蓿，这是在为以后养牛、养羊和建沼气池作准备；种两亩甜瓜，种两亩红葱，这是为响应县上大力推广特色种植打好基础；剩下一亩多地，他打算建一个种植蔬菜的温棚，争取在当年就能见到效益。老马说，来到新村，只要克服掉懒惰等吃的毛病，依靠自己勤劳的双手，相信再笨的人也会有好日子过的。

离开贾家岗子，已是正午时分，村民家的屋顶上飘出了袅袅炊烟。在紧靠移民村的柏油路上，远远望去，新建的村小学和村委会就像两个醒目的标识一样映入了我们的眼帘。我们有理由相信，假以时日，加之政府和社会各界的不断关注，移民新村一定会成为屹立在宁南山地的又一道美丽风景。

不平常的川裕村

山大沟深、白土僵硬的蒿川乡，留给我太深的记忆——被风卷着跑的毛头柴，一小铝壶金贵的水，太阳底下晒暖暖的乡民以及他们袖着手进来蹭饭吃的连声感谢……十几年前，我们希望有一项举措，能够彻底改变这里的面貌以及他们骨子里根深蒂固的消极思想，让他们的步伐能够迈得远一些。果真，2011 年 9 月，他们搬迁了，只兴仁镇生态移民搬迁项目区内，就有泰和、团结、兴盛、川裕 4 村 1813 户移民。项目区内人均分配 1.4 亩高效节水补灌地、每户分配 1 个大拱棚种植蔬菜，并根据移民群众多年生产习惯增设了养殖小区。

我们前去采访时，这里牌坊高大，房屋整齐，巷道井然。在川裕村村口，我们遇见一个帅气小伙，我问："闲着呢？"他答："哪里，刚打工回来，今年工厂、建筑工地都不景气，我打工的那家企业也停工了，我回来等等，等遇上好的活，再出去。"我又问："现在愿意出去，不嫌苦？"他说："苦怕啥，只要能过上好日子。这些年在外，看看人家过的什么日子，我们过的什么日子，虽然政府把我们搬出大山，给我们安了家，但是好光景还得靠自己努力啊！"他的年纪，应当是我当年在他们村部学校看到的那些孩子加了 10 年时光的年纪。他们真的长大了，见识、思想远不同于他们的父辈。他们愿意走出去，并愿意通过自己的辛勤劳动，来换取更好的好日子。

川裕村现有 513 户村民。我们往村里去时，一些村民正挥动着铁锹挖水渠，准备把灌溉用水引到蔬菜拱棚内，锃亮的铁锹划过平常的岁月，却让我们的目光变得不平常起来。水是生命之源，在深山里，水没有痕迹，在这里，水在植物的根须处消失，将会永久地思考自己的前程。看着川裕村整齐划一的新房子及房顶上闪着红色光晕的太阳能热水器，新的面貌和新的秩序植进我的记忆中，我深陷移民村的氛围中，并力图浸入乡村文化的根须中与它一起探究一些什么。搬出深山的人们，走过一段由政府扶持的路，在新的地方重建家园重建生活。从移民村的规模来看，这里的生活发生了翻天覆地的变化。不仅修通了水泥路，建起了学校，主街道上，建起了医疗卫生所、便民超市等，不少村民还养起了牛。在川裕村的养殖区里，有一对老年夫妇正在给牛备草，他们是给养牛户打工的，挣点生活开支。这里盖了几排牛棚，看上去干净整洁，有一些牛棚里有牛，有一些牛棚里没有牛。这对给有牛的户主打工的老年夫妇，对牛有着天然的情感，他们把牛棚打扫得干干净净，就像是给自己家干活一样。男的说自己也想养牛，就是家里没钱。女的说对于养牛户政府补贴一部分钱，可惜她丈夫就是拿不出另一部分钱来。男的说让妻子去找亲戚借些钱先养牛，可妻子就是不去借。女的说男的日思夜想要弄个大牛棚，就得他去借钱。男的认为只要有了牛棚就能赚到钱，想赚钱就得有自己的牛棚。这对老年夫妇在牛棚里小声争执着，最后女的说，他们老两口打工挣些钱，明年就会有自己的牛棚了。关于牛棚和牛，不管是情感也好，执念也罢，在他们的认识里，似乎牛棚就是移民脱贫的一种方式。也许，牛是乡村生活的一种坚守，有了牛，他们的生活就有了希望一样。我们也希望，移民村的村民在社会结构发生变革的今天，得到更加丰厚和永久的收获。

从牛棚出来，我们来到一户人家，他家屋顶上安着太阳能，家中有电视机、电冰箱，整洁的院中还有一个太阳能炉灶。女主人热情地给我们介绍她家房顶上最显眼的太阳能装置，介绍怎么靠太阳的能量烧开一壶水，介绍卫生间里的洗澡设施。女主人介绍这些时，好像她是城市的主人，我们是从深山来参观似的。她说，这种生活是她以前想都不敢想的，她没想到这辈子能有这么宽的水来洗澡。之后，她带我们进入她家的蔬菜拱棚内，里面种满了各种蔬菜，有西红柿、甜瓜等。她说菜吃不完，就拿到集市上去卖，她热情地邀请我们吃最新鲜的小黄瓜。并说，现今一年有新鲜蔬菜吃，也是以前想都不敢想的，那时候，土豆、酸菜、咸菜，一年到头就这些，去川区里浪亲戚，见面条里调菜，觉得亲戚傻哩，山里人哪有这样吃饭的？现在才知道，傻的是自己。说着，女人捂嘴吃吃地笑着。山里人面条里不调菜是因为没有菜，而不是不好吃。从女主人的言谈中，我们感到她从一个地方移到另一个地方，从大山深处移到川裕村，就像是换了一首歌迎接生命的春天。

从川裕村出来往兴盛村去时，正值中午放学，几名学生手拉着手蹦蹦跳跳的，嘴里还唱着歌。看到这场景，我的心境突然变得空明起来，就像白云在天空自在变化，一个属于阳光和未来的世界冲撞着我的大脑。比起十几年前我在浪水村村部学校看到的那 17 个孩子，他们的快乐实实在在地感染着我，我想，在近路近学校的地方，他们会有一个不一样的人生，这，可能是我们最希望并愿意看到的。

从红梧山到撒不拉滩

2010 年 4 月 13 日，大风，扬尘。一大早，我们驱车从银川出发赶往中宁。一路上，已显出一片嫩绿颜色的柳枝迎风飘摆，洋溢着浓烈的春的气息。车过县城北郊，宽阔而整洁的观光大道充分展示着“枸杞之乡”的富庶和气派。在县政府三楼的楼道里，整整一面墙上，撒不拉滩项目区规划图像一幅航拍摄影作品一样，令人眼前一亮。

据中宁县相关领导介绍，中宁县境内生态移民从一开始就有别于其他地方。原因之一：中宁县地处宁夏山川结合部，自然条件差异大，山区与川区发展不平衡，特别是中宁喊叫水、徐套地区和同心县窑山地区经济基础薄弱，群众生产生活困难，移民工作难度极大。原因之二：中宁因区域划分的缘故，把原本属于同心和海原的部分移民任务接了过来，而这些项目从一开始就留有隐患，或项目规划不利于发展，或移民人数存在差距，总之，这些项目扫尾工程

大大影响了整个县内移民工作的推进。尽管如此，中宁县委、县政府还是本着“以川济山，山川共济”的战略部署，一步一个脚印地努力完成着规划中的移民任务。

据统计，近年来，中宁县作为“使群众脱贫致富第一任务”的生态移民工程累计投资4.16亿元，整理开发土地8.53万亩，建成住房5244套，搬迁移民3683户14732人，极大地促进了县内经济社会的全面协调发展。

中宁县境内生态移民的4个规划项目区分别为马家塘、红梧山、撒不拉滩、打麦水。

马家塘项目是2003年自治区党委、政府批复的国家易地扶贫搬迁试点工程，最初由同心县组织实施。由于批复早，搬迁跨度大，到2009年才勉强结束。之所以造成这种被动而令人头痛的局面，是因为在2004年行政区划调整过程中，项目区实际人数比规划人数莫明其妙多出来5000多人，也就是说，该项目移交中宁实施后，不但要加大力度争取资金，且要将开发土地的亩数由规划中的4.5万增加到5.8万。又由于基础建设差，人地矛盾突出，上访事件时有发生。鉴于该项目区的实际和复杂现状，相关领导多次来此协调工作，建议属地工作属地解决，不能相互扯皮，不能拖后腿。在多方努力和周旋下，两县负责人通力协作，一些遗留下来的问题最终得以解决，项目工程也终于在磕磕绊绊中接近尾声。至2010年，已建成移民新村6个，住房1621套，搬迁入住1415户6367人。建成的6个移民新村全部通电到户，新建和扩建的4所学校，及村级活动室已全部投入使用。从遥远的、近百公里以外的山区搬到这里，村民们打心眼里感谢着党和政府。在几近不毛的滩地上，他们建造水窖1200眼，整理林带284.2亩，绿化主干道4条8.2公里，栽植各类树木1.2万株。2010年主要完成设施拱棚1621座648亩，通村主干道硬化 25 公里，造林绿化 3300 亩，在土地分配到户后，村民们情绪稳定，生产生活热情颇高。

与马家塘项目相似，打麦水项目也是个接手过来的半拉子工程。该项目 2007 年 6 月经自治区党委、政府批复，最初由海原县组织实施，徐套乡划归中宁县后，2009 年 5 月项目同步移交、继续实施。项目计划总投资 1870 万元，建房 656 套，安置徐套乡李士、红柳、小湾 3 个行政村 13 个自然村 656 户 3603 人，配套设施农业用地 700 亩（户均 1 亩），由道路、学校、供电、村级活动室、医疗室等配套工程组成。后根据项目区实际情况，经积极争取，砂砾石道路变更为混凝土硬化路，增加了防洪堤、广场硬化及绿化等工程。已建成移民住房 465 套，在建 194 套，搬迁安置移民 460 户 2420 人。新建的移民村小学已投入使用。硬化村部广场 1980 平方米，铺设各级管道 45.5 公里，建成移民新村村部、卫生室各 1 所，建成环村防洪堤 1 条 2.3 公里，广场周边栽植树木 2100 棵，硬化主干道 3.4 公里、巷道 3.8 公里。2010 年主要完成移民房 194 套，开发整理土地 0.8 万亩，硬化主干路 0.7 公里、居民巷道 3.7 公里，建设设施拱棚 656 座，砌筑庭院围墙 3940 米，造林 445 亩，搬迁安置移民 205 户 1183 人。

由于行车路线的原因，我们只在采访结束时在这两个项目区的外围眺望了片刻，然后就驱车赶往别的地方。在中宁县，我们着重对红梧山和撒不拉滩移民区进行了采访。

其实，在这四个移民项目区中，真正属中宁县独立设计、规划，到最终实施完成的还就是红梧山和撒不拉滩项目区。这两个项目区最大的特点是“双高”，即，设计起点高，建设标准高。为实施“双高”和完成其他两个项目区的扫尾工程，县委、县政府先后制定出台了多项几近苛刻的制度措施，目的只有一个，那就是要努力使这

两个项目区成为中宁乃至整个宁夏生态移民的示范工程、样板工程。

我们首先来到红梧山生态移民项目区。

那时风更烈，沙尘更大，在车子驶出县城不久，就看到了路侧荒滩沙地中的红梧山生态移民项目区。该项目区地处红寺堡扬黄灌区，是一处状如小型盆地的砂石地，一座形如景区的石桥和凉亭横在中间，周围错落有致地散布着民居和公共设施，有村委会、学校、卫生室、警务室、文化服务中心，还有一个像模像样的小型客运站。从村部所在的高地上望过去，红梧山移民区就像一个精心设计的旅游点一样从荒地沙海中凸显了出来。

在可以作为移民村瞭望点的村部，我们见到了年轻的管委会主任杨宝翟。据杨宝翟介绍，红梧山项目是典型的先建后批、批小干大的移民工程， 2008 年启动实施，计划开发土地 2000 亩，建房 200 套，安置徐套乡 4 个行政村的 200 户 1000 人。但项目实施不久，人们发现利用该地现有的土地资源，完全可以同时解决本县 11 个乡镇的其他贫困人口，于是他们重修规划，再行设计，在开发土地 1.1 万亩的基础上，建成住房 2008 套（其中生态移民 200 套、危房改造 1808 套），搬迁入住移民 1938 户 8856 人，成为中宁县境内一个形如城镇社区的特殊移民区。

杨宝翟说，红梧山项目区名幸福村，是中宁县为解决农村群众住房和生产生活问题而实施的一项民心工程。由于户数多，人口多，且居民多为各乡镇肢残、智残，及经济条件落后的贫困弱势群体，故管理和组织起来难度较大。他原先是中宁县民政局副局长，2009 年 1 月兼任该地管委会主任后，几乎没睡过好觉，因为村里实在是杂事太多，而事情的复杂程度又往往超出了想象。杨宝翟给我们罗列了几项他日常工作中的难点，如选村干部，其他地方的人都抢着当，想尽一切办法当，而他在红梧山这个地方绞尽脑汁都找不出来几个合格的和像样的。为从数千人中选拔 16 名村干部，他可以说是使出了吃奶的力气，光群众大会就召开了无数次。再比如治安管理问题，因为这里地处多个移民区的中间带，人多事杂，偷窃现象时有发生，所以他们这里不但设有警务室，且得组织巡逻队一天 24 小时不间断地巡逻。

谈完难点，又谈亮点，这时杨宝翟脸上终于露出了难得的笑容。他说，这几年多亏县上和各乡镇、各部门的大力支持，才使他得以在极度困难的情况下开展日常工作。他扳着指头细数近几年有关部门对他们的帮扶，如年头节下，县委、县政府总要想方设法为这里的居民免费发放米面油炭等生活物资，极大地缓解了广大群众的后顾之忧。还无偿给每个搬迁户发放并安装一台电视机，为困难群众发放棉衣、轮椅及慰问品等。而管委会的成员在杨宝翟的带领下，突出解决了一些群众在生产生活中遇到的矛盾和实际问题，一时间使干群之间、邻里之间出现了难得的融洽和谐局面。同时，为活跃新到移民的文化生活，他们还组建了一支由村民组成的集乐队、秧歌队于一体的文艺队伍，排演节目，宣传党的生态移民政策，也在一定程度上缓解了他们初来乍到的陌生感与孤独感。

说到移民区的经济发展和社区建设问题，杨宝翟似乎已胸有成竹。他说，自到任的那天起，他就开始组织村民平田整地、铺垫道路、修渠通水、改良土壤，在建成枸杞、苹果示范园区 2 个 680 亩的基础上，努力尝试栽种一些适合本地生长的经济作物，如枣树、核桃树、大葱、马铃薯等。结合村部及整个移民区村路街巷的硬化、美化，他还组织群众栽植鲜花，平整庭院，定期清扫道路，这使已初具规模的红梧山移民区有了一丝儿小城镇的味道。在不久的将来，相信它一定会变成名副其实的“幸福村”而使世人侧目。

这时我们突然想起曾在一家区内报纸上看到过的一则通讯，题

目叫《中宁幸福村天天上演幸福事》，这应当是一篇比较写实的稿子：

昨天，贺兰县80岁的蔡凤英老人从宁夏第一所“村级”客运站——中宁红梧社会主义幸福村客运站下车后，被眼前的移民点感染了。移民区柏油路通向阡陌，大广场亲水平台随形就势，乔草结合色带点缀，景观便桥连接人行小道曲径通幽。在弟媳周玉英招呼下，蔡凤英老人走进了政府为弟弟家修建的移民砖瓦房。屋内暖暖的，清冽冽的自来水，花纹石膏顶把屋子装饰得美丽惹眼。

2008年7月，中宁县为解决农村低保救助对象的住房和生产生活问题，提高农村民居抗震标准，投资8000万元建设红梧社会主义幸福村。县民政局副局长、幸福村管委会主任杨宝翟说，幸福村由25个部门承建，每户占地320平方米。学校、社区、卫生院、客运站等7个公共服务机构和20条水泥大道提高了移民村整体服务功能。县里从2007年起连续8年为每个农民每年补120公斤口粮，连续三年为移民淌水改良耕地，救助户继续享受农村低保政策。同时，县里为移民新建肉牛养殖区、生物环保养猪场和沼气池，无偿提供有机肥。列入搬迁的2008户救助户除自筹5000元外，其余4.5万元建房资金均由政府项目资金解决。

宁安镇移民昊天去年居住的土坯房因大雨坍塌，今年6月份搬迁至幸福村。他说：“搬到新家后，用上了太阳能灶台、沼气池等清洁能源，做饭不再烟熏火燎。这不，俺还办了饺子厂，吸收8名特困户包饺子挣票子。”截至目前，该县1938户困难户落户，户均免费分到3亩经果林苗圃。

寒冬逼近，县里还给每户发放1吨煤、25公斤大米、25公斤面粉、5公斤香油。在自治区广电局支持下，该县给每户无偿发放彩色电视机1台、安装卫星天线接收器1套。记者漫步幸福村，但见巷道及耕地新植林网都被套上塑料保暖膜，5万株刺槐、杨树主干道林网及成片的生态屏障效益凸显。

离开红梧山，我们又来到撒不拉滩。

撒不拉滩是中宁县境内的一个移民项目区,地处喊叫水乡中部，是一片形似戈壁的荒滩，滩内乱石遍地，矮草点点，远看很有些古战场的味道。撒不拉是什么意思，至今无人能解，当地志书也无确切记载，根据古时蒙古人曾在此逐草牧羊的传说，撒不拉当为蒙古族语中一个音译地名。撒不拉滩项目区属中宁县一个整乡搬迁的移民项目，其从最初的设计、规划，到建设方案的顺利实施，都以“高标准和严要求”著称，有人断言，撒不拉滩项目极有可能成为将来宁夏生态移民的一个示范工程、样板工程。

那时已是下午三四点钟光景，强劲的风把漫天黄尘高高扬起，这使得我们眼中的喊叫水越发的荒凉、孤寂。在宽阔的公路两边，人们忙着在山脚下的旱地上铺薄膜，种硒砂瓜。拐过几个较大的山弯后，眼前突然出现了一片很大的开阔地，就像数百年没落过一个雨点的荒滩戈壁。这就是我们今天要造访的目的地——撒不拉滩。快到滩地中心时，车头向左一拐，下了国道，于是我们的眼前就出现了一个高大气派的门楼牌坊——乐园村。

乐园村就是撒不拉滩项目移民区。

走在乐园村的路上，我们的心情颇不平静。客观地说，这个移民项目区给我们的印象是深刻的，冲击是巨大的。别的不说，就它

那大手笔的开发气势也足以让人惊叹。在一片广阔的、几近荒芜的不毛之地上，一个小城镇的轮廓已初显雏形。宽阔的马路，铺了花纹瓷砖的人行道，以及道旁刚刚移栽过来的各种树木，这一切就像一个迷人的预言。而这预言又是那样的具体和实在。

站在作为新村休闲广场的制高点上，随行的中卫县发改局副局长田兆军告诉我们，撒不拉滩项目是经自治区党委、政府批复于2009 年 6 月启动实施的，整村搬迁徐套乡徐套、小湾、原套、白套 4 个行政村 1200 户 5000 人。由于连带着搬迁乡政府，最初的规划与设计便不同于别处，除配套一般移民村里的农田水利、人畜饮水、供电、道路、学校、村级活动场所、设施农业、农村能源、绿化等工程外，还根据需要又增加了一个乡政府应有的一切设施。站在广场中央，新村建设尽收眼底。围绕新村的是约 50 米的宽幅林带，林带过去是绕村公路，在东西长 2.1 公里，南北宽 1.6 公里，总共占地面积约 5200 亩的区域范围内，囊括了一个新型移民区所有的建筑。移民区最北边是乡政府，与其一路相隔的是建筑别致的畜禽交易市场。1200 户民居散布四周，中间是幼儿园、文化站、休闲广场、客运站、商贸房、综合市场，和四个功能各异的村委会。

据田兆军介绍，该项目区于 2009 年已完成移民住房 1150 套（建成 660 套，基本建成 490 套），建成村级活动室 3 个、卫生室 1 个。铺设沙石路 28 条 43 公里，硬化主干路 1 条 7.2 公里、环广场路 1.5 公里。架设高低压输电线路 32 公里，安装变压器 9 台。铺设人饮工程各级管线 65 公里，建成养殖圈棚 135 座（270 户），沼气池 1000 口，主干道栽植绿化树木 1000 余株。学校、客运站、畜牧服务站、商贸房、综合市场等工程进入收尾阶段。2010 年主要完成开发整理土地 1.8 万亩，硬化巷道 43 公里，建成休闲广场 1 处、幼儿园 1 所，以及庭院围墙、乡政府办公楼等工程。计划 5 月初搬迁移民，10 月底完成各项工程建设和移民搬迁安置工作。

数字尽管枯燥，但数字最能说明问题，通过这些密密麻麻的数字，撒不拉滩生态移民区的总体风貌已像一幅立体画轴一样展开在我们面前。

在建筑工地，我们碰到了正在监督施工的徐套乡党委书记马林成。

马林成说，总算要搬下来了，要再不搬下来，我的 1 万多老百姓就要旱死在山上了。

徐套乡是个典型的兔子都不拉屎的穷地方，山大沟深，信息闭塞，距县城约 60 公里路程。别的不说，就乡政府所在地的那个小山包上，满街道只有一家饭馆、两个小卖部，村干部们翻山越岭好不容易开次会都只能在乡政府上灶。得知要搬迁的消息后，老百姓群情振奋，奔走相告。现在，他们有事没事都要到建筑工地上转转，一拨一拨像赶集，有时一坐就是大半天。很显然，他们已在内心深处开始谋划将要到来的美好生活了。

临别时，马林成还动情地告诉我们，2009 年是中宁生态移民工作的收尾之年，也是具体落实各项建设任务的关键之年，故县委、县政府已将生态移民列入全县 100 个重点工作项目之一，实行县级领导包抓责任制。

同时，县发改局牵头，各成员单位配合实施。相关成员单位一把手为主要责任人，切实加强对项目建设的组织领导和监督管理，对具体的工程建设要派专人负责，将任务落到实处。此外，各成员单位之间要协调配合，形成合力，确保项目顺利实施。

中宁县已将生态移民工作毫不犹豫地列为发展经济、协调社会的大政要务而要在荒漠戈壁上大干一场了。

果真如此，2012 年 4 月 12 日，1206 户 5186 名生态移民从宁

夏固原市原州区和海原县坐上汽车，经过几个小时的山路颠簸，住进了位于中宁县的宁夏农垦渠口太阳梁移民新村的新家。这是宁夏农垦“十二五”期间搬迁安置的首批生态移民。在移民新村，1200多套移民房屋整齐分布，水电入户，道路四通八达，离住家不远处就是移民小学和村镇卫生院。500栋设施温棚已经建成，每户移民可以分得1栋日光温棚或养殖棚圈，每户还有6分地庭院经济、5分地特色产业。

同年9月25日，海原县树台乡、九彩乡和曹洼乡的400余户群众搬迁至中宁县大战场镇宽口井社区。这是中宁县为确保移民“稳得住，能致富”，一改往日设置移民新村的惯例，将宽口井移民项目区命名为“宽口井社区”。和石嘴山市大武口区的新民社区一样，一看到一进入，就觉得他们是一直生活在这片土地上的人，没有距离感。社区位于中宁县大战场镇境内，距离县城24公里，紧靠109国道、福银高速公路、包中铁路及同心扬水三干渠，占地12303亩，集中建房1665套，社区中心建有1.1万平方米的九年制学校（中石油宁夏石化公司捐建）、幼儿园、卫生院、邮政所、村级活动室和文化广场。移民区开办农资农家店12家，配套建设了农田水利、人畜饮水、供电、道路、巷道绿化、环村林带、设施农业等工程。同时还引进了6兆瓦的光伏发电项目，通过屋顶的太阳能电池板，不仅能源源不断地向电网输送清洁能源，更能为每家每户每年带来600元的收益。如今，这里安置着海原县生态移民1965户8550人，常住人口1万多人。

“在移民项目区，只有我们宽口井社区达到百分之百的入住率。”这是宽口井社区宁原村党支部书记马汉文说的话，自信而霸气。

2015年1月13日，我们再次走进宽口井社区时，已是下午，虽刮着大风，但是没有尘土，社区巷道干净整齐。和我们每次在高速公路上看到的那亮光光似海宽阔的一片一样，身处其中，仍然震撼，那是源自社区 60% 的房子都是经过翻修扩建的，宽敞的门窗、亮堂的房屋、洁净的大块地砖……经过不到 3 年的发展，移民已把这当成真正的家，并愿意世世代代生活下去。这些实实在在的变化，无不是中宁县人民共同努力的结果。

移民搬来之初，为了使其致富有产业支撑，中宁县政府为移民配套开发了 7250 亩水浇地，建成 1365 座养殖牛棚、300 余座种植温棚。考虑到移民生产经营上有难度，经协商，决定暂时将养殖基地和温棚整体租赁给大户经营，移民每棚每年获益 600 元，同时把 7250 亩土地进行流转，交由枸杞种植公司经营，移民每亩每年获益 600 元。加之引进的 6 兆瓦光伏发电项目给每户每年带来的 600 元收益，一个移民家庭，啥都不干，每年可直接获益 4200 元。

但是，这些在黄土地上刨食一生的人，根本就闲不住，在土地流转后，有的村民就地务工从事枸杞采摘和田间管理，仅此一项，每年每户收入在 1 万元以上。一些村民还贷款买了农用车，准备利用离县城近的条件跑运输。年轻一些的村民则报名参加了技术培训，希望通过县里组织的培训班，成为技术工人。而那些年纪大一些的，以及妇女，刚搬下来没几天，他们就到社区广场上做生意。马汉文说他们正在筹划建市场，到时大家就可到那安心地做生意。

移民王文成在养殖园区打工，每月 2700 元的工资。可他并不满足于此，而是边打工边学艺，想待时机成熟自己搞规模化养殖。移民杨万东由农民转为产业工人已经两年，在天元锰业打工，年收入 5 万余元，他打算 5 年内在中宁县城购置一套住宅。

社区有 200 人在宁夏天元锰业打工，年收入 1000 万元，1100 多人长年在外地务工，年收益 3300 万元，另外，每天有 350 人在当地打零工，一年收益 400 多万元。

以前在老家时，睁开眼睛，看日头从东边的山坳里爬上来，再落到西边的山洼里，人半张着嘴，像条缺氧的鱼，等天下雨，靠政府救济。如今来到新家，先前那崎岖的山路被平整的柏油路所替代，金贵的水打开水龙头就哗哗流淌……物质条件的改善，对移民来说，是实实在在的。但让我们更感欣慰的是他们“观念”的变化——以往劳碌一年只能果腹，如今，虽然也辛苦，但可致富，苦中有甜，生活有盼头。

53 岁的马风云是海原县曹洼乡南川村人，有木匠及装修手艺。他家房子是花 7 万元重新修建的，正南一排有客厅客房，客厅大窗落地窗帘富丽大气，客房床铺整洁温馨。正北一排是厨房，也有卧房，里面是炕，冬天睡炕，夏天睡床。如今，这里的许多人家都是这样。虽然南北各有一排房子，但院子丝毫不觉狭小，这是因为他家院西有一道着色浓艳喜庆的大好山河的影壁，所有杂物都堆放在影壁后的后院里，因此院落颇为宽敞。

我们来到他家时，他正忙着收拾新房，说儿子过年要回来结婚，他得把活给赶出来。我们夸他给儿子装修的新房新颖时髦，他得意地说，从起屋到装修，都是自己冬天抽空一点一点整出来的。夏天，他在周边给别人盖房装修，这样下来一年也有个三四万元的收入。家也顾了，钱也挣了。对这样的日子，老马很满意。说以前在老家种 10 亩地，一年到头也就收入 500 多元，而走 15 里路，拉上一方水成本是 30 元，辛辛苦苦干一年还买不到 20 方水。除了自然环境的制约，交通不便是村民以往最大的“心病”。去乡里太远，车费也贵，以前为买农资，春、秋、冬季才各去一次。由于学校远，大人不放心，许多孩子早早就辍学在家，看病也要到乡上，“来回太折腾！村民头疼脑热的没人愿去医院。”

“如今可好了，出门就是学校、医院，我们活了几十年，哪想到有一天能过这样的日子？尤其是孩子求学，我们的指望都在他们身上哩！”在宽口井幼儿园前开着“亮亮综合商店”的杨国林摸着3岁孙儿亮亮的头说。

这小机灵鬼是杨国林小儿子杨吉的儿子，我们刚进屋，见没大人，就说：“这家没人啊。”谁知，坐在炕上看电视的小家伙眼睛都没眨一下，说：“难道我不是人吗？”瞧他一本正经的样子，逗得我们忍俊不禁。闻声出来的杨国林，见我们夸他孙子聪明，就笑道：“现在上幼儿园了，有老师教就是不一样。现在这里不光有幼儿园，还有九年制学校，以前许多送到外面上学的娃娃都回来在家门口上学了。”

这倒是真的，与杨国林家一路之隔的中宁县宽口井中石油希望学校宽阔的操场上，几个少年在打篮球，其中一个叫杨永的学生，16岁，说以前在老家上学时每天要走两个小时的山路，遇到下雨下雪天，根本就上不了学，家人心焦，就把他送到大武口亲戚家去上学。2012年他家搬到宽口井后，他也随之转回来上学，每天中午在学校吃免费的午餐，隔天就能吃顿肉。并说这里的教学条件很好，自己再努力一年，希望能考上中宁县城最好的高中，三年后考上理想的大学，以不负父母的期望。

在学校红色大气的墙壁上，写着“千教万教教人求真，千学万学学做真人”的字迹，校门口进进出出的是意气风发的少年。在这座新兴的“城”里，给我们太多的不一样，这些不一样，如宽口井社区的标识那样：图形中间的九个色块，三排三列象征“三生万物”，表示移民区的群众从此扎根在此，要创造色彩斑斓的生活；九个格子象征着村落的鸟瞰图，中间的红色格子代表坐落在村子中央的学校（学校也是红色建筑），体现了重视教育的理念；而组成学校标识中心部位的“一滴水”、“一本书”（也是汉字“井”）、“一

宽口井中石油希望学校宽阔的操场

汪泉水”，分别代表了“滴水之恩当涌泉相报”和“吃水不忘挖井人”的寓意；展开的书象征着知识的传递；“井”字既代表了“宽口井”这个地名，井中迸出的水和涌动的暗流，又象征此地人杰地灵。在水流涌动中，孕育幸福的生活。

不一样的南苑新村

采访盐池县县内生态移民工作，是2010年4月16日下午的事。陪同我们采访的有盐池县发改局副局长王紫琥、以工代赈办副主任刘建国，以及南苑新村党委书记张沉。

张沉是个精干而幽默的人，他一直以曾全程陪同来移民村视察工作的胡锦涛同志为豪。在他的引领下，我们像游览风景名胜一样开始实地走访南苑新村。

南苑新村是盐池县的一个移民大村，地处县城西郊，是一个被人们称为“宁夏生态移民高档住宅区”的地方，声名远扬，外地来的专家政要多到此参观、访问。

南苑新村确实与别的移民村不太一样。

进了村子，我们立即被整洁幽雅的环境吸引住了，村头是一小型公园，公园里有甬道、草坪、凉亭，以及郁郁葱葱的松树林。站在园内由数棵大树环围的小山包上，南苑新村的村貌一览无余。以小山包为中心，环绕在它周围的是被分为高、中、低三个档次的居民住宅区，住宅区皆白墙红瓦，独门小院，远远看去的确像南方富庶地区的新农村。而那宽阔整洁的街巷、排排直立的路灯，以及绿草丛丛的绿化带，无疑给这个精心设计的移民区罩上了一层色彩浓烈的现代气息。

走下山包，便是村部。村部也是一现代感极强的平房式建筑，整体为玻璃镶嵌的开放式门面，囊括了会议室、文化室、党员活动室，以及医务室等村级机构。门前是一小广场，广场上有草坪、绿化树带，以及一块由福建书法家吴乃光题写村名的标志性巨石。

在村部旁边，我们看到了四块精美的宣传展板，其中两块的内容是有关本县扶贫及生态移民的。

其一：盐池是 1936 年解放的革命老区，也是中国滩羊之乡、甘草之乡，同时又是宁夏中部干旱带上的国定贫困县，面积最大的牧区县。年均降水量不足 280 毫米，干旱缺水是盐池最大的县情。为了解决好缺水地区的民生问题和发展问题，我们积极响应党中央、

国务院号召，按照自治区党委、政府的安排部署，自1992年起，通过扬黄灌水和生态移民，先后开发水浇地20.3万亩，搬迁安置移民1.01万户4.2万余人。特别是自2002年盐池县被确定为国家扶贫开发重点县以来，我们大力整合各类项目和资金，深入实施整村推进扶贫工程，人均纯收入从2002年的1429元增加到2008年的3002元，贫困人口由当时的6.1万减少到2008年的2.6万（按2009年贫困标准，则人数为4万）。

其二：盐池县南苑新村位于县城远景规划控制线以西1.5公里处，占地2267亩，是盐池县将生态移民和新农村建设有机结合起来规划建设的一处规模较大、水电路及通讯等基础设施齐全的生态移民新村。重点安置盐池县麻黄山、大水坑、惠安堡等乡镇地处偏远、饮水困难地区群众866户2479人。农户建房用地是经过综合整理的398亩废弃砖窑和荒地。新村内设有村部、幼儿园和农资直销店，并建成占地230亩的养殖园区1处，年饲养5万~7万只滩羊；建成占地643亩的设施种植园区1处，新建日光温棚、大拱棚1000座，居民区与养殖区、种植区采用绿化隔离，总绿化面积527亩。

南苑新村于2008年4月5日开工建设，当年10月主体工程全部竣工，搬迁移民已全部入住。

这两块展板无疑是盐池县生态移民工作高度凝练的总结。

在村部，三位生态移民工作的直接负责者为我们讲述了他们的大致做法，包括“强化领导、加强宣传、政策激励、规范建设、整合资源”等诸项内容。为方便叙述，我们将其要义一一罗列出来，也算是对盐池县生态移民工作的初步解读。

之一：县委、县政府把生态移民作为农业农村工作的突破口来抓，多次召开会议，研究部署协调，成立了由政府主要领导任组长，分管领导任副组长，政研室、发改、财政、建设等26个部门和乡镇主要负责人为成员的生态移民建设领导小组，制定生态移民的政策意见，解决搬迁建设中的重大问题。每个乡镇都明确1名副职领导、配备1名干部，专抓移民搬迁工作。实行县领导包抓责任制，定期召开会议，听汇报、促进度，协调解决工程建设中的实际困难和问题。主要领导和分管领导经常深入移民工程一线督促、指导工作，为全县生态移民顺利推进提供强有力的组织保障。

之二：2008年初，他们抽调近千名干部组成工作组，深入各乡镇、村组和农户家中，特别是需要生态移民搬迁的村组和农户家中，采取举办培训班、召开座谈会、举事例、算对比账等方式，广泛宣传生态移民搬迁尤其是在宁夏中部干旱带上实施生态移民搬迁工程的重要性和必要性，现场解答群众提出的疑问。并利用集贸日，采取发放宣传资料、现场咨询等形式为群众讲清生态移民的搬迁地点、报名程序、建房标准等，使移民群众对移民搬迁程序更加清楚，做到心中有数。同时，充分发挥广播、电视等新闻媒体的宣传主渠道作用，开辟生态移民专栏，广泛宣传生态移民的目的、意义和相关优惠政策，使生态移民政策家喻户晓，深入人心。

之三：结合本地实际和移民具体情况，制定出台了一系列优惠政策。一是让移民搬迁农户继续享受原籍所在地耕地、草原和林地的使用权和受益权，并在退耕还林、退牧还草等生态项目上给予重点倾斜；二是搬迁农户由县上统一提供宅基地并享受危房危窑改造补助，特殊困难户除按生态移民危房危窑改造救助户对待外，再给予补助；三是整村搬迁户户均安排1座养殖暖棚、1亩设施种植棚（大拱棚2座或日光温室1座），以解决群众生产发展问题；四是对搬迁的移民群众，由政府免费培训，提高其科学种养技术和务工技能，使移民群众从根本上转变生产生活方式，拓宽增收门路；五是将特殊困难户纳入农村低保范围予以救助，确保移民搬迁群众搬得来，

留得下，能发展。

之四：以麻黄山、惠安堡、花马池、青山等乡镇地处偏远、饮水困难、交通不便、信息闭塞且在原住地无法解决发展问题的群众为重点搬迁对象，制定出台了《盐池县千户新村建设实施方案》《盐池县千户新村移民搬迁实施办法》，统一移民搬迁口径，规范操作程序，按照群众自愿申请、村组评议、乡镇审查、领导小组审批的程序进行，确保生态移民搬迁公开、公正、公平。为便于配套建设水、电、路等基础设施，在规划移民新村时坚持规模适度、科学合理、一步到位、逐步实施的原则，在建设中实行“四统一”，即统一设计、统一规划、统一标准、统一组织实施，确保将移民新村建成高标准、高档次、成规模的新农村。在生态移民项目建设过程中，坚持实行“招投标制、法人负责制、合同管理制、工程监理制、公示制和责任终身追究制”，使每项工程都有明确的责任人，并设立了公示牌，确保各项工程建设质量不出问题，真正将生态移民工程建设成为示范工程、德政工程、富民工程。同时，对实行整村搬迁的旧庄点，及时拆除原有住房、供电等设施，杜绝“回迁”和“两头有家”现象。

之五：一方面积极整合项目资源，将新农村建设、生态移民、危房危窑改造、设施农业、扶贫整村推进、退耕还林（草）、农村能源建设等各类项目有机结合起来，捆绑使用，协同作战，集中配套建设移民新村，有效提高项目资金的使用率和回报率；另一方面，积极整合部门行政资源，将移民新村土地平整、供排水、道路修筑、绿化、园区建设等各项建设内容具体细化到各相关部门，在全县形成强大合力，有力推动移民新村建设。

在南苑新村，我们一共采访了三家已入住的村民。

这三户人家无疑就是这个特别村庄的三个特别的代表。

第一家的主人叫苏生尼，原麻黄山乡谢儿渠自然村人，他原先在县城开出租车，七年时间他已积攒了较为雄厚的家底。对于他来说，生态移民政策无疑是雪中送炭，为虎添翼。顺利搬来新村后，他在很短的时间内便安排好了一家人的吃穿用度和日常经营。他和儿子轮流开出租车，儿媳在城里开了一家彩票销售点，一年下来零敲碎打竟收入了近 10 万元。为进一步拓宽赚钱路子，他又在院子里盖了一间简易小屋，打算让老婆在操持家务的同时，为临近的幼儿园开个小灶，也算是家庭收入的又一个进项。对于老苏来说，他在新村的生活完全可以套用一句现成的老话，那就是芝麻开花节节高。别的不说，就他那栋造型精美的房子和独门小院，连购买带装修花了 14 万元之多，光洁的地板、崭新的家具、整洁的厨房、干净的卫生间，这一切即使是城里的人看了，也啧啧连声，羡慕不已。

第二家的主人是个 70 多岁的老人，叫施兴昌，家里只有老两口，原是大水坑镇碗石磕村人。在老家时，由于没有了生产劳动能力，生活非常困难，基本算是个艰苦度日的孤老户。唯一的女儿在城里开干洗店，照顾起来多有不便。搬来新村后，有关部门帮他办理了低保补助、养老保险，加之老家十多亩地的退耕还林款，和女儿临近照料，他的晚年生活也算是牢靠无虞了。

2010 年 3 月 21 日下午 5 时左右，胡锦涛来宁视察工作时到南苑新村调研，走访的第一家农户就是他家。事情已过去了很久，但施兴昌老人一旦提及仍激动不已。他说，他万万不会想到国家领导人会来他家，要是早知道，他怎么说也得把胡子刮干净一点。

采访来自王老井乡石头山村的老谢家时，老谢正和老伴在公园里为树木培土、浇水。他家共有五口人，儿子儿媳在城里打零工，他和老伴则在家里看孩子、做家务，闲时便在附近的村部找点活干。除了老家所发的那些退耕还林款，一家人一年的总收入当在 4 万元左右。老谢说，如果不是从山上搬下来，他做梦也不会想到能过上

这样方便自由的生活。

临近傍晚，我们离开南苑新村，回望那一片隐在晚霞中的红色屋顶，我们的心里不觉涌起一种难忘的温暖、温馨。

下面，还有几篇来自媒体的消息，说的也是移民村的新气象、新变化。

五朵“村花”忙赶就业集

一年之计在于春。

2月14日，宁夏第九届“春风行动”在银川市永宁县闽宁镇启动。宁夏人社厅、总工会、团委、妇联组织了40多家用人单位，给移民区2000多位移民送来了5000多个就业岗位及装载机、挖掘机、电工等9个班270人的就业援助培训课程。

这一消息几天前就在闽宁镇传开了。2013年8月份从隆德县凤岭乡魏沟村搬迁到闽宁镇原隆村的王新艳、蒋喜兰、张尹珠、刘喜明、马净萍坐不住了，商量着要一起打工去。

14日一大早，五朵“村花”按约定的时间出门，直奔镇广场招聘会现场。

“搬来大半年了，只出不进，买袋面都要掐算着花。现在家里没有累赘，老人能自理，孩子也大了，不出去弄点钱是不行了。”47岁的王新艳盘算着移民后的生活路子。

“我们都四五十岁了，没在城市里闯过，能找个下苦的工作就行。”52岁的蒋喜兰坦言，“我们5个人想到一家合适的单位一起干，搭个伴，相互照应。”

“当服务员我们太老！”“干销售我们不会！”“必

须包吃包住！”“不要离家太远！”……五朵“村花”你一言我一语，既分析了自己的优势劣势，又锁定了就业范围。在一家家招聘单位前，她们紧盯保洁员、绿化工等岗位，五双期待的眼睛犀利地穿透层层人流，在密密麻麻的字里行间寻觅着工种、待遇等关键词。

在长城集团经营管理公司招聘摊位前，“保洁员”和“1800元至2300元”的招聘信息，让43岁的刘喜明眼前一亮，她赶忙招呼大家过来看看。

“你们招几个保洁员？”“名额不限。”

“你们工作地点在哪儿？”“可以安排你们到最近的同心路上班。”

“你们管吃管住不？”“不好意思，这一点我们还做不到，今后会考虑。”

兴奋、扫兴，一起、一落，五朵“村花”感到莫名的遗憾，心情有了些许变化。

“再找找看吧！”王新艳鼓励着大家。

眼看着招聘会场转了一大半，还是没有她们心仪的岗位，看得出大家有些失落了。

功夫不负有心人，就在招聘会场最后一个摊位——三弦（宁夏）世界穆斯林城运动公园管理有限公司招聘现场，赫然打出了“保洁员7人”“景观工人5人”“草坪工人10人”“喷灌工人5人”的信息，这让五朵“村花”兴奋不已。

“你们对年龄有限制没？”“大部分岗位没有年龄限制，四五十岁也可以。”

“你们管吃管住不？”“这个放心，我们不仅管食宿，转正后还缴纳五险，享受国家法定节假日，每月还有200

元的绩效奖金……”

听到这里，五朵“村花”再没有任何问题了，王新艳撂下一句话：“我们5个人留我一个人的电话就可以了，我们5个都要去。”她边说边拿起了桌上的笔，填写应聘信息。

“好，你们最近别关机，等我们的面试通知。”招聘工作人员说。

心里的石头终于落地，五朵“村花”拿了几份招聘简章离去，依稀还能听到她们爽朗的笑声。

摘自《宁夏日报》（2014-02-16）

记者　马钦麟　实习生　李湘如

幸福得像花儿一样

“多亏了这些花儿，让我们一家人过上了幸福的春节。”近日，在银川市兴庆区月牙湖生态移民现代农业示范园的日光温棚里，怀抱着刚采摘的一束康乃馨，移民胡莲花满面春风，“不到一年的光景，我们种花就挣了两三万元，比在老家强多了！”。

2012年，彭阳县孟塬乡高岔村、冯庄乡茨湾村的胡莲花、邓自明、张志军等农民，移民到月牙湖滨河家园移民新村。“刚来时只能四处打零工挣点钱，大家心里没个底儿。”今年45岁的张志军一边采摘康乃馨，一边告诉记者，由于在老家太穷，他30多岁才娶了媳妇，日子过得紧巴巴。2013年8月，他看别人承包日光温棚养花赚钱，自己也承包了两座棚，半年多时间就挣了1万多元，日子越过越红火。

“老张算是干得一般的，我们村还有1个棚1茬就收入两三万元的。”邓自明在一旁插话，“我承包了1个日光温棚、2个空心棚，从去年4月到现在纯收入已有两万多元了。以前在老家种地、在工地上干体力活，一家人累得半死也挣不了这么多。”正因为有了种植花卉带来的收入，邓自明一家四口在移民新村安心住了下来。“过年期间鲜花俏销，虽然没有怎么休息，可想到这棚花能挣七八千元，全家人干劲可足了！”

记者原想下地干活挣钱是壮劳力的事，走进示范园鲜切花加工车间，却看到几位老人正忙着包装刚刚采下来的鲜花。

“您多大年纪了？”看到一位老人在用纸包花，记者问。

“65岁。”从彭阳县红河乡什字村移民来的张公，在老家时辛勤耕作一年下来全家收入还不足万元。

“在这里干活一天挣多少？”

“干得多拿得多，最多的一天我挣了200多元！”说着自己的成绩，张老汉笑容满面，“从去年8月到现在，我少说也有近2万元收入了。”

宁夏周景世荣进出口有限公司董事长周志强告诉记者，去年3月，在宁夏回族自治区林业厅和宁夏葡萄花卉产业发展局的支持下，他的公司改造了月牙湖移民新村的402座温棚，并与100户移民签了合同，公司出种苗、技术、设备及一切费用，农民们只负责管理和采摘，公司负责收购花卉。不到一年，为100户移民带来了300多万元收入。目前，月牙湖的康乃馨鲜切花远销日本等国，热销北京、武汉、广州等城市。

采访结束时，移民们硬是将两束康乃馨塞到记者手中。看着即将盛开的鲜花，似乎看到了移民们的幸福像花儿一样绽放。

摘自《宁夏日报》（2014-02-11）

记者　吴宏林

马四十的新年憧憬

1 月 28 日，记者来到平罗县陶乐镇庙庙湖生态移民村，远远地就看见村边的沙滩地里，两台装载机轰轰作响、异常繁忙。机械旁，二十几个人排着队好像在等待着什么。走过绵软的沙丘，记者与其中一人攀谈起来。

他叫马四十，今年 41 岁。2013 年 10 月，马四十全家 6 口人从西吉县马建乡上阳坡台村搬迁到了庙庙湖生态移民村。搬来不到一个月，平罗县劳动就业服务局的几名干部就来到村里，挨家挨户动员村民到村部参加就业培训。装载机、挖掘机、园林绿化、果树修剪、手工刺绣等十几个专业，想学什么由村民自己选择。马四十动了心，每天都到村部门口的县劳动就业服务局宣传栏前转一转，学学政策，看看招聘信息。“这边企业多，就业机会多，可是对技术的要求也高。”马四十说，老家天旱少雨，十几亩旱地一年的收成有时连吃饭都不够，他也曾外出打工，搬家、装卸、泥瓦工等，拼了一身力气，却因为没有技术，始终零敲碎打，没有稳定收入。经过一番权衡，马四十到装载机班报了名。

“为啥选装载机专业？”记者问。“开装载机工资高，工作稳定嘛。”马四十笑着告诉记者，离庙庙湖村不远的红瑞移民村的人，只比他们早搬来一年，红瑞村的马忠武和他是同乡，是2013年春节前接受培训的。“马忠武现在在内蒙古一个煤场开装载机，月工资4500元。”说起马忠武，马四十的眼里满是羡慕和憧憬。

轮到马四十练车了，他按规程操作，将装载机稳稳地开动起来。来自宁夏恒华职业技能培训学校的教练刘琪告诉记者，学员培训结束后，要参加自治区人社厅统一组织的理论和实际操作考试，考试合格便可取得国家承认的初级职业资格证书，“每期培训班的考试通过率都在80%以上”。

“县劳动就业服务局与企业、培训学校签订三方协议，以保证学员的培训质量和就业率。”平罗县劳动就业服务局干部岳东玲说。2013年11月至今，平罗县劳动就业服务局已在庙庙湖生态移民村开设了11期职业技能培训班，共有420名移民参加了培训。“春节后，要开设手工刺绣班，到时候都动员媳妇去报名吧。”

摘自《宁夏日报》（2014-02-07）

记者　龚其云　秦磊

总有繁华争上头

在采访过程中，让我们最感痛心的，还是孩子的教育问题。在我们所走过的要移民的乡镇村落，很少有读完高中的孩子，一般只要读到初中以上，都早早出去打工了。留在家里的，大多都是小学没读完，或根本就没读过书的。在原州区中河乡硝口村马白虎家，天晴雪融，他家土房子的檐下摆着一长溜锅盆水桶，在承接那滴答而下的雪水。马白虎边把我们往屋里让边说：“这可是好水啊，天上下的，要比那地上来的、窖里的强多了。”起初，我们并不知道

接融化了的雪水当生活用水

他叫马白虎，在我们问他姓名时，45 岁的他特别强调，他名字中的白是李白的白。他说他最稀罕读书人了，可是自己没读过书，就连三个儿子也都没好好读过书。现在就指靠 3 岁的孙子了。

“我们这边念书不行，学校离家远，穷乡僻壤，老师也不安心教。现在大家都盼着搬哩，不说别的，起码娃娃的教育问题能解决。我们和儿辈已经耽误了，可不能再耽搁孙子辈。”王付元神情凝重地说。在我们踩着泥泞的山路往住在半山腰的马白虎家去时，站在马白虎家门前，抱着尿湿了裤子已 3 岁的孙子的王付元，跟我们一起走进马白虎家。一进门他就坐在炉边的一个小板凳上，见我们问马白虎两个已娶媳妇的儿子的学历时，他插嘴说他家 4 个儿子 1 个女儿，儿子都只读了个小学，女儿还没上过学。

从先前的无知无觉，抑或是有知，只是条件达不到，到现在的觉醒，他们知道了知识的重要，不管自己怎么样，一定要让儿孙进学堂、受教育。

他们的愿望，政府无时无刻不在考虑。2011 年 5 月，为使教育更好地服务于全区经济社会发展全局，宁夏出台了《宁夏“十二五”中南部地区教育移民实施方案》。方案紧紧围绕自治区党委、政府实施中南部地区生态移民工程、从根本上解决中南部地区贫困问题的战略部署，充分发挥教育在消除贫困、改善民生、开发民智和促进农村劳动力有序转移过程中的积极作用，为中南部地区移民摆脱贫困、走出大山、走向富裕作出积极贡献。坚持教育为生态移民服务，坚持教育体制机制创新，不断提高教育公共服务的针对性和有效性；坚持普通教育与职业教育协调发展，确保 35 万生态移民子女在初中教育阶段后和普通高中教育阶段后能继续接受职业教育和技能培训，并实现其向县域外、区外发达地区的有序转移。

教育移民实施范围为移民规划所确定的生态移民范围，即原州

王付元和他的孙子

区、西吉县、隆德县、彭阳县、同心县、泾源县、盐池县、海原县、沙坡头区9个县（区）的91个乡镇684个行政村1655个自然村的34.6万移民子女。

据测算，“十二五”期间中南部地区34.6万移民子女中初中毕业生34600人、高中毕业生20800人，共计55400人。其中，通过实施补助学费和生活费政策，将没有考入普通高中的15300名初中毕业生全部纳入区内中职学校学习培训；将没有考入普通高等院校的15000名高中毕业生全部纳入区内高职院校学习培训，约30300人。

生态移民迁出、迁入县（区）要紧密结合本地“十二五”经济社会发展规划和生态移民规划，坚持“移民先移教”“移教先移校”，进一步优化教育结构，推进学校布局调整。人口迁出县（区）要将规模小、质量差的校（点）适度撤并，人口迁入县（区）结合“中小学校舍安全工程”“义务教育学校标准化建设工程”，加速推进县域内县（镇）中小学校的扩建、新建工作，以有效解决“大班额”“大通铺”问题，优先保证移民群众子女就近入学，推动义务教育均衡发展。

同时，要有效吸纳移民子女进入职业院校学习或培训。

针对这一情况，区内各中职学校和中南部地区各县（区）职教中心要按照“山川相济”原则，加大协作交流力度，建立联合招生合作培养新机制，采取“1+2”“2+1”等多种办学形式扩大中职学校办学规模，引导中南部地区移民子女有序向川区转移；继续实施区内五年制高职招收移民子女初中毕业生接受职业教育；面向中南部地区招生的宁夏六盘山高级中学、宁夏育才中学试行“高二分流”措施，使一部分不能升入高校的学生从高三开始接受高职教育；宁夏职业技术学院、宁夏财经职业技术学院、宁夏工商职业技术学

院每年单独自主招生计划的 50% 定向切块到中南部移民地区招收移民子女；完善东西部中职教育联合招生合作培养机制。各级教育行政部门和中职学校在东西部中职教育联合招生合作培养工作中，通过采用“2+1”“1+2”等办学形式，优先保障移民子女接受职业教育，并在区外实现稳定就业；积极开展移民劳务产业技能培训和劳务移民培训。区内职业院校配合相关部门开展设施农业、养殖业、特色种植业等产业技能培训和劳务移民培训。宁夏职业技术学院、宁夏工商职业技术学院、宁夏建设职业技术学院、宁夏防沙治沙职业技术学院、宁夏交通学校、宁夏水利学校等要面向“两后”（初中教育阶段后和普通高中教育阶段后）移民子女举办职业技能培训班，开展“订单培训，定向培养”，确保移民群众“移得出，稳得住，能致富”。

自治区对移民子女“两后”毕业生进入中职学校学习，每生每年补助学费 2000 元、生活费 1500 元；进入高职院校学习，每生每年补助生活费 3000 元。据测算，2011—2015 年共需安排移民子女“两后”毕业生 30300 人进入职业院校学习培训，补助经费 24210 万元。

此外，中南部地区生态移民子女“两后”毕业生全部享受中考、高考山区照顾政策。

隆德二中学生马晓 2011 年高考落榜后，本来准备外出打工，但是，自治区招生办公室发布的一则公告让他颇为心动。

公告里讲，从 2011 年开始，在宁夏职业技术学院、宁夏财经职业技术学院、宁夏工商职业技术学院 3 所区属国家示范性高职院校试行面向中南部地区生态移民子女考生自主招生注册入学录取模式，首批安排了 350 个招生计划。

马晓查看了相关学校的招生简章，发现里面的专业包括酒店管理、畜牧兽医等，实用性很强，每年还能享受到3000元的生活补助。在征求高中班主任的意见后，他提交了报名申请表。

试行中南部山区生态移民子女注册读高职，是宁夏回族自治区教育厅紧密围绕自治区党委、政府实施的生态移民工程，促进中南部贫困人口真正脱贫致富而采取的一项重要举措。

“教育移民”就是要让移民子女通过接受职业教育，将贫困地区的农村劳动力转化为产业工人，实现稳定就业，进而带动整个家庭，乃至村庄脱贫致富，有序转移。

隆德县温堡乡新庄村的岳姣姣，祖辈是“面朝黄土背朝天”的农民，她初中毕业后升学无望，面临着或外出打工或回乡种地等选择，但这些都不是她想要的。

宁鲁职业教育合作办学给岳姣姣带来了如愿以偿的“第三条道路”：2007年，她来到山东蓬莱一所职业学校读书。林立的厂房、忙碌的港口让她耳目一新。她说：“东部的繁华景象，让我生出想要腾飞的梦想。”岳姣姣学习很刻苦，不仅担任了学生会副主席，还被评为“技能标兵”。

像岳姣姣这样，目前宁夏每年有近2万人在东部接受职业教育，已有6万学生获益。毕业生基本实现了在当地就业。

家在海原县的徐雅润，2011年高考落榜后回家务农。9月底，她通过中南部地区生态移民子女高中毕业阶段自主招生注册入学录取模式，被宁夏财经职业技术学院会计系录取。

面对她人生的一个重要转折，徐雅润激动地说：“真没想到我还能继续上学。如果没有教育移民政策，我进不了这样的好学校。我会加倍努力，扎扎实实学专业。”

像她一样，仅2011年，宁夏有240多名中南部地区生态移民子女低分考生得以跨入高职学校的大门。

育人为本 德育为首的六盘山高级中学

先生执鞭，清白粉笔写春秋；学子攻读，焚膏继晷领潮流。宁夏六盘山高级中学是自治区党委、政府为落实教育优先发展战略、提高南部山区人口素质、加快贫困地区经济发展、构建和谐社会而创办的一所直属于教育厅的全日制寄宿高中，是自治区重点示范高中。学校创建于 2003 年，占地面积 195 亩，建筑面积 9.5 万平方米。六盘山高级中学的建成，凝聚了各级领导和社会各界对发展民族教育事业的深切关怀。2002 年底学校建设工程启动以来，自治区领导先后多次亲临施工现场视察。自治区发改委、财政厅、民委、建设厅、扶贫办、交通厅、人事厅、银川市人民政府、妇联、红十字会、爱委会等部门和单位积极提供各种便利，鼎力支持学校建设，保证了六盘山高级中学的如期竣工。2004 年 9 月 10 日新校落成，各级领导莅临庆典现场，给予六盘山高级中学巨大的支持鼓励，坚定了学校办令党和人民满意的优质高中的信心。

学校位于银川市金凤区，北邻宁夏农林科学院，东与宁夏大学、宁夏职业技术学院、宁夏农业学校相望，西靠森林公园。学校周边环境清幽，交通便利。

学校面向宁南山区九县（区）和各移民吊庄点招收初中毕业生，少数民族学生享受降低 20 分录取的政策照顾。所有录取学生均实行免费入学，政府给农村户口学生每年提供 1000 元的生活补助。

学校坚持党的教育方针，积极推进素质教育和高中新课程改革，坚持“育人为本，德育为首”的办学思想，坚持“以学生为主体，以教学为中心，以质量为目标，让每一个学生得到充分发展”的办学理念，以“现代化、高质量、有特色、创一流”为办学宗旨，把“特别有理想、特别有人格、特别讲文明、特别守纪律、特别有毅力、特别有作为”作为育人标准，形成了良好的教风和学风，建立起了以“无教师监考”为核心的诚信教育体系，受到社会各界的广泛关注。中央电视台《新闻联播》《焦点访谈》栏目相继报道了学校的办学模式和学校在民族教育和扶贫教育方面所取得的成绩。学校先后获得了全国“三八红旗集体”、全国教育系统先进集体、全国教育系统抗震救灾先进集体、全区师德教育先进集体、全区校本培训先进集体、全区教研工作先进集体、自治区“安全文明校园”、自治区“9·10”奖状等荣誉称号。

六盘山高级中学自创办至今的10余年时间里，始终坚持“扶贫教育、民族教育、优质教育”的办学特色，锐意进取，开拓创新，力争办人民满意的学校。如今，全校师生正满怀信心，朝着“宁夏示范、西北一流、全国知名，有文化底蕴、有个性特色、有品牌优势的现代化学校”的办学目标奋力迈进。是啊，如今在宁夏，六盘山高级中学实质上已经是一个品牌。若有孩子在那上学，家长骄傲，别人羡慕。

我们在中卫市沙坡头区香山乡米粮川村采访时，从1949年到2010年的60年间，这个村子从来没走出过大学生。在他们搬过来之后，从2012年开始，村子里陆续有人考上大学，田宁就是其中之一。

田宁在海原二中读的初中，高中时升到了宁夏六盘山高级中学，2012年考入北京地质大学。每年假期回来，他都召集村子里正在上学的孩童，给他们免费补课。问他为什么要这样做时，他憨直地笑道:“我的求学路，是在政府的诸多优惠条件及大家的帮助下才得以完成的，如今我上了心仪的大学，就是想在假期闲暇时间，为家乡为乡亲，尽一点绵薄之力。将来学成后，我还要回到家乡，为家乡的建设贡献一份力量。”

相信这种榜样的力量，会带动无数人参与进来。那么若干年后，我们所处的这片土地，会多么丰腴！

2005 年从隆德县桃山乡碾沟村搬迁至宁夏农垦渠口太阳梁移民新村的马宝成的三女儿马跟蕾，初中在隆德二中上，考入六盘山高级中学。由于品学兼优，高中毕业后被直接保送上了宁夏大学，如今是宁夏大学研究生班一年级学生。现在她上学的学费，在各项优惠政策及社会各界的资助下，已不成问题。生活费，她也不指靠家人，除在宁夏大学新华学院代课外，她还利用周末时间做家教。父亲心疼她，说每天上课很辛苦，休息天还要到老城去做家教，太累了，她完全不必这样，如今日子好过了，生活费家里可以拿得出来。但是马跟蕾不，说："我们这样的家庭，放在以前，女孩子能读到高中，都是不大可能的事。现在在教育移民的各项优惠措施下，我一路读到了研究生，这是更不容易的事了。因此，我要更加珍惜，权当是我的社会实践。"

马跟蕾的大哥马国徽，在她之前考入宁夏化工技师学院，现在在宁夏泰瑞制药股份有限公司工作。

马跟蕾的弟弟马跟回，刚搬来时读小学六年级，初中在渠口中学上，毕业后外出打工 4 年，因父亲马宝成患腰椎间盘突出症，他回来帮父亲忙，现在是太阳梁移民新村四村村委会副主任，刚刚 24 岁。我们在他家新建的亮堂的大屋的皮沙发上刚一落座，他就忙着给我们倒水，茶叶里加了枸杞，之后又抱来一个奶粉罐子，从中取了白糖加进水里。人干净利落，热情，言谈也得当。

看着我们赞许的目光，同来的村党支部书记说："小伙子有文化，脑筋活，是个好帮手，我们也在着力培养，希望他将来能够独当一面。以前在老家时，大家闲了就晒太阳、说闲话、打扑克。现在大家一有空，就聚在一起讨论如何学技术，还比谁家的日子过得富裕，谁家娃娃考上了大学。对那些学习好点的，家长也不疼惜钱，尽往城里好的学校送。如今大家伙算是明白了，只有知识才重要。”

为做人求知走进来　为成才报国走出去

宁夏育才学校是自治区党委、政府为进一步加快宁南山区脱贫致富步伐，提高贫困地区人口素质，促进民族团结，保持社会稳定，借鉴内地举办“新疆班”“西藏班”的成功经验，继成功建设六盘山高中之后的又一个重大教育扶贫项目。学校直属教育厅，按自治区一级一类示范高中标准建设。

宁夏育才学校位于银川市西夏区金波北路，毗邻宁夏大学、北方民族大学等高等院校，在自治区规划的教育园区内。学校设一校三区（三个教学区相对独立——孔德校区、学益校区、勤行校区），统一规划、分期实施，建成后三校达到教学班 200 个、学生人数 1 万名的规模。

学校以创建“平安型、书香型、生态型、和谐型”校园为办学宗旨，大力推进素质教育，注重学生全面发展，开足国家课程，开好音体美、信息技术课程，开发校本课程，开展丰富多彩的学生活动。育才自创的“直摆臂”行进大课间被中央电视台《焦点访谈》栏目誉为“宁夏第一操”。2010 年“五一”，学校被自治区政府评为自治区模范集体，成为 2010 年全区教育系统获此殊荣的两所学校之一。学校还被银川市西夏区评为素质教育品牌学校。同时宁夏育才中学又与中国教育学会联合成立了中国教育学会宁夏育才中学实验学校，也是中国教育学会在西北设立的唯一一所教师发展学校。

学校几年来参加自治区学业水平测试均名列前茅，学生参加全国、全区各类竞赛榜上有名，成绩在自治区各类中学中位居前列。

学校招聘教师是面向全国统一考试考核。首批专业教师70余人，从全国19个省区1200名应聘者中择优录取。其中特级教师2人、国家级骨干1人、省区级骨干10人、硕士研究生4人。2007年面向全国继续招聘普通高中专业教师150余人，其中各级骨干教师90余名、硕士研究生30余名、重点师范大学优秀毕业生30余名、职教中心文化和专业教师60名。宁夏育才学校教师队伍建设本着师表好、师能高、师道正、师品实的高要求，建设结构合理、专业精湛、务实拼搏、追求卓越的师资队伍。

学校对被正式录取的农村户口学生按人均每年1500元的标准进行生活补助。所有被录取学生在校期间免收学费、住宿费等。实行奖学金制度，对品学兼优的学生给予奖励。学生高中毕业参加高考享受南部山区学生同等待遇。职业学校学生同时享受国家助学金、优秀学生奖学金及多种形式的社会资助。实行特困生救助制度，对家庭特别困难的学生给予资助。学校还积极努力，取得中国教育学会的智力支持，取得社会爱心团体和个人的多项捐助资助。

学校进行管理模式创新，实行分区管理的方式，设立孔德、学益、勤行三个学区，分区管理，相互竞争，从而达到良好的教学和教育目标。学校各学区下设党总支、政教处、教务处、管理办公室和团委，每个学区都有高一、高二、高三年级，每个年级16个教学班。

宏图寄党恩　志远为国强

宏志班是在党和政府的支持下，依托实力雄厚的学校，专门为品学兼优而家庭经济困难的学生进行免收学费、书费甚至还补助生活费的一种特殊教育形式。宏志班是基础教育的一个助学行动，刚开始是在北京发起的，21世纪初全国不少城市都有这样的“单独设班”。针对那些品学兼优的农村贫困学生，学校依靠政府投入和社会救助减免了他们的学杂费，使他们得到上学机会。如果没有这个救助，这些优秀人才就会因为贫困成为教育的弃儿，所以高等教育更应该避免这种巨大人才损失，维护教育公平。

1995 年 9 月 1 日，全国第一个宏志班在北京广渠门中学开班。2002 年 9 月，国家西部开发助学工程扩大了资助范围，在全国 20 个省、市、自治区设立 40 个高中宏志班，每班招生 50 人，招收学生的标准是品学兼优、家庭贫寒。国家每学年给每个宏志生 3000 元的生活资助，学费由开办宏志班的学校承担。

宏志班有宏图大志之意，是国家助学项目之一。由国家资助，生员多为家庭贫困但成绩优秀的农村学生，也有部分为城市贫困家庭但优秀的学生。宏志班免学生学费，并且每月有一定补助。

中央宣传部、中央文明办、教育部在 2002 年联合通知中指出宏志班的创立是“三个代表”重要思想的生动实践，进一步密切了党和政府与人民群众的关系，为贫困家庭的学子铺筑了成才之路。并在“西部开发助学工程”中把开办高中宏志班作为一种教育模式加以推广。21 世纪初已在全国各地办了几百个宏志班。

“千言万语汇成一句话：感谢党，感谢政府，感谢您。”这是 2007 年 7 月，固原一中宏志班毕业生怀着激动的心情，在写给自治区领导的信中发出肺腑之声，他们用“宏图寄党恩，志远为国强”表达了回报国家、回报社会的远大志向。这一年，参加高考的固原一中宏志班 57 名贫困学生全部上了本科线，其中 56 人考分上了重点线，30 名学生的考分达到 600 分以上。

为了让成绩优异的山区贫困家庭学生圆大学梦，根据党中央、自治区党委有关助学的指示精神，自治区党委宣传部、文明办、教育厅委托银川一中、固原一中于 2002 年秋季起正式开办高中宏志

班，每届招收 100 名学生，每人每年补助 3000 元。截至目前，三届宏志班的 300 名贫困毕业生，全部在党和政府的亲切关怀下走出大山，走进全国各地的高等学府，迈向人生的新征程。

固原一中宏志班学生在信中写道：“三年前，中考结束后，面对优异的成绩和贫困不堪的家庭，我们真是无助和无奈。在能不能继续上学的两难时刻，是党和政府给了我们最宝贵的帮助，让我们顺利走进高中学校的大门。宏志班使我们感受到了家庭般的温暖，不再为学费发愁，学校尽其所能，为我们配备了最好的老师、添置了最精良的教学设备，给各科基础薄弱的同学补课。自治区领导多次亲临学校看望我们，关心我们的学习、生活。尽管物质上的贫困使我们的求学之路异常崎岖，然而我们又是幸运的。这种温暖和关爱，将化为我们全体宏志生不懈努力、刻苦学习的无穷力量，永远激励着我们……”他们说，感恩并不是口头上简单的“谢谢”，而是要把心中的感激付之于行动。“我们接受着党和政府给予的温馨关爱，我们要将这关爱之情传递下去，温暖更多的人，帮助更多的人。”学子们在信中表示。

宏志班学生李捷以 674 分的优异成绩被清华大学录取。他的心愿是，有机会出国深造，学成之后报效祖国、回报社会。

在生态移民中，中学教育是如此，那么小学及幼儿教育呢？同样的，在移民迁入区，本着“移民先移教”“移教先移校”的原则。建设移民住宅区时，与之配套的学校同步动工。

隆德县的部分乡镇，在列入移民工程范围后，当政府动员大家搬迁到几百公里之外的石嘴山市大武口区时，很多人犹豫不决。在新地方能否过上好日子？孩子的教育能不能跟上？很多人心里没有底。很快，他们的疑虑就被打消了。为他们解除后顾之忧的，不仅

新民幼儿园内部

新民幼儿园的娃娃们

是更好的居住条件，还有政府出台的教育、培训及就业政策。

2014年10月21日，天气晴好。在石嘴山市新民幼儿园，那宽敞、平展、干净的园区及种在园区四周的小菜园和簇新的幼儿玩偶等，一下吸引了我们的目光。进到幼儿教区，走廊里挂满了老师的特色编织，有用“夏进”牛奶瓶盖做的灯笼，有红、黄、绿颜色的中国结……

快乐童年

来，我们一起做游戏

涂　鸦

还有许许多多的手工艺品，把这装扮得像童话里的王国。挂着粉红窗帘宽敞、明亮的教室里，老师正给孩子们上课，互动时，孩子们踊跃举手。看见我们，他们一个个偏过小脑袋，用普通话向我们问好。孩子眼神清澈、笑容甜美，衣着干净整洁，甚至可以说时髦，从他们身上，你看不出他们是移民的孩子，更看不出两年前，他们还生活在大山里。从他们身上，我明白了外出打工多年的安小琴为什么在孩子上学年龄执意回来移民，她说一切为了孩子，孩子是希望。她是对的。

新民幼儿园现有 10 个班，每班二十四五个孩子。从那琴声悠扬、童声朗朗的班级出来，又到色彩斑斓的走廊上，我们这才仔细去看挂在走廊两边墙上的摄影作品，这些构图大胆、抓拍有度、纤毫毕现、色彩明丽的作品，原来是出自园长王娟之手。王娟四十多岁，之前在大武口区幼儿园干了 19 年的副园长，把青春年华都奉献给了幼儿教育。工作这么多年，她对幼儿教育有着无比的热情。

这里的所有作品，都是就地取材。见我们一直盯着一朵带露水的太阳花上一只振翅欲飞的蝴蝶，只有一条纤细的腿踩在花瓣上的摄影作品看时，王娟笑道，这是在我们的小菜园拍的，守了好几天。所有这些作品，我们没有花一分钱，相框也是我们用废纸片做的。

园长的用心之作

看着那些不规则的相框，觉得它的稚雅，与这里的纯真、美好，更为相得益彰。

“我们就是要通过身边的一草一木，来教育孩子，让他们知道，再平常的东西，只要你有发现美的眼睛，并勤于动手，一定会创造出美的艺术品来。我们 10 个班，每个班都有一个小菜园，春种秋收，都是由孩子和老师共同完成的。这些移民的孩子，干活、学习一点都不马虎，求知欲非常强，一到上课，他们的小眼珠子始终盯着老师看。孩子也非常朴实，我每天早上在门口迎接孩子，下午送孩子出园门时，他们都喊我园长妈妈。”西下的太阳，将金子般的阳光毫不吝啬地洒在王娟身上，王娟灿烂的笑容和正在她身后做游戏的孩子的笑容一样，一直温暖着我们。在这深秋草木凋零时刻，我们不觉得寒冷。

2015 年 1 月 13 日，我们来到宽口井生态移民区，在凛冽的寒风中，正赶上宽口井幼儿园孩子放学。一路上蹦蹦跳跳欢乐的孩子，在爷爷奶奶或父母的带领下，走在园内平坦宽阔的路上。在冬日夕阳的照射下，是那最美的画卷。

园内墙上、窗上以及教室里，和石嘴山市新民幼儿园一样，由师生共同完成的大幅图画及工艺品，或悬挂，或张贴，温馨和暖。教室里窗明几净，孩子所用毛巾挂在墙上，上面有他们的照片。

幼儿园现在有 4 个教学班，2 个大班、1 个中班、1 个小班，共 175 个孩子。园长邱静萍之前是红宝小学的教务主任，2012 年宽口井幼儿园投入使用后，她来到这里，面对全新的工作环境和一个个移民的孩子，这可以说是个巨大的挑战。这挑战，起初来自移民对学前教育的不认可，来上幼儿园的孩子很少。但是邱静萍和她所带领的团队对此并不气馁，有一个孩子便教好一个，有两个教好两个。渐渐的，来上幼儿园的孩子多了起来。究其原因，是上了幼儿园的

宽口井适龄孩童都高高兴兴上了幼儿园

孩子和没上的就是不一样，家长也从中看出了不一样，他们都希望自己的孩子有礼貌、懂事，并且学到了他们这个年龄不曾接触到的知识。如今，凡是适龄儿童，都被送进了幼儿园。

在我的认识里，一个孩子的成长，必须有一对好的父母，一个好的学校，一个好的班级，一个好的班主任。而最重要的阶段，应当是幼儿教育。因为这个时候，是孩子人格、心智形成的重要时期，他们以稚嫩的心灵看世界，在他们心目中，无比重要、高大的老师，教给他们什么，并让他们接受什么，奠定了他们今后成长的方向。其次，就是小学教育了。一路走来，在教育这条清苦的道路上，总有让我们感动的人和事。

在米粮川教学点宽敞明亮的教室里，有熊熊燃烧的炉火，身处其中，觉得是在春天里。教室里有 17 名孩子，学前班 8 名、一年级 5 名、二年级 6 名。17 名，这个数字，竟然与十几年前扶贫时浪水村村部小学学生数是一样的。所不同的，现在孩子的学习条件有了很大的改善，他们不再走很远的路，而且始终有两个尽职尽责的好老师教他们。

起初，是常勇军、康伏银两位老师，他们都是“80后”。常勇军，西吉县人，2007年宁夏师范学院毕业后，曾在红寺堡开发区支教。后经过考试，于2010年分配到米粮川教学点。虽然走进的是新学校，但还是在山里，进个城也很费周折，但常勇军对此很满意，说自己就是从大山里走出的孩子，环境可以慢慢适应，条件也可以逐渐改善。在这里，能发挥自己的光和热，才是最重要的。康伏银比常勇军年长两岁，到米粮川比常勇军晚一些。康伏银教二年级的数学、语文，常勇军教一年级数学、语文，学前班他俩轮流教。

“我自己也有孩子，看着这些孩子，我一点都不敢马虎，毕竟这是他们人生的启蒙课，我们有责任去努力教好他们。”这是他们共同的心声。

米粮川教学点只设有学前班和一年级、二年级，离得最近的小学是景庄的福和希望小学，距离米粮川还有13公里多的路程。区教育厅考虑到去那上学路程远，而这里的孩子都又太小，才在村里设了一年级、二年级。

两年后，常勇军、康伏银相继调离，马宁、杨志文老师又随其后来到这里，同样是“80后”的他们，在这片贫瘠但孕育着希望的土地上继续他们的教学任务。教室里一直贴着的“自爱、自信、自立、自强”八个大字，似乎是对孩子，更是对他们的鼓励。

“如十几年前的慌促一样，我如今依旧没能给孩子们带来什么礼物。”和我们同行的米粮川村党支部书记田兴良说，“这些年来，不管是区上，还是市上及有关部门和社会团体，对我们都很关心，常有捐助、资助活动。”

2011年10月24日，是个硕果飘香的日子，对入住了一年的米粮川村民而言，更是个喜庆的日子。这天，第六届宁夏合众助学行第四季——宁夏长庆高级中学爱心会捐助仪式在中卫市米粮川教学点隆重举行。此次活动由宁夏合众助学俱乐部携手宁夏长庆中学爱心会举办。在捐助仪式上，宁夏长庆中学爱心会代表全校师生为教学点的每一个孩子送来了书包、文具和学习用品，合众助学俱乐部的爱心人士与42名学童进行了爱心对接，为他们送上了助学金。

这次宁夏长庆中学爱心会的捐助善款，全部为该校师生的自发捐款，为了对米粮川教学点的孩子进行长远的帮助，该校还与米粮川教学点进行爱心对接，以给予长期的教学帮扶和支持。宁夏合众助学俱乐部的爱心人士杨秀梅女士一共认捐了9名学童。她说，看到孩子们能在这么艰苦的条件下努力求学，很受感动，也希望尽自己的微薄之力，能够给孩子们一些慰藉，同时，也希望通过参加爱心助学活动，让自己的孩子从中受益，树立正确的价值观和生活习惯，经营好自己的人生。与杨女士一样，很多爱心人士不但捐助了学童，还给孩子们带来了文具、玩具、糖果等礼物，让家长、老师十分感动。

物质上的帮助带来的温暖也许是短暂的，但精神的鼓励会让孩子们有意想不到的成长和收获。捐助活动当天，爱心人士还与孩子们互动进行了滚铁环、打沙包、丢手绢等游戏。不仅孩子们玩得开心，大人们也在游戏中回忆起童年的快乐生活，度过了快乐的一天。

城市新风景——农民工现象

人口流动是现代社会的重要特征，也是人类的基本命运。回顾宁夏的移民史，除了政府组织的，有些移民是自发的，究其原因，生于大山里的村民自己认识到搬迁的重要性，这种“要我搬”与“我要搬”的思想转变，往往事半功倍。在这些自发移民中，不管当初是满怀希望的还是倍觉痛苦的，不管是为了将来更好地生活，抑或仅仅是为了生存，他们通过不断打拼，吃常人不能吃的苦，终于在他们所梦想的城市赢得一席之地。

王兴俊：自发移民的典范

王兴俊，20 世纪 70 年代出生在当时的海原县西安公社园河大队大沟门生产队。大沟门是一个非常贫困落后的地方，远离城市，交通闭塞，虽然土地广阔，但还是靠天吃饭，遇到旱年景还要靠政府的救济度日。

十一届三中全会后，农村推行家庭联产承包责任制，那个时期，也正是王兴俊读小学的时候，父亲是村子里少有的几个在外工作的人员，算是见过世面开过眼界的人，因此对他们姊妹三人寄予希望。那时候在农村，尤其是在这大山里，读书的娃娃本就不多，能像他们姊妹三人依次在村里、乡里和县里读完了小学、初中及高中的，就更少了。但 1995 年，王兴俊没能如父母心愿考上大学。20 岁出

头的他，不顾家人的极力反对，在母亲满眼的泪水中只身背起铺盖卷踏上了西去兰州的班车。

整整走了一天，班车终于在日落时分驶进了兰州城。因是第一次走出闭塞的小县城来到大都市，透过车窗，看着外面高楼林立、车水马龙，还有路边那穿着花花绿绿装扮怪异的青年男女，这个山里娃心生怯意，心想："在这人生地不熟的地方，要是遇到骗子和坏人该怎么办？"看着西沉的太阳一点点地隐在高楼后晦暗的天际里，他的心也开始一点点地往下沉，这才为自己意气出走的莽撞行径懊悔不已！可是，开弓没有回头箭。这个倔强的山里娃，既然出来了，就没想过要落荒而逃。就像从香山走出的孙兆献一样，他们走出之前所生活的环境太艰苦，面对自己所选择的路，不管要遭受什么，都必须要咬牙去挺，觉得再苦能苦过以前吗？不知不觉，随着班车的进站，他电话联系到了一个老乡，算是解决了晚饭和睡觉问题。

第二天一早，王兴俊就出门找工作。对大城市的一切，他觉得既新鲜又好奇，处处小心，事事谨慎，就怕上当受骗。几天后，他终于在兰州平板玻璃厂职工食堂找到了一份后厨工作，管吃管住，工资每月 100 元。工资是低了点，但不管怎样，解决了吃住问题，就算是在兰州城落了脚。他每天凌晨四点起床，蒸馒头、炸油条、熬稀饭……日复一日，时间久了，不免乏味。再说，一日三餐的无限重复，对他这个高中生来说，终不是长久之计。于是，他就利用周末休息时间，继续寻找新的工作。

在玻璃厂职工食堂干了大概三个月后，王兴俊又应聘当上了玻璃厂对面的西北合成药厂保卫科的经警，其实就是现在的保安，每天的工作就是在几个大门值班，并进行厂部巡逻等，工资勉强能够维持生活。刚开始的时候，穿着这所谓的"警服"，感觉还挺神气。

在此期间，也想通过复习继续参加高考，但出于种种原因都没能坚持下去。就这样大约又过了一年，王兴俊心里明白，这不是他想要的工作和生活。这一阶段，正逢药厂经营困难，厂方辞去了所有临时工作人员。这样一来，王兴俊又成了无业人员。之后，他又去北京、山东、青海等地，做过一些生意，因为合伙人的问题，最终以他被骗，合伙人进了看守所而告终。奔波了近一个月，王兴俊最后还是回到了兰州，但此时，吃住已经成了问题。

如今回想起那个阶段，可能是王兴俊人生最困难的时期了。他住进一家建筑公司料场的工棚里，一到晚上，黑乎乎的蟑螂在昏黄的灯光下到处乱窜，很是恶心。那时候，各地都盛行抓奖，奖品有汽车、农用车、自行车等，抓上自行车的是一个接一个。因为新的自行车轮胎都没有气，王兴俊从中看到了商机，当下买了一只打气筒给抓上奖的自行车充气，每充气一次收费五角钱。就在他忙着给自行车充气时，一天却被当地派出所的巡警带走了，并且戴上了手铐。当时因为自己无知和法律意识淡薄，没敢问他们因什么罪名给自己戴手铐，估计他们自己也都弄不清楚。在进行了一番询问后，巡警没收了王兴俊的打气筒及身上的所有钱后，就让他走了。至今，王兴俊都不敢相信，只有罪犯才可戴的手铐却戴在他手上？但此事却真真切切发生了。这对那个当时倔强走出家门、走出大山，奔着希冀而去，自尊心又强的青年来说，无疑是噩梦的开始！回去的路上，他恍恍惚惚，始终不敢相信，这到底是梦里还是现实中？在他栖身的工棚里，在那硬而冷的床板上，他抽去筋骨一般仰面躺着，欲哭无泪。此时，他身无分文。难道天要绝我吗？怎会？对那些不断奋争，勇于向前的人，上帝永远是那躲在黑暗通道尽头调皮窃笑的孩童，就看你有没有勇气逾越那漫长寒冷的黑夜，走过去了，便是一片光明。王兴俊翻身起来，从包里拿出一个笔记本，想要写点

什么。不想刚一打开，里面便掉下来一些钱币，这都是小时候过春节时，父亲给的压岁钱，他都积攒着。面值不大，都是崭新的五角钱，有三十多张。那时候兰州的蒸馍很少，但临夏人做的烤饼很畅销，当地人称作大饼，好吃分量也足，五角钱一个。他就靠着这些钱，啃了十余天的大饼，找工作的事，也没放松。

就在将要断粮之际，也就是 1997 年 7 月份，这个不肯向命运屈服的山里娃，又联系到了一家食品配送公司，做起了业务员。说是公司，其实没有任何牌照，实际就是从厂家进些货物，再分别配送到一些超市和商店，从中赚点差价。起初是用自行车、人力三轮车驮货，挨家挨户地上门推销。刮风下雨，一年四季从不间断。工作虽然辛苦，但可以接触社会及各种各样的人，能够很好地锻炼自己，王兴俊乐此不疲，觉得这段经历，收获远远大于苦难。

因是小公司，所有业务员都不管吃住的。但老板看王兴俊干活踏实卖力，很是欣赏，就让他住在了装满饮料的库房。说是库房，但根本就不大，没地方放床。晚上，在大家下班后，他就码一些货箱，上面简单地铺些硬纸板等，就凑合凑合睡觉。这样的环境下，其他季节都还好说，最难熬的就是冬天了。零下十几度的温度，库房里的矿泉水都结冰了，但王兴俊硬是挺了下来，一干就是一年半。在这期间，他还利用闲暇摆地摊卖过一元钱的首饰，并联系一些紧俏货品到处推销……随着业务的熟练，他被一家外资食品企业的业务主管看中，随即进了这家公司。

上帝总是把机会留给那些有所准备的人。王兴俊前面所有的经历，只是为了走出大山，更好地生活，有时候，可能仅仅是为了生存。但就是这些磨砺，为他今后的生活打下了坚实的基础。由于前期的锻炼，他做起食品业务来轻车熟路，很快就被派往上海总部培训，回来后就被公司任命为地区主管，先后负责甘肃的定西、临夏、甘南、陇南、武威等地市场。随着业绩的增长，收入也在不断地增加。就这样，很快到了 2002 年。“五一”时，已属大龄青年的他被家人催促着回来成家，再加上其他一些因素，他离开兰州回到老家。因为当时海原县属固原管辖，之后他又开始在固原打拼。这期间，他开过出租车，经营过超市……并在固原买了房，且从海原转出户口，算是政府倡导的自发移民了，没有给政府添过一分钱的麻烦。

2008 年，王兴俊又进入中卫日报社（现在的中卫市新闻传媒集团）工作，虽是从基层做起，但他力求事事做到完美。在工作期间，由于从小受父亲的影响，他搞起了摄影。毕竟有高中毕业生的底子，加上他又勤学习、爱钻研，很快，一些构图精美、人物鲜活的上乘摄影作品见诸报端，且时常获奖。在勤奋工作之余，他通过函授取得了大专文凭。随着资本的不断积累，他在银川买房，是为了让儿子在省会城市接受更好的教育，并就近报了摄影班，每逢休息回去，都去上课。如今，他的摄影水平有了很大的提高，由自己执笔完成的一些摄影理论和心得，也给大家留下了深刻的印象。此书的摄影作品，就出自他手。

回首往事，年过四十的王兴俊，还是很佩服自己当时以决绝的姿态出走的勇气。如果当时不走出去，在山里晃荡上二三十年，最好的结局，也就是赶上政府的生态移民搬迁出去。出去后，一切都得重新开始。不像现在，他已经有了主宰自己生活的能力。

像王兴俊这样的，一旦认识到所生存的土地养活不了一方人，或是不能很好地养活一方人时，与其苦苦挨着，不如早早搬了出来，不就是出把子苦力嘛，谁个又怯了！他们中有很多这样的人，如今都生活得很好。2013 年 7 月，在我们回访完从海原县李旺镇九牛行政村搬迁至沙坡头区宣和镇兴海移民新村的百岁老人陈秀莲后，往城里去时，见路旁尽是些不规则但簇新的砖瓦房，中卫市扶贫办

副主任何卫中说，这都是 20 世纪 80 年代末、90 年代初搬来的自发移民，仅宣和镇周围，就有 2.8 万人，他们或开垦荒地，或就近打工，现在他们都很富裕。

苏平军：创业源自 1.5 元 1 个的灯泡

在平罗县生态移民创业园，牌子色彩鲜艳巨大的好兄弟超市，很是引人注目。开超市的是兄弟俩，以哥哥苏平军为主，弟弟是帮忙的。他们都是 2011 年从西吉县马莲乡堡子山村搬到平罗县红崖子乡红瑞新村的。和王兴俊不同，他们是生态移民过来的务工者，属于有商业头脑的务工者。超市很大，货物齐全，有学生用品区、食品饮料区及五金家电区。这是他跟叔伯们借了十几万元，加上之前在新疆打工挣下的十几万元，共投资 30 多万元开了这家超市。说起开这家超市的初衷，年仅 26 岁精明健谈的苏平军晶亮的眼里瞬时漫上一层阴霾。

其实，开这家店，最初还是因为一个一块五毛钱的灯泡。苏平军说，刚搬来时，家里灯泡坏了，他到当地人开的店里去买灯泡，平时一个灯泡只卖一块钱，这里却卖一块五毛钱。

“我问为啥贵五毛钱？人家说我就这个价，你爱买不买。”

当时我很生气也很伤心，我是拿走了灯泡，但也撂下狠话，说：“将来我会开一个比你这个店大得多的店。”

“结果 50 天后，我果真开了这个店。现在家里有三辆车，月牙湖周边的货我全部供应。”

对将来的发展，苏平军早已有了规划。他说他准备投资 10 多万元建个冷冻厂，并想做粮油总代理。这些，都需要充足的资金来保证，但是，针对他这种情况的贷款好像比较难。他说，他在多方面打听找人谈，希望能早日贷款完成自己的心愿。

说来也巧，我们从红瑞新村出来，在庙庙湖移民安置点前方的宁夏华泰农业科技有限公司的拱棚西瓜地里，自治区扶贫办主任董玲在这里调研。闷热的拱棚里，董玲一待就是半个多小时。她所关切的，也是移民将来的发展致富问题。她充分肯定了该公司负责人林伟光能从广东来这里投资发展产业的义举，说这不仅解决了当地劳动力就业问题，还传输给移民一些新的种植理念。移民中那些不能外出打工的妇女既可在家照顾孩子，又能就近打工赚取生活费。每天七八十元，一年从西瓜种植、锄草到收获的五六个月时间都有活干，算算，也是一笔不菲的收入。对 50 岁以上不能外出打工者，他们考虑在主干道路背面，专门选 200 亩地用于规划养羊，先建一期试养。对那些有贷款愿望的移民，又苦于手续复杂的问题，她也

平罗县生态移民创业园

在考虑能不能把扶贫资金作为担保资金。

这些政府在考虑并力求解决的问题，一旦实施，像苏平军这些准备大干，并一心谋发展的人，必定会如鱼得水。而他们，又能解决多少劳动力就业问题，带动多少产业，我们不得而知，但其良性发展，必是我们每个人都希望看到的。

马小花：移民第二天就开始做生意

在石嘴山市惠农区银河苑移民安置房外的一排商业房里，“马小花美味凉皮店”的招牌很是醒目。进到店里，店堂干净，桌椅整齐，弥漫着凉皮炸辣椒油及醋水特有的香味。店主人王保仓是西吉县王民乡三岔村人，2012 年 9 月搬迁至惠农区。王保仓人精瘦，40 岁左右的样子，他十七八岁就出来务工了。有着大专文化的他，起初在灵武的一家企业做电工，后来和妻子在灵武街上摆摊做生意。2014 年 3 月，向银行贷款 3 万元，加上积蓄，用 28 万元买下了这个 80 平方米的商业房。在我们啧啧称赞时，王保仓得意地说，银行的贷款已经还清了，现在店里平均每天有七八百元的收入。楼上住人，移民时分给他的房子纯粹就成了库房。

在我们和王保仓交谈时，他身材娇小的妻子马小花招呼完最后一拨客人，人站在柜台后，手不住地在大围裙上搓着，人腼腆地笑着。她也是王民乡人，她的父母和姐姐早她一个月搬迁到了平罗县红崖子乡红瑞新村，安置下来不久，姐姐马小萍在平罗县生态移民园开了家“萍萍美味酸辣粉店”。

得知这些情况后，我们称赞她们姐妹有做生意的头脑时，她突然就激动起来，脸也涨得通红，说：“我搬来就缓了一晚上，第二天就开始做生意了。你们知道吗？那一晚上我就没合眼，盘算了这盘算了那，恨不得立马起来就干。以前在外做生意，站在街上，冬天冻得手裂口子，夏天晒得头发晕。现在这么好的地方，在自家楼里。我们正好分在了一楼，我开了窗户就可以做生意。”

一晚上没合眼的马小花，天不亮就起来捯饬收拾，赶到中午，她的凉皮店已经开张了。社区领导看她勤劳、踏实，是个做生意的料，就帮助他们办营业执照，惠农区工商局局长亲自督办，只两三个小时就办好了，而且还给补了 1200 元钱。辛苦干了两年后，搬进了现在更为宽敞的营业房。

由于两口子为人热情，凉皮味道好又分量足，附近的居民、移民、学生，都是凉皮店的消费人群。有的人自己吃过，还要带一两份走。我们刚进来时正在吃凉皮的两个食客，走时又打包带走了两份。也有远处的人，听别人口口相传，闻香食味，专门开了车来吃。

两口子就生了一个男孩，问他们还要不要孩子时，王保仓笑着说：“你以为我们穷山沟里的人就只知道生孩子吗？不是这样了，这都是老观念了。通过政府实施的移民政策，大家搬下来后，开始是怕城市，后来渐渐喜欢上了城市，并且想着走进城市里去，学学城市人的生活方式。有了这样的思想转变，那么以前的老一套就行不通了，最根本的就是那种多子多福的观念。我就把一个两个教育好了，那不比生上一群没用的强多了。我算是出来比较早的务工者了，在城市里生活久了，老家的那些习气早就没有了。我就把我这一个小孩培养教育好，这是家庭的荣誉，也是国家的荣誉。”

王保仓说这话，是因为他生了男孩，按农村人的老观念，是有了传宗接代的。而那些生了女儿的呢？同样住在银河苑从西吉县马莲乡麻子湾村搬来的马贵平，27 岁，生有两个女儿。他在附近厂子打工，每月有两千多元的收入。他说他不想再生了，只想把这两个女儿教育好。我们进门时，因着岳父岳母的到来，他在倾力招呼，

桌子上有肉骨头、炒豆芽等五六个菜，屋里饭香四溢。我们问马贵平的岳父："女儿女婿不想再生了，老人还想不想要外孙呢？"老人笑着说，生儿育女是他们的事，我们做老人的不干涉。咱们搬来后条件这么好，卧室厨房里的一应家什都给置办全了，真正是带个牙刷就能来过生活了。你看我的这两个外孙女，才来几天，口音就变了，能和城里娃娃一样讲普通话了，他们已经融进城市了。我们看着高兴啊！要是有这样的机会，我们也愿意搬过来，大家和乐融融的，不比什么强？孩子少，只要教育好了，就是大家的福气！"

从采访之初到现在，不管是从五堆子村来的老移民还是到银河苑的新移民，一旦交谈，他们总是把孩子的教育问题放在第一位。以前，面对大山的阻隔，部分人不愿也同时没条件把孩子送到学校；相当一部分人受大集体时代影响，走不出越穷越生的怪圈。如今走出大山，他们觉醒了，这种觉醒，我想，可能是我们实施生态移民这项民生工程最有意义的一页。

出了马小花美味凉皮店，稍前方一个卖包子的妇人吸引了我，她个高，体态微胖，头发花白，看上去60岁左右的样子。她麻利地包着包子，嘴里还不停地招徕着顾客，前面一个土炉子上架着一锅热气腾腾的包子，馅是莲花菜的。妇人叫马玉花，实际年龄才50岁，2011年从固原原州区中河乡红沟村搬来。

马玉花每天凌晨四五点钟起床生火、和面、剁馅包包子，赶完早市后再骑三轮车到各工地去叫卖。我们说这很辛苦的，她腼腆地笑笑，说："这有啥辛苦的，再怎么都比老家时满山洼子刨食吃强多了。只是我现在年纪大了，外面打工人家不要，就想着做这么个小本买卖，倒也还不错，每天能收入八九十元哩！家里一个儿子一个女儿，儿子不听话在拘留所，我是靠不上了，我谁也不靠，我就靠我自己。城跟前好做生意，女儿结婚后和女婿在兰州打工，现在也过来帮我忙。现在我们一家一块的，外孙子又能在跟前上学，日子过得挺好的。”

看着满脸皱纹、乐观的马玉花，我们问像她这样的年纪，出来创业自己养活自己的妇女多吗？“多，唔，那不都是嘛！”顺着马玉花手指的方向，我们果真看见嘈杂的市场更远一些的地方，几个和马玉花一般年纪的女人围在一起杀鸡、拔毛、剖鸡肠。

“她们在这里杀好鸡，然后送到餐厅和市场，生意好着哩！”马玉花说。看我们在盯着她们看，那几个妇人也回过头来冲我们腼腆地笑笑，又埋头干起来。她们的脊背虽弯着，但却让人觉得是那样硬气。

兰生昌：移民使其重回故土

贫穷，使得多少人远走他乡，在更深露重时，望着他乡的圆月，思念的却是家中的亲人。为了生计，他们在异乡拼死拼活，而家乡，永远是心头那枚化不开的青梅子，鲠在喉头，酸楚异常。是移民政策，让这些远离家乡的游子，在人生暮年，又重回家园，休养生息，没有什么比这更圆满的了。生于泾源县冶家村的兰生昌，对这种回归，非常珍惜。

在 2009 年前期采访时来过泾源，而这次，一场小雨使得这座山中小县城愈发干净肃穆，街上几乎不见行人，座座新建的住宅楼，在靠近街面的外墙上绘着“喜鹊登梅”“富贵牡丹”等图案，让人惊喜不断。城市里一条景观水道高低错落层层下来，形成的小瀑布在两岸花草树木的映衬下愈显清幽，说泾源小而美，一点不假。泾源建县始于北宋乾德二年（964 年），时名安化县，自华亭县析置。此后，县名及隶属关系曾多次变更。1950 年 9 月，以其为泾河发

源地而改今名。作为古丝绸必经之地，这里蕴藏着极其丰富的古代文化遗存和浓郁的地方民俗文化。宋代名僧济公修行过的张台石窟及果家山秦汉遗址、唐代制胜关城垣，闻名遐迩；“踏脚”“花儿”等回族歌舞及节日庆典，独具特色，令人神往。地处六盘山国家级自然保护区腹地的泾源县，山翠水碧，风光旖旎。风景名胜区老龙潭，更是留下了许多美丽的传说。吴承恩《西游记》第十回“老龙王拙计犯天条　魏丞相遗书托冥吏”，说的就是泾河老龙潭发生的故事。传说唐贞观年间，连年大旱，颗粒无收。宰相魏征扮作老农私访到了老龙潭，信手卜卦，得知玉皇大帝已降旨八河总督泾河老龙王次日子夜布雨，便在干裂的地里种瓜点豆。变作凡人的泾河老龙王见状很是惊奇，魏征实言相告，龙王此时并不知降旨布雨之事，便与魏征打赌以争输赢。泾河龙王回宫后果然接到玉皇大帝的圣旨，为了不输给魏征，擅自将一天一夜的和风细雨改为三天三夜狂风暴雨，直下得洪水泛滥成灾。一天，魏征与唐太宗李世民对弈时突然熟睡，原来此时玉皇大帝召见魏征，命其监斩触犯天条的泾河老龙王，魏征于梦中将泾河老龙王斩首。

一百多年后的唐贞元年间，老龙潭又演绎出柳毅传书的千古佳话。泾河老龙王被斩后，其子继位，洞庭龙王按照玉皇大帝的旨意将独生女嫁给泾河小龙王，但泾河小龙王性情残暴、喜新厌旧，将龙女流放到泾河滩上牧羊。进京赶考落第的湖南书生柳毅到泾阳寻访好友途经此地奇遇龙女，遂帮龙女传书洞庭，龙女的三叔父钱塘龙王率兵三千将其救回，后龙女变为凡人，与柳毅结为夫妻。至今，老龙潭附近的悬崖下还有“龙女洞”。相传那位家喻户晓的活佛济公，曾在新民乡张家台石窟修行；穆桂英挂帅镇守三关时，曾在今黄花乡境内“两峰如柱”的秋千架身着战袍荡过秋千。

美丽的故事传说让人对此地生出无限向往，其泾河支流香水河、胭脂河引人无限遐想。但也还有不少地名蕴含着一段悲壮的历史和心酸的故事。被安置在泾源的人民难忘故土，从家乡照搬来了地名。白面镇的涝池、泾河源镇的十里滩，沿用的是陕西渭南故乡村名。渭南秦家滩安置地分上、下两个庄，故留下上秦、下秦和双秦的地名。泾源县城南、泾河北岸的南营和北营，是清时驻扎的两个军营，故名。园子乡的沙南村、陈倡村和香水镇的王阁村（现名红旗），是当年陕西大荔县回民迁居地，沿用了原籍村名。现黄花乡政府所在地平凉庄，系甘肃平凉回民迁居地，故得名。

说起这段历史，带我们前往泾源县冶家村采访的泾源县移民办工作人员禹广军说得云淡风轻。他说：“毕竟过去了一百多年，先民们从三秦大地来到这陌生的地方垦荒种地，维系着辗转迁徙脆弱到不能再脆弱的生命，不到最后关头，他们绝不放弃。新中国成立后，经历各种困难时期的人们，有的开始想着走出大山，到外面的世界去闯荡，看自己究竟能过怎样的生活？”1979 年，年仅 16 岁的兰生昌，义无反顾地去了新疆，没有内衣穿，只穿母亲东拼西凑缝的一件棉袄，风不时从下襟及领口钻灌进去，人一样瑟瑟发抖。作为家中长子，他的远走，其实是为了给九口之家的家庭减轻负担。母亲把家里仅有的粮食烙了几个干粮坨坨让他带着，他捧个喝水的瓷罐罐就这样踏上了西去的火车，和他同去的还有家乡的六七个人。但一到宝鸡，上了火车的，听去尽是乡音，西海固的特别多，都是向西去讨生活的，看衣着相貌，一个比一个寒酸。大家相顾心酸地一笑，可并不气馁，他们还年轻，对未来的生活，他们不怕。

起初，兰生昌在新疆一家煤矿上背煤，没几天，他稚嫩的肩膀被绳索勒磨得没有一块好肉，但他没歇过一天，咬牙坚持着，往往是旧伤未好，又添新伤，他弯曲的脊背上背的不仅仅是煤块，而是一个沉重的家庭。头一年，他给家里汇去了 3000 元，这在当时，

往　昔

采访兰生昌

兰生昌家整洁的客厅

可是一笔巨款。父母捧着这笔钱，笑过是哭，他们知道，这笔钱，得是儿子 365 个日夜的辛苦以及多少汗珠子的抛洒啊！看着天上的圆月，兰生昌仿佛看到了父母的笑和哭，他也笑也哭，最后号啕，他实在是太想家了！但是，他不能回去，他知道，他的这笔钱，只能救父母一大家子的急以及用来还以前欠下的债，但不能解父母一世忧愁，他还得干，直到干不动的那天为止。之后，他又去宾馆端过盘子，在后厨打下手当过配菜师。若说他会炒菜，够得上厨师资格，那也是他看会的，他从不放过任何一个学习的机会。就这样，他边糊口边承担着大家庭的重担，之后，自己也在新疆成了家，妻子再娜甫是维吾尔族人。有了妻子，有了自己的小家，他觉得身上的担子更重了。因此再干什么，更是脚踏实地。这时候的家乡，依然是贫穷的，1995 年，村里人外出打工成了潮流，几乎家家的男人都出远门打工。就是在那个时候，村里人的温饱才有了保证，房上都有了瓦片。10 多年后，那些曾信守“大门不出”的妇女，也走出家门，掀起一股妇女就近务工的热潮。特别是 2006 年泾源县苗木产业蓬勃发展以来，一到种苗、锄草季节，妇女们便背上干粮，早出晚归地打工。种苗木平均每天有五六十元的收入，有那手快的一天能挣 100 多元。每年干几个月，既不耽搁照顾一家老小，还能有五六千元的进项，这对家庭生活来说，是不容小觑的。而在 2005 年以前，冶家村还仅靠种植业发展生产，年人均纯收入不到 1000 元，是个典型的贫困村。

1999 年，兰生昌回老家一趟，只是想回去看看，可看到旅游业兴起，家乡的旅游业优势也日益凸显时，他想回家的情思猛地被牵动了一下。2009 年，妻子办妥退休手续后，兰生昌这个阔别故乡 30 年的游子，终于重返家乡冶家村。冶家村距泾源县城 15 公里，是通往老龙潭、凉殿峡、二龙河、鬼门关等六盘山重点景区的必经之地。其实，在兰生昌回来之前的 2005 年，冶家村遭受百年不遇的特大洪水，全村 130 户村民受灾，79 户群众的住房成为特重危房。当年 10 月，泾源县利用危房改造工程，因地制宜，实行原地改造和移地重建相结合，除安排 39 户群众分散就地改造外，吸引 40 户有一定经济基础和经营实力的受灾村民，统一规划，集中移地改造，建设“农家乐”安居工程，引导群众开展旅游服务业，发展生产经营，增加收入。2011 年，又通过生态移民搬迁来冶家村原有村民 78 户，经过培训引导，现在共有 80 多户“农家乐”，兰生昌就是其中之一，是生态移民，让他将根深深地扎进家乡的土壤里。这里每家每户院子都由 7 间砖瓦房构成，式样一致、干净明亮，集吃、住、娱乐于一体，“统一规划设计、集中连片建造”，民俗文化和农家风情相辅相成的民俗村，以靓丽的身姿，展现在世人面前。冶家村村党支部趁热打铁，注册成立了农家乐协会，进行统一管理。过往游客只要一个电话，吃、住、休闲、娱乐的全方位服务及刺绣、浮雕、水锈石等民俗文化会让你觉得不虚此行。

“农家乐”从每年3月份开始接待游客，直到当年10月份，平均每月收入都在四五千元，“五一”“十一”黄金周，收入会更高。经营好的，每年都有15万元左右的收入，差的，也不少于三四万元。人均收入4860元，已走在了全县前列。39号的兰生昌家，算是其中的佼佼者。从一贫如洗到脱贫致富，从靠山吃山到旅游富山……冶家村的嬗变，无疑是西海固脱贫历程的一个缩影，更是泾源县的一个典型，且是兰生昌人生旅程的一个见证。

39号兰生昌家，院落宽敞，院中的花园里种树育草栽花，且鸡鸭成群。院西的客房里有床有炕，一律铺白色床单，甚是干净。洗澡间里，也瓷砖洁净、毛巾分类，一看就是很正规的那种。身着厨师衣帽，一直在厨房里掌勺的兰生昌，将打下手的妻子再娜甫递过来的萝卜、辣椒，该切成丝的切丝，该切片的切片，一丝不苟。再娜甫上菜倒茶时，手上都戴着塑料手套，脱下戴起，也是一丝不苟。这是协会要求的，给客人的饭菜，必须是新鲜、健康的；给客人上菜布盘，也都必须要戴手套，大家要严格遵循。

这餐饭，兰生昌就地取材，给我们准备了大盘蒸鸡、炒山鸡、凉拌蕨菜以及其他一些山野菜，主食除米饭外，还有冒着热气、白而喧腾的花卷及地软包子，个个味足、新鲜，让人很是难忘。我们在赞叹他的手艺时，说他有之前打工的基础，能做出这样的美味佳肴，而那些常年土里刨食、山上找药挖菜只为填饱肚腹的村民，他们又怎么应付口味越来越刁的城里人呢？赶来的冶家村村委会主任冶德玉说，这个不用担心，当初办“农家乐”时，协会统一管理，并统一培训，像这些特色菜，家家都会做，可能有时只是口味上稍有不同。冶德玉以前跑车，每年收入五六万元，从2008年开始经营“农家乐”，收入在十一二万元，并种着十几亩苗木，这也是一项不少的收入，且又不受离家相思之苦。如今，他当村委会主任也已经两年多了，除自己经营外，还管着大家的事。我们又问，这么多的“农家乐”，如何保证大家都能处在公平中，会不会有一家客满别家翘望的现象？冶德玉笑道，这是个重要问题，对平时散客，今天来的在这家，明天来的到别家，协会都有记录，力求做到公平。在旅游旺季，协会就要协调，保证家家都有客人，但是重要的还是要根据客人意愿，因为客人的满意，是我们的最终目标嘛！

饭后，我们在院中闲聊，问兰生昌今后的打算。兰生昌憨厚地笑笑，说：“我首先要把我这个示范户的模范带头作用做好，让来这儿的游客都满意，使他们口口相传，带动更多的游客来我们泾源。”

这在我们一进门时就发现了，兰生昌家的客房墙上，挂着由六盘山旅游管委会、固原市旅游局于 2012 年 1 月授予的“泾源县冶家村农家乐兰生昌 2011 年度农家乐经营示范户”的牌匾。

“旅游旺季我们就好好做生意，淡季，和其他人家一样，女人在家做做零碎活，我们男人就出去打工。你知道，我们山里人命硬，如今打工不是因着日子过不去，而是怕闲着。不过，我们不会再去新疆那么远的地方了，在外 30 年，我的魂没有一天不漂着，现在我的根扎在了这里、扎在了家乡，打工只是就近转悠着，见识也长了，票子也挣了，何乐而不为！”正说着，兰生昌的手机铃声响了，接完电话，兰生昌把刚解下来的大白围裙又重新系上，手在上面擦擦说，又有客人要来，我又该忙乎了。说这话时，年过半百的兰生昌在秋日暖阳下自信而内敛的笑感染着身边的每一个人。

激扬汗水

可以说，自生态移民工作列上议事日程那天起，自治区的各位领导都非常关心，他们已完全将这项前所未有的工作当成了造福民众的大事。自治区党委、政府领导不但亲自抓规划，询问工程进展情况，且要在每项工程的开工、中间和收尾三个阶段下乡视察调研，以此来推动整个工作向前发展。分管领导更是事事关心，每事必问，对发改委每月的各项报表认真阅览，之后批示指导，对移民工作中的启动仪式、观摩活动、阶段性总结等，不但热情参加，且事后总能给出建设性和指导性的意见来。每到一地，他们总是要对工程中的每一个环节和细节都认真核查，如建筑设计的标准，梁、席、檩的尺寸，即便钉在房梁上的一根铆钉，他们都要看一看是不是严丝合缝。到了新村，他们一定是要将水泥街巷敲一敲、打一打的，意在检验路面的质量与尺寸，对村民家中的生活用水，必须亲口尝尝才放心满意。为了协调资金，调动各个厅局的主观能动性，他们主持召开的专题会议可以说不计其数。正是有了他们这事必躬亲的工作态度，才有了今天移民工作的大好局面，所谓“各炒一盘菜，共办一桌席”。

还有那些推动移民工作顺利开展的基层领导和党政干部们，他们踏实、务实的工作作风，让我们除了感动还是感动。

2014 年 10 月，为了充实材料，了解这些年的移民情况，我们重走老路，再次来到固原，得到了固原市委宣传部的大力支持，我们一路的舟车劳顿顿不觉得什么。宣传部在给我们提供相关资料的同时，请固原市移民办李翔鹰科长给我们当向导。

李翔鹰刚过不惑年纪，踏实稳健，没有别的嗜好，只是抽烟却很厉害，同我们前期采访中其他负责移民工作的同志一样。我说："这还真是一个特色。"因为接下来，我们去往原州区移民办后，一间小屋子里几个人正在订正即将搬迁的县外生态移民搬迁户审核登记表，屋里烟雾缭绕。听了我的发问，李翔鹰憨厚地笑笑，说："你们前面采访时也知道，移民工作事大人少，联系的面又广，压力很大，加班熬夜是常事。有时候写材料，不用这个提提神，思路就来不了。我的烟瘾，也是这几年到移民办后才大起来的。"之前，李翔鹰在原州区政府当秘书。

接下来，李科长带我们去了原州区开城镇刘家沟村，去的路上他不住地打电话，等我们到时，那里已有人等着，都是些熟悉并负责移民工作的。他知道我们需要什么，便早早安排，这不禁让我们为他缜密的思维和高效的工作方法而佩服。

从刘家沟村回来，天色已黑，李科长和我们告别而去。14 日早上，他要赶写两个材料，但他已联系好了原州区中河乡政府的移民干事马进虎陪同采访。中午，他在灶上吃了点饭，在办公室稍稍休息了一下，下午又陪我们前往彭阳。在彭阳县古城镇皇甫村采访时，他的电话不断。他抱歉地对我们说："15 日早上要开一个有关移民工作的会议，会上他要汇报移民情况，因此晚上必须赶回去充实材料。但是接下来几天你们要去的泾源、隆德、西吉县，我已经跟当地负责移民工作的同志联系好了，他们会提供你们所需要的。"真的，之后我们所到之处，都有很熟稔移民工作的同志陪同，说是固原市移民办李科长已经电话联系安排好了，这给我们的采访工作带来很大的便利。

这些干部，他们常年跑基层，熟悉工作地的所有村庄、社区，甚至很多村民，他们都能叫上名字，并且知道他们什么时候办了什么事。海原县移民办副主任王学勤、石嘴山移民办副主任马文军、关桥乡乡长杨正权、大武口区星海镇新民社区主任倪萍等，都是这样的人。在他们的意识里，移民工作是大事，不能有丝毫的马虎。

王学勤是个踏实肯干的人，在调到海原县移民办工作前，他在李俊乡任乡党委副书记。2012 年 4 月，他所在的李俊乡李俊村马儿山有村民迁入太阳梁，2013 年 5 月份，他们去回访。见到他，原马儿山的村民李耀忠孩子似的拍着腿仰倒在床上，说："共产党的政策好得很，没想到我这辈子还能住上这么好的房！"说到这，王学勤也孩子似的笑了。之后，他带我们去了县内安置点——山门村。得知最近还有大批移民迁入连湖农场时，我让他到时一定要记着告诉我，他答应了。果真，11 月 7 日，他打电话来，说 11 月的 12 日、13 日，是移民搬迁的日子。

我们于 11 日赶去，他带我们去了甘盐池管委会。下午，他要赶往连湖农场，再确定对接的事。当晚还必须赶回来，因为 12 日这天他要送甘盐池管委会的移民到连湖，之后再赶回来送 13 日这天的移民。凡有移民搬迁，他们就是这样，连轴转。当然辛苦，但为的是工作不出纰漏，移民能够在新的地方安心过日子。

马文军是个有着英雄主义情结的人，他 14 岁的时候，父亲去世，他常受人欺负，那时候就暗暗起誓，将来长大后要做的事就是"除恶扬善，扶贫济弱"。警校毕业后，他被分配到公安局工作，果真干的是除恶扬善的事。那时为抓捕犯罪嫌疑人，几天背着干粮追踪，是很寻常的事。一个人在荒山里一等就是一个月，也不稀奇，因为热爱。他觉得这份工作，就是圆他小时候的梦。那时候也捎带着干扶贫济弱的事，但没想到日后能专干这件事。对几年后能到移民办工作，他自己都有点恍惚，觉得这是冥冥中上天让他把小时候的梦做圆满了。

到移民办工作后，虽然没有在公安局工作那样激情澎湃、刺激，但是把老百姓的吃喝拉撒，事关今后发展的事做好了，也觉得蛮有成就感的。

杨正权，一个“80后”的优秀代表。他27岁就考到关桥乡工作，现在全面负责乡镇工作也有三四年时间了。

11月12日晚上，由于疼痛不已的腰椎、颈椎，我趴在秦成秀奶奶家烧着羊粪的热炕上和大伙儿聊着天时，9点多，杨乡长和乡党委书记田义良掀帘进来，带着一身寒气。早晨，我们已经和他们在乡政府见过面，是他们带我们到八斗村的。之后，我们分开，各自工作。

“人呢，人呢？”杨乡长一进来就找人，大伙儿都觉得奇怪。“我们的女记者呢？听说她没回城里去，住你们家了。”

听他如此说，大伙儿都笑了，并朝炕上努努嘴，道：“唔，在那。”

他转过身，故意朝炕上凑凑，说：“嚯，你们不说，还真不敢相信她是城里来的客人，以为她就是你们家人呢！”

“她本来就是我们家人，从她进了这个家门，我们就把她当成了自家人。”奶奶抢着说。

“我也觉得这就是自己家呢，很亲切！”我笑道。

“怎么，习惯不？这可是羊粪烧炕。晚饭吃了吗？”杨乡长关心地问道。

“吃了，吃的是黄米糁饭，怕她吃不惯，但她和我们一起吃了。”奶奶笑着说。

我说：“这很好的，我很习惯。”

“这就好，你们的脚上就要沾沾泥土，和我们一起吃住。只是，这里明天就都搬走了，再来也不易呀！”杨乡长感慨地说。

见他进来，坐在椅子上的人就起身给他让座，但他径自坐在炕上，将外套脱了，一腿搭在炕上，也自家人一般。

屋里坐着、站着十几个人，我们就这样随意地拉着家常。他说他以前到过奶奶家，并清楚地记着老三张永寿的儿子当兵的事。他安顿 大家待会儿装车的时候要穿暖和，不要搬了新家人却冻感冒了，要记着走时带上身份证复印件，到新家入住的时候用得着。

他的细心和质朴，甚至幽默，让你很难将他和一个乡镇负责人联系在一起，而且，他只有 33 岁。

我在感慨他的年轻时，他将脸上的白边眼睛往上抬了抬说：“我将青春和热血都洒在这里了，对这片土地有了深厚的感情，本想大展拳脚再好好干上几年，可大家伙儿却要搬了，很舍不得他们离开，但想想，他们离开是为了过上更好的日子，心里就释然了。这里，毕竟就这么个现状……”

正说着，有汽车喇叭声响起，大家立刻起身，说：“又有车来了。”随之，他们又一阵风地出去，组织群众装车。

第二天早上，随着村部喇叭的响起，我出去，远远就看见杨乡长和围在他身边的群众说着什么。我走过去问他什么时候来的，他说五点多钟就过来了。又问他昨晚什么时候回去的，他说等回到乡上就已凌晨两三点了。

七点钟，车队准时出发，当把上套脑、下套脑、段湾、八斗村的车队组织到大路上，见杨乡长站在岔路口，瑟缩着大口啃着冷包子。见状，我赶紧把王兴俊带给我没吃的早餐送过去，给他和同样啃着冷包子的田义良书记。

之后，他带领车队，和我们一起去往移民的新家——连湖农场。

从见到倪萍的第一眼起，就觉得她是一个干练、务实的人。一见面，她就问我们的来意及需要。在我们一一回答后，她说，哦，那我们先去哪些地方，再去看什么……这更印证了我对她的第一印象。可又从她一头乌黑的长发，及湖蓝色西装、黑色裙子的装束上，觉得她除了干练外，还很具温情。在后面的采访接触中，还真是如此。倪萍现在是星海镇新民社区党支部书记、社区主任，40出头。女人这个年纪，对有些人来说，工作就处于懈怠状态，没有激情了，但对倪萍来说，好像她的人生才刚刚开始，每天迎着初升的太阳，觉得浑身有使不完的力气。从2012年担任新民社区主任以来，倪萍着力解决移民最关心、最现实的问题，努力开展社区各项工作，得到了社会各界的一致肯定和认可。她所在的社区先后获得了中国人口和计划生育优秀基层群众自治组织、石嘴山市“明礼”社会管理先进集体、大武口区社区工作先进集体、大武口区五四“红旗”团委、大武口区残疾人工作先进集体、星海镇劳务移民工作先进集体等荣誉。她本人也先后荣获自治区优秀“农家书屋”管理员，石嘴山“明礼”社会管理基金先进个人，石嘴山市非物质文化遗产手工作品比赛优秀奖，县域生态移民工作先进个人，星海镇优秀党务工作者、社会综合治理先进个人，石嘴山市非遗文化比赛优秀奖，从事社区工作以来连续五年荣获大武口区社区工作先进个人等称号。当在绣房兼荣誉陈列室里，我们在这些荣誉面前赞叹不已时，倪萍淡淡一笑，说：“觉得自己也没做什么，是组织及大家给予我的太多。”

社区工作貌似简单，若要做好，考量的是你的能力、方法及热情。倪萍上任之初，根据社区工作实际，以当前的中心工作为目标，从社区维稳、计生、医保、矛盾纠纷、困难救助、新市民就业服务等为民办实事工作着手，本着“一个活动就是一个精品和亮点”的原则，成功举办了两届社区劳务移民文化活动周、移民书画展、新市民运动会、新市民联谊会，协助区团委举办了大武口青年趣味运动会及开展多场文艺演出。联系自治区、石嘴山市、大武口区各单位送文化下乡、开展职业技能培训、举办各类专题讲座等，活动的开展极大地丰富了居民文化生活，活跃了社区气氛，融洽了居民关系，增强了社区凝聚力。

走进移民书画室，看着那一幅幅装裱精致、创作精美的书画作品，你想不到这些都出自移民之手。

“我们隆德是书画之乡，要充分发挥这一优势。”说到此，倪萍颇为骄傲。

见长桌上打开铺展的文房四宝，一杆笔浓墨饱满，我问：“大家可以随时来创作吗？”

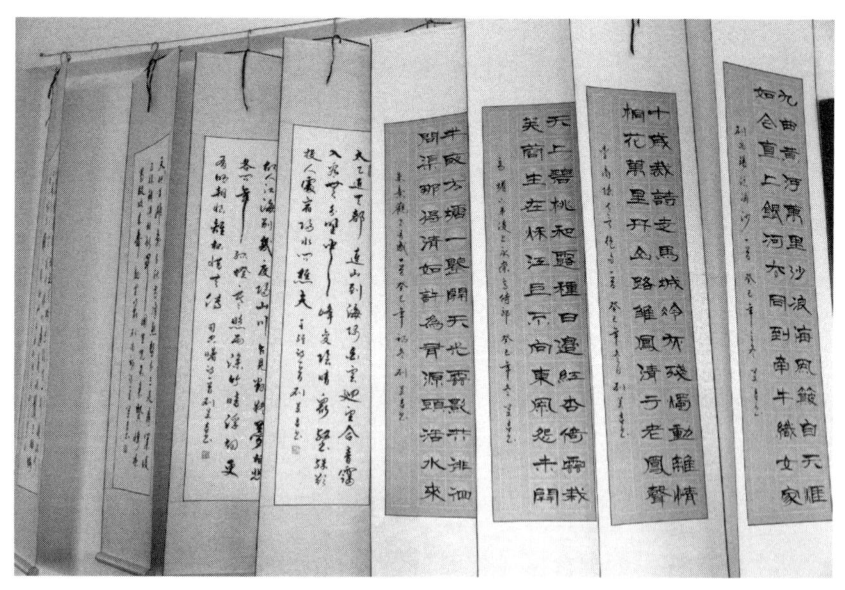

新民社区书法展入选作品

“可以的。我给大家备了废报纸，先在这上面练，等成熟些后，再用毛边纸和宣纸。这是我刚给一对新人写了对联，笔还没来得及洗。”倪萍边整理桌上的废纸边说，“成立了社区书画室，在发扬移民书画文化的同时，还是为了着力培养下一代书画人才，不能让优秀传统文化在我们这里画上句号。每想到这，就觉得自己身上有不可推卸的责任。”

“看，这就是倪主任的字。”王兴俊眼尖，一眼看见墙上装裱着一幅倪萍手书的“志存高远”大字，我不由赞叹起来：“很遒劲，不像是女同志写的呢，练多久了？”

倪萍谦虚地笑笑说：“小时候就练的，可能是有那个氛围吧。”

原来倪萍也是隆德人，拿马文军副主任的话来说，她是个老移民了。

是啊，自己本是隆德人，这些又都是我的乡亲，对他们真是有割舍不下的感情。就是带着这样的感情，倪萍个人出资成立了宁夏新民劳务有限公司，全力解决劳务移民的就业安置问题，积极掌握社区移民的就业情况，广泛搜集区内外就业信息，帮助移民内转和外输，建立健全回访制度，实行动态跟踪服务，提高社区劳动力的组织化管理程度，有效地促进了社区劳务经济的快速发展，缓解了移民社区就业压力。并创新工作思路，利用本土化服务特色，争取资金，鼓励社区并扶持移民创业，目前扶持社区创业户 34 家、劳务经纪带头人 5 个。

在劳务移民中，让各级政府最感到难办的是“5060”妇女的就业问题，以前她们在赖以生存的土地上劳作一辈子，可能是有把子蛮力气，但现在她们年纪大了，又没什么技术，很多用工单位根本就不考虑她们。但这些勤苦的女人，也不想待在家里吃闲饭。针对这一情况，又考虑到隆德历史悠久的刺绣文化，倪萍运作开办了新民绣房，着力解决“506070”妇女的就业问题。

在绣房里，看着一件件做工精美的方枕顶、小儿鞋帽、婚嫁衣饰、钱包、兜肚、绣鞋、鞋垫、笔袋、烟袋、荷包等，我们放下这个，拿起那个，爱不释手。

“现在，随着生活质量的提高，有车族越来越多，他们开车出门，都希望有吉祥物陪伴，我们就针对这一需求，制作了香包、荷包等挂件，很受欢迎。像这个‘喜鹊登梅’的车挂，非常受车主欢迎，订了一批又一批。你想不到吧？这件作品是我们社区 68 岁老人杨淑兰的主要作品。杨淑兰是绣坊的主要力量，她是社区老党员，绣艺非 凡，主要作品有八卦绣球、相思扣、喜鹊登梅等。”

绣房的所有原材料都由社区提供，绣娘们只需付出劳动即可，工资一月一结，按件计算；绣坊销路主要有网站销售、作为旅游产品出售、按量批发、零售。

移民制作的种类繁多的小挂件

虎头枕

目前，新民绣坊有 15 名妇女现场加工刺绣产品，还有一部分居家妇女在家加工刺绣产品，由绣坊代理销售她们的产品。

绣坊的成立，一定程度上改善了社区妇女的生活条件，促进和带动了社会经济的健康发展，对妇女增加收入和脱贫致富起着积极的推动作用。

看着墙上针黹洗练、做工精细、形象逼真、造型质朴大方、配色艳丽的巨幅刺绣《松鹤图》《四条屏》等，我们真为她们感到由衷高兴。

为建立和谐社区，社区成立志愿者服务队伍，招募各方志愿者，大力弘扬“学习雷锋、奉献他人、提升自己”的志愿服务理念，不断拓展服务领域，深化服务理念，创新服务模式，着力提高移民文明素质和安置区文明程度，共发起为老助残、文明引导、志愿创城、

邻里守望、政策宣讲等志愿服务活动128次。在“敬老月”，积极组织开展内容丰富、形式多样、健康有益的老年人健身娱乐、送温暖大走访、免费理发等活动，丰富老年人的精神文化生活，倡导科学、健康、文明的生活方式。

孩子是祖国的未来，在寒暑假期间，为充实孩子们的假期生活，社区成立了“蓝精灵”假日学校，设置学习辅导班、舞蹈班、书法班、英语班等八个特色少儿培训班，丰富移民子女课外生活，提高文化程度，拓宽知识领域，促进移民子女与城市校园生活接轨，解除移民们的后顾之忧，使移民尽快融入城市生活。

就是凭着这样的热情和热爱，倪萍在社区全面实行了服务承诺制度，带头接待好每一位居民，办好每一件事，落实好每一项政策法规。在社会救济、下岗职工再就业等政策性很强的工作中，从来不接受吃请，不收礼，不搞亲疏关系。

当我们采访移民的就业情况时，市场上摆鞋摊的哑巴王连顺，直对倪萍竖大拇指。王连顺是隆德县凤岭乡上梁村人，家有二老，母亲也残疾。

“别看他是聋哑人，却心灵手巧。针对他的特殊情况，我们社区领导捐款500元，给他办了个鞋摊，他每天的收入不仅能养活自己和老人，而且还能就近照顾老人。”社区副主任王常明说，“看，这‘哑巴修鞋’几个字，还是我们主任给写的呢。她真是把工作做到家了，移民家但凡有个大事小情，都少不下她。”说到这，王连顺仿佛能听见似的，举起双手拇指，直朝我们这晃。

何卫中在中卫市扶贫办副主任这个岗位上一干就是七年，他熟悉中卫的每个移民点，并熟悉通往移民点的每一个路口、山弯。他的脚步常常停留在这里，没有谁比他更真切地感受到这里的变化。

在中卫建市十周年时，他写的通讯《生态移民群众的十年》既见证了中卫生态移民群众十年的变化，也是对他长期坚守此项工作的一个总结。

生态移民群众的十年

建市十年，是生态移民群众大发展的十年，也是中卫发生巨变的十年。

建市十年，中卫市贫困地区农民人均纯收入从2004年的912元提高到2013年的4800元，贫困人口从2004年的43万人减少到2013年的15.4万人。

从“行路难”到“四通十有”。中卫市的生态移民大多来自交通不便、山大沟深的海原县，如今，全市建成移民点38个、建成移民房1.6万套，搬迁群众5.8万人，实现了包括通路、通水、通电、通讯等主要内容的“四通十有”，群众生活条件大为改善，生活质量大幅提升。

从“水贵如油”到喝上自来水。中卫市海原县地处中部干旱带核心区，这里十年九旱，年降水量不足200毫米，而蒸发量达3000毫米以上，人均占有水资源不足90立方米，是全国人均水资源的1/7，被联合国列入“不适宜人类生存地区之一”。

建市以来，中卫市有5.8万人实施了生态移民，全部喝上了自来水，拉水、抢水已成为历史。

米粮川村从“六十年没考上一个大学生”到“两年考了5个大学生”。沙坡头区米粮川村有226户1000余人，自1949年至2010年，全村没出过一个大学生。2011年，

该村实施了整村搬迁，2012年，该村田宁考入北京地质大学，至2013年，全村有5人考上大学。

据不完全统计，中卫市贫困地区儿童入学率十年以来大幅提升，达100%，辍学现象杜绝，上学难不复存在。

从“养儿防老”到“老有所依”。不生男孩不罢休，养儿防老观念在中卫市贫困地区百姓心中根深蒂固，造成了越穷越生、越生越穷的恶性循环。

建市十年来，市委、市政府高度重视民生工程，先后在贫困地区实施了养老、医保等惠民政策，并为60岁以上老人发放老年津贴，为80岁以上老人发放高龄津贴，消除了群众老无所依的顾虑，日子越过越红火。

从“好出门不如歹在家”到“18万劳务输出大军”。好出门不如歹在家，长期以来，贫困地区交通不便、信息闭塞，很多农民不愿出门，等靠要思想严重。

建市十年来，中卫市把劳务输出作为促进贫困地区发展、农民增收的一项产业发展 ，通过培训经纪人等多种方式，鼓励农民外出。海原县现有11万余人南下广州，西上新疆，脚步遍及天南海北，甚至到了俄罗斯等国。据不完全统计，全市目前有18万人从事劳务产业，遍及全国的“李旺运输车队”、浙江义乌的“海原翻译”等，成为宁夏西海固的品牌。

在我们随何卫中前往米粮川村时，他从李旺镇的运输车队谈到青海东南部沿黄河而居的化隆回族自治县和循化撒拉族自治县的拉面，以及福建的沙县小吃。他说，我们把移民群众搬下来，最终是为了让他们走上富裕路，过上好日子。这种好日子，如果没有特色产业，又形不成规模，那只能是空中楼阁。而要发展特色产业，并使其走上规模化道路，政府的引导和支持必不可少，比如在政府支持下化隆回族自治县和循化撒拉族自治县的“拉面经济”及沙县的“小吃经济”所取得的效益。化隆和循化位于群山之间，山大沟深，大多地处浅山地区，自然环境恶劣，农作物产量低下，发展农业的收益低、成本高、空间小。同时，30多年前，两地群众很困难，受资金、技术、地理位置的制约，很难在当地迅速发展乡镇企业和民营企业。在这样一种地理环境和社会经济条件下，再无其他依靠，唯有凭借当地手艺。因此，开拉面馆，成为当地人摆脱贫困的选择之一。这两个地处群山中的国家扶贫开发工作重点县的群众凭当地手艺“拉面”，在外闯出一片天，拉出了一条西部民族地区脱贫致富的新模式、新路子，“拉面经济”已成为当地群众增收致富的支柱产业。

20世纪80年代末，青海省化隆县农民韩录、马乙卜拉等率先到福建厦门创业，开创青海农民在东南沿海城市开拉面馆的先河。90年代初开始，当地人相继走出大山，为了解决生存问题，很多人在路边架个摊子卖拉面，后来逐步扩大经营规模。通过初期创业的成功，越来越多的农民通过亲帮亲、邻帮邻的方式，走出山门、省门，形成了“外出一人，致富一家，带活一片”的局面。

为促进“拉面经济”科学稳步发展，青海各级政府部门采取了系列优惠政策予以支持：一是加强拉面技术方面培训。把拉面匠培训作为阳光工程和农村劳动力技能培训的主要任务来抓，举办拉面技术培训班，使更多的农民掌握了拉面技能，一批批走出山门。二是在发展资金上予以扶持。2010年开始，国家开发银行青海省分行、青海省邮政储蓄银行等金融机构在化隆县尝试“五户联保”这一新的贷款担保方式。即由同村的5户拉面经营者共同申请贷款，互为

担保，如果 1 户还不上贷款，由其他 4 户代为偿还。近年来，已发放贷款上千万元，初步解决了拉面经营者在扩大经营中资金短缺的难题。三是为促进“拉面经济”发展，青海从全县行政事业单位中选派 88 名工作人员，在全国拉面馆相对集中的 65 个大中城市设立办事机构，引导务工群众成立 30 个临时党支部、34 个农民工工会和拉面协会、63 个“拉面经济”经纪人组织，既教育引导群众守法经营，又为务工人员在当地办证、子女入学等方面提供协调服务，解决其后顾之忧，深受拉面经营者和当地政府部门的欢迎。

与西海固这些偏远地区的移民一样，化隆、循化的农民也有着“再穷再苦不离土”的传统观念和“温饱即安，小富即满”的小农经济意识。对当地农民来说，发展拉面经济是生活所逼。在特殊的地理区位环境和经济条件下，走出去才有更好的生活。穷则变，变则通。封闭、保守的思想观念根本没有多少出路或发展前景。唯有解放思想，放开胆子，走出去，闯荡一番，开创一片新天地。他们当时的远走他乡，也曾迷茫、惶惑，甚至是惧怕过，但经过千万般的磨砺和艰辛探索以及政府的有力组织，当地农民走南闯北见世面，懂得了市场竞争，并在市场竞争中不断发展壮大。从一开始外地人吃不惯、不接受到喜欢吃、离不开，其产值从无到有再到上亿元，招牌从“兰州拉面”“金城牛肉面”等五花八门到初步统一为“西北化隆拉面”，从而实现化隆“拉面经济”模式规模化和品牌化。

经过十几年的发展，“拉面经济”模式已初步形成了以餐馆经营为主，餐厅务工、餐厅转让中介服务、为餐厅贩运牛羊肉等为辅的多业并举的化隆拉面产业链，在吸纳剩余劳动力、增加农民收入方面发挥了重要作用。目前，化隆、循化人把拉面馆几乎开到了全国所有的大中小城市，在全国任何一个人口集中的地方，都可以看到他们忙碌的身影。据统计，现在仅化隆县就有 10620 家，

6.92 万人常年在外直接从事拉面经营，加上围绕“拉面经济”从事相关产业的务工人员，每年输出人数达 11 万人，占全县总人口的 51.3%，收入达 6 亿元左右，占全县农民人均纯收入的一半。

目前以化隆、循化人为主开办的牛肉拉面馆仅在新加坡、马来西亚两国就有近 500 家。特别是在马来西亚，青海牛肉面馆已遍布吉隆坡、槟城、新山等 20 余座城市。

在化隆、循化拉面经济的发展中，虽然有着更多的群众意愿，是广大的青海农民自觉自愿的事，但“拉面经济”模式形成后的发展和壮大是有各级政府部门强有力的支持和引导作后盾。如果没有政府部门的技术指导以及大量的劳务协调和服务工作，就不可能形成今天的“拉面经济”模式。

同时在政府“该出手时就出手”的强力助推下，福建的沙县小吃近年来也在全国遍地开花。这种统一标识、统一价格、统一配送的沙县小吃店在全国，已有近 2 万家。

一份沙县小吃套餐不贵，既有肉、青菜、榨菜，还有鸡蛋，再拌上米饭，实惠，营养价值也比较高。另外，还有蒸饺、米线、面条等。所有的沙县小吃都是一样的店面，而且经营者以沙县农民为主，开店前均受过当地政府的培训和不同程度的支持，配料均由该县同业公会统一配送，这保证了其味道的一致性。

沙县群众最早走出山门，到全国去经营小吃开始于 20 世纪 90 年代初，最早去的主要是广东、浙江、上海等省市。随着沙县小吃名气越来越大，现在，全国各大中城市及港台地区均可见到沙县小吃的门店。目前，沙县小吃经营户达 1.8 万家，大约 5.2 万余从业者，约占全县总人口的 22% 和农村劳动力的 60%，并带动周边地区城乡富余劳动力从事沙县小吃经营。沙县小吃产业年营业额已超过 35 亿元，年纯收入 6 亿元以上，占农民人均纯收入的 60% 以上，

成为沙县农村富余劳动力和城镇下岗失业职工就业再就业的主要渠道，成为沙县经济发展和农民增收的支柱产业。在这巨大利益的背后，离不开政府的全力支持。

1997年，沙县组建了沙县小吃同业公会，1998年成立了以县委书记任组长的沙县小吃业发展领导小组，下设小吃办公室，1999年又成立了沙县小吃业发展服务中心。这三个机构合署办公，分工协作，全面负责沙县小吃业发展的组织协调、管理服务、技术培训、维权保障和信息网络等服务工作。除此，沙县专门成立了维护沙县小吃经营业主合法权益领导小组，并在县公安局挂牌设立沙县小吃业维权办公室，抽调干警专门从事维权工作，组织专人赴各地，协调配合当地公安、工商部门，妥善解决纠纷、侵权等投诉事件，维护在外经营业主的合法权益，为其保驾护航。有了这些很切合实际的服务工作，那些在外经营小吃业的老乡们将心思全部放在门店的经营上，这才有沙县小吃现在这样红火的局面。同时，重视品牌宣传，也是沙县小吃能够走向全国的原因之一。2007年沙县县委、县政府在北京进行了声势浩大的推介会，现在每年还有美食节活动。自1997年以来，县政府将每年的12月8日定为沙县小吃文化节。

沙县小吃不属于商业化的连锁加盟，但是其经营过程无疑就是一场设计缜密的品牌化的连锁经营，而每一位放下锄头的农民，也都这样被扶上了“马背”。

一个个被扶上“马背”的农民富裕起来了，从乡村到城市，他们的观念也在不断发生着改变，其文化知识水平和个人道德修养也在不断提高，特别是在实践中学到了在本地区和农业生产中学不到的投资、生产、销售等知识和技能。外出经营“拉面经济”的农民的法律意识、市场经营意识、社会意识大大增强，特别是教育和婚育观念发生了根本变化。“拉面经济”的发展，使许多群众切身尝到了没有文化的苦头，深刻懂得了“不办教育穷根不拔，不办教育富不长久”的道理。练了胆子、挣了票子、换了脑子、育了孩子、拓了路子、创了牌子，说起化隆县的“拉面经济”，人们都会这样赞叹。其中，最有意义的是“育了孩子”，走出去的化隆农民懂得了知识、教育的重要性。这和我们的移民一样，从大山里搬出来，他们感触最深并说得最多的话是，孩子上学不用愁了。就像固原市原州区硝口村的马白虎，没有读过书，包括他的三个儿子，也不过是小学没有毕业或仅仅读完小学，但他却说自己的白是李白的白，很有文化的样子。他说他和他的儿辈就这样了，他的希望在孙辈身上，希望搬出去后，他们能够好好读书，将来做个让人尊敬的文化人。因着这样的认识，在沿海城市的许多农民子女受到了高质量教育，在省内的务工人员，也不惜重金积极送子女上学接受教育。由于在外地受到先进思想文化熏陶的农民，改变了“多子多福”的传统观念，从而追求高质量的生活，这些人回到家乡后，直接或间接影响并彻底改变了当地人的传统思想观念。

一个个被扶上“马背”富裕起来的农民，所带回的经济效益及社会效益不仅仅是这些，化隆县委、县政府吸引富裕起来的“拉面匠”们回乡创业，反哺家乡，搞多种经营，这一决策，带动了更多的人富裕起来。这一良性循环说明他们当初决策的前瞻性及具体实施的连续性得以一贯保持。这其中，责任与担当是必不可少的。

移民搬下来后，十年里，确实发生了很大的变化，这些，可能在“十一五”期间搬迁下来的移民中表现得充分一些。而“十二五”期间，我们分田给地送粮送油，就差没把揪面片子揪到锅里给端上去，可有些人还是不满足。我们也在调查、思考，他们的不满足源自哪？可能更多的是今后的发展吧，“人无远虑必有近忧”。前面说到了李旺镇的运输车队，虽遍及全国，但还得政府的引导和支持，

以期规模更大，带动更多的产业和劳动力。而对近些年下来的移民，我们更要多方调研，找出制约他们发展的瓶颈，不能一味地他们缺米我们给米少油我们送油，投入不少，但却看不到收益。他们已经走出了大山，我们还要鼓励他们走进城市，发展产业，接受先进的文化和思想，以使将来生活得更好！在风沙弥漫中，我们来到米粮川村，何卫中下车，他手扶一棵枝叶尽去的槐树说：“这里，种柳树更好一些，成活率会更高。”和何卫中一样，移民将来生活的走向，是各级政府都在思考的问题。

大美秋色胜春潮

这些年来，随着移民工程的深入实施，有些人虽已外迁，但由于移民迁出区往往属于生态脆弱区，生态自我修复较难。一些政协委员建议，在移民迁出区实施生态修复工程。

移民迁出区往往干旱缺水，自然条件恶劣，如此大规模的移民搬迁、土地退出，若不及时采取植被恢复措施，容易造成大范围、高强度的水土流失。时任全国政协委员、宁夏回族自治区副主席的姚爱兴建议，依托国家重点生态治理工程，整合林业、农牧、水利等相关生态建设项目，在移民迁出区逐步实施房屋拆迁及废弃物填埋、林业生态修复、草地恢复、水土保持四大工程。迁出区生态修复应坚持以封育自然修复为主，对耕地和宅基地辅以必要的人工修复措施，并根据坡度、降雨量等地形地貌和气候条件，宜林则林、宜草则草，以增强迁出区水源涵养、水土保持和防风固沙的生态功能。

移民外迁后，土地权属也应进一步明确。全国政协委员、九三学社宁夏区委会主委马秀珍建议，移民实施整村搬迁后，先行封禁，土地由所在移民迁出县（区）收归国有，进行确权登记统一管理，通过划归周边自然保护区、林场管理或设管理站等形式，有效加强对移民迁出区退出土地的管理。

2014 年 5 月 12 日，宁夏召开生态移民迁出区生态修复现场观摩会。会上，宁夏为生态移民迁出区生态修复划定两条“红线”。

这两条红线，一是2017年前移民迁出区土地必须全部收归国有，由县级人民政府统一管理，组织实施生态修复工程；二是2020年以前不得进行任何经营性开发建设，不准以任何名义引入企业、个人对移民迁出区土地进行承包、经营和使用。

并规定，对“十二五”生态移民迁出区原有房屋及宅基地周围树木，按照户均500元的标准给予补偿。对在原居住地享受退耕还林、退牧还草政策的搬迁农户，按政策规定继续享受国家退耕还林、退牧还草等政策，直到各项政策执行结束。

静美南华山

从西吉出来往海原去时，天开始下起了雨，到月亮山时，路就湿滑起来。山弯弯里有浓重的雾爬上来，下了山坡，眼前白茫茫一片。几米之外，我们便看不到什么，人如在云中，我们的车要慢慢地开，如在十几年前结着冰壳子的三道险那样。到了南华山，前方山头云雾缭绕，近处倒渐渐清晰起来，山坡、山脚有未融化的雪，不时有白脖子长尾巴的野鸡飞起。已是深秋，草木虽凋但能看出它的旺盛，与尽染的层林将南华山装扮得画儿一般。

2012年4月，南华山自然保护区核心区内4个自然村、1900多人全部迁出，到如今，这里退耕还林的近万亩土地已显葱郁之景。自生态移民工程实施以来，海原县已搬迁3.2万人，涉及130多个村庄。该县在移民迁出区两年投资2243万元，生态造林11.5万亩。

2012年初，全县下达9万亩绿化造林任务，各有关部门利用春季有利时机抓紧推进生态修复工程，确保8月份完成。为保证树木成活率，海原县林业局给专业绿化公司下达了任务：必须保证第一年造林成活率达85%，第二年达到95%，第三年验收合格后付尾款。

同时，海原县鼓励种养大户、合作社、企业加入到移民迁出区造林工程中来。宁夏雨顺绿化公司经理王东说："我们在海原遇上最严酷的绿化督察，曾有一批榆树苗规格不够，被管理部门责令全部拔掉后补种。"

2012 年，红羊乡槐木沟村种植大户张东泉得到政府无偿扶持的落叶松 5000 株，发展林地上千亩。海原县还引导各乡镇在移民迁出区种植紫花苜蓿 5.8 万亩，兼顾生态效益与经济效益平衡。

经过几年治理，现在南华山、月亮山已明显形成了小气候，年降雨量达到 400~600 毫米，比县城多出一倍多，水源涵养使县城及周边 18 万人受益。

刘家沟新景

远处山头白雪皑皑，近处山上白云爬上来，天空湛蓝。2014 年 10 月 11 日，宁夏境内降了一场雪，固原的雪下得尤其大。如今在山的背阴处，还有丝丝缕缕的雪在一点点地融化着。雪水滋润着土地，虽然已是深秋，但茂盛的草依旧绿着，人走过，草香不时弥漫出来，就有那寻香而来的蜜蜂与蝴蝶和了草丛中唧唧的虫鸣和咕呱的鸟叫翩跹起舞……让人觉得，这幅人间锦绣图，是如此鲜活。只是，这里已经人去屋空。屋也没有了，只有几孔破败的窑洞和六个碌碡围着的一个石磨盘，表示这里曾经有人居住过。这是 10 月 13 日，李翔鹰科长带我们来到固原市原州区开城镇刘家沟村时看到的情景。

2012 年，刘家沟村整村搬迁到吴忠市红寺堡区弘德村后，原州区推平了搬迁后留下的残墙断壁，一方面人工种植油松、云杉等，一方面让其进行自我修复。仅仅一年，这里的生态已基本恢复。

看看对面山上的草已有半腰深，人都走不过去。如今，人走了，动物来了。尤其野猪，最大的600多斤，像个小牛娃子。还有梅花鹿及国家濒危保护动物鬣羚等，说着这些，在这里等我们到来的护林员马维虎兴奋不已！突然，一只花羽衣的锦鸡从我们头顶飞过，落到不远处的树上。野鸡更是不怕人，在被草覆着，依稀能辨出的小道上穿来走去。

看着那淹没人膝盖的草及潺潺细流，我们和马维虎一样兴奋。据原州区统计显示，这种情况近10年来罕见。在5年前，原州区年降雨量是200毫米至300毫米，2014年9月份，降雨量已达470毫米至480毫米，与1980年时的数据持平。若保持这个数据，可以断定，至少降雨量已经恢复至30年前的样子。

对此，宁夏大学资源与环境学院副教授石云带领团队监测了固原市彭阳县的生态恢复。他说，按照“山顶戴帽子、山腰系带子、山脚穿靴子”的治理模式，连续撂荒几年，山地几乎全绿了，不见了裸露的山头。很奇怪的是，通过退耕还林、退耕还草，长出来的植物是羊、牛等牲畜不喜欢吃的，2014年多数地方的草已经齐腰深。随着植被的恢复，小气候也得到改善。

人退草长，此消彼长，动物则繁育其中。石云说：“目前还没有整个西海固地区生物物种的调查结果，但是在彭阳水保站高建堡小流域附近，一个十分明显的感受是，这里可以做狩猎场了。”石云进行过初步统计，一平方公里内，原本仅能见到两三群山鸡，现在能见到十几群，伴随而来的是蛇、松鼠等动物的增加。

“以前人没搬出去时，这里根本就看不到锦鸡，如今听说已经有白鹭的踪影了。现在生态好了，草高树大，防火是我们今后要做的重要工作了。从移民搬出去后，我们把靠近国有林场的移民迁出区土地就近划归国有林场管理，对距离国有林场较远、集中连片且

层林叠翠

面积较大的迁出区新建国有林场或林木管护站进行管理。2013 年，原州区把 61.6 万亩毗邻 10 个国有林场的生态移民迁出区土地就近划归现有林场管理，成立了寨科乡马渠林场、张易镇西海子林场等 5 个管护机构，经营迁出区总面积 29.7 万亩。至此，原州区国有林场面积由生态移民迁出之前的 33.3 万亩增加到现在的 124.6 万亩，目前，原州区已恢复生态面积 23.18 万亩，苗木成活率在 85% 以上。”

“等过几年你们再来，看到的景色肯定比现在更美！”李翔鹰自信地笑道。

这，我们相信。

雨中杨沟村

2014年10月15日，天空阴云密布，凉风习习，将要下雨的样子。我们在隆德县移民办副主任王银库的带领下，前往隆德县奠安乡杨沟村，杨沟村是隆德县最远的一个村子。如今再称杨沟村为村子有点不合适了，就像刘家沟村，也不合适。村，村庄，是农民集中居住的地方。而今，我们所走过的这些地方，如果没有那些遗留的水窖和磨盘，根本就看不出曾经有人在这里居住过。就像杨沟村一样，留存的，只有老村部破败的供销社、卫生院及孤零零的两个篮球架，还有一个人民大舞台，里面一张旧桌子，似在诉说它曾存在的意义。它们掩映在青绿的山中，静默地看着眼前的绿水、红树，和我们一起赞叹，这才几年工夫，怎么就换了天地！

我们眼前，是杨沟骨干坝，里面半池青绿的水，倒映着远处半黄半绿的山，和近处红的、黄的、绿的树，加上淅淅沥沥的雨，生生一幅被水洇了的水墨画。画上，飞的不是白鹭，而是野鸡。

“现在，野鸡、野猪多的成公害了。以前见不着的东西，现在漫山遍野。”王银库笑着说。

从杨沟村出来到海子村，路狭窄、崎岖，没有被硬化的路面被雨水冲成沟沟坎坎，异常难走。在接近大路的地方，路上出现两个大坑，我们的车上不去，大家下车，合力推了上去。我们一边感慨这里的原住民的生活不易，一边赞叹着眼前的美景。远处的山黄绿相间，在移民搬迁前种的核桃树已经挂果，落果铺了一地，已被鸟儿掏吃空了，搬迁后种的树长势也非常好。

对奠安乡移民搬迁后生态发生的巨大变化，2005年搬至宁夏农垦渠口太阳梁移民新村4村的党支部书记孟永恒有着深刻的印象。2014年4月，他回了趟老家，本想去趟祖坟，祭奠一下先人，但

恢复生态的隆德奠安美如画

草深及腰，成片的沙棘也挡着人上不去。最终，他没有祭奠成先人，但是他不遗憾。他说：“以前人没搬走时，地被人踏得不成样子，谁见过这么高的草这么好的树？真正是鸟语花香，这是多少年靠天吃饭的祖辈们所盼望的。在这样好的环境里，他们是能够安息并安心的。对我们的不周全，他们是能够理解的。再说，万一祭奠烧纸，引发山火，这也是他们不愿看到的。”

奠安乡，在 2011 年、2012 年移民陆续搬出去后，发展以核桃种植为主的经果林 0.6 万亩、林药间作 1 万亩、封育造林 2.5 万亩，林草覆盖率由之前的 42% 提高到 67%。面对这样一个可喜的数字，王银库笑道：“等过几年你们再来，这里就是个花果山了。”

对此，我们同样相信。

在移民迁出区行走，我们的心因一种深深的感佩而长久地驻留在那里。结束采访后不久，我们又来到距离同心县城 130 公里之遥的马高庄乡张家井。这个距离县城最远、几与甘肃环县相邻的村子，

如今已是人去窑空，遍地瓦砾。实施断水、断电和断路的“三断”措施后，这里疲乏的生态系统正在悄然恢复。原先的山坡耕地已种了草、种了树，虽还没有绿意盎然的喜人景象，但我们相信，若干年后，我们必将在这里看到一个不一样的、草长莺飞的自然乐园。

我们又来到东山坡水库上游的贺家湾。这个因保护固原城居民饮水源地而搬离的村子，虽隐约还能看见当初的模样，但它的格局、环境已发生了很大变化，山青了，路被绿草盖了，潺潺的小溪在沟底缓缓流动，原先人踏车碾的山间小道已成了兔子和山鸡散步的地方。

我们还到了海原的九道、黑岭，盐池的石头山、谢儿渠，所到之处，突然安静下来的土地仿佛一个个过度劳累的产妇，正靠在自然的怀里休息。

泾源县东山生态恢复

来到地处宁夏最南端的泾源县时，刚刚下过一场雨夹雪，空气中还透着丝丝清新的凉意。在县发改局同志的陪同下，我们来到距离县城 60 公里之遥的六盘山镇蒿店北山，在这里，我们看到了 2004 年已整村搬迁到了红寺堡的双勤村。双勤村原有人口 189 户 800 人，是个典型的无水也无路的村子，因为贫穷和自然环境恶劣，据说当时村里的老少光棍不少于十个。整村搬迁后，这种情况得以扭转，而原先用作耕地的高坡陡洼此时也已种满了绿树，有杏树、桃树，和浑身长满细刺的槐树。站在山顶新修的水泥路上，沟对面已无人居住的断垣残壁隐约可见，五颜六色的茂盛植被像一片花毯覆盖了整个村子。

六盘山镇党委副书记余继祖说：“自从双勤村村民迁出去后，镇上每年的扶贫工作一下减少了许多，不但修复了已很糟糕的生态，且数年后树会挂果，会产生一定的经济效益。”

这些，都是我们所期望的。

宁夏情　中国梦

按照国家新一轮扶贫开发规划的要求，宁夏进一步提出“山川统筹一盘棋，两件大事一起抓”的思路，以引黄灌区为基础，将川区和山区的发展统筹考虑，加大力度将最贫困地区的人群转移至引黄灌区，移民迁出区全部用于恢复生态。“十二五”起始之年，宁夏回族自治区中南部地区35万生态移民工程正式启动。将生活极度贫困的35万人安置到近水、沿路、靠城之地，打工近、上学近、就医近、吃水近，让农民靠特色种养、劳务输出、商贸经营、道路运输来摆脱贫困。并通过实施基础设施建设到村、扶贫产业到户、转移就业到人、帮扶责任到单位“四到”扶贫攻坚工程，解决其余65万多贫困群众的脱贫致富问题。这些举措，是摆脱贫困的一种方式，也是摆脱贫穷的一次机会，更是一项惠及最困难群众的重大民生工程。但是，移民搬迁到黄灌区未开垦的土地上，尽管具备水资源和一定灌溉设施等优越条件，但由于长期以来水土流失和无人垦殖，大都已形成荒漠。这里需要修建排灌渠道、平田整地、改良土壤……初来乍到的移民需要在政府的领导下用勤劳的双手建设自己新的家园，开创新的生活。万事开头难啊！当号角吹响，当一轮明月照耀大地，当雁群离去，即将搬迁的移民对未来的生活隐约感到要克服多少艰难险阻才能改变命运啊。为了保证这一民生工程顺利实施，确保移民区移民按期搬迁定居和设施农业按时建成投产，相关部门和当地都迅速行动了起来，各基层干部发扬务实精神，先把财富一点一点积累在新移民村，大力着手修建学校、道路、通讯、生态环境和其他必要的基础设施。特别是要在生态移民点配套供电工程，这是硬任务，不能有丝毫的马虎。因为这是农村电网建设的重要组成部分，也是移民新生活的基础设施。为了让移民生活方便，电力部门快速下达任务，倾力服务生态移民用电工程，满足移民新村的所有用电需求。银川市共承担近 1.8 万户 7.8 万人的生态移民安置任务，占宁夏近四分之一，总投资 18 亿多元，规划建设 6 个生态移民点。于是，银川供电局全体干部和群众统一思想，着力为 5 个移民点投资 1700 多万元，为 5 个移民点新建 10 千伏线路 44 公里，安装变压器 57 台，新建 0.4 千伏线路 117 公里，新增进户线 151 公里。这种为新移民村“输血”的方式，打破了常规的工作机制，激发了人们的工作热情，使移民群众从中看到了政府部门的实干精神。而且，所有工作有序进行，激活了原有的工作机制，加

绿意盎然

强了共建美好家园的魄力和向心力。但如此大的移民工程不仅需要制订实际可行的严格计划，而且必须和移民的心理、感情及生活环境、人与人之间的关系，还有物质生活条件等协调一致，才可能有一个正常的状态。可是，如此规模宏大的生态移民工程，怎样做才能达到一个正常的状态呢？这不仅是决策者需要思考的问题，也是千千万万个移民所要面对的事情。

千里之行，始于足下，无论如何，这是一项惠及最困难群众的民生工程。由于涉及近百个乡镇上千个自然村，工作千头万绪不说，还存在着种种意想不到的问题和困难。如此沉重繁杂的工作需要一件一件去做，需要一步一步去完成。首先要让贫困群众从原来的地方能够搬出来，这种“搬”不是一般意义上的搬，而是要从心灵上切断群众对故土的留恋。这确实是世界上最难做的事情，也是最麻烦最有可能产生冲突的事情。有的群众不愿意离开祖祖辈辈生活的地方，宁愿过穷日子也不想到陌生的地方去居住。有的群众对将要去的地方持怀疑态度，对未知的生活状况怀有恐惧心理。有的群众在“搬”与“不搬”的思考中来回摇摆，无法确定自己的选择。在这样的情况下，矛盾纠纷不断，工作困难重重。因为移民群众都来自贫困地区，要使他们迁往百里外的移民基地，困难很多。搬迁费用要筹措，家园要新建。在新开发土地上从事生产生活，事情千头万绪，理不清思路，不知先做什么或者怎么做。对于这一系列困难，单靠移民自身是难以解决的。所以政府给予他们了最优惠的政策，一方面让移民继续享受在山区的各种优惠待遇，另一方面新灌区开发中的各项水利骨干工程和基本建设由国家投资。这样一来，移民就可以凭自己的双手，一边建设家园一边维持家庭生活。比如开荒整地能拿到政府的补助，移民建房也能拿到政府的补助。另外，移民搬迁后3年内免电费、免税、免提留等。任何事情，都是精诚所至，金石为开，有的搬迁干部以宽阔的胸怀，多次与群众沟通，不计前嫌，不被旧的风俗习惯所牵绊，即坚持原则又对群众晓之以理，动之以情，每次都真心实意地用心灵之火去点燃群众的搬迁热情。在一些地方，有的干部为了说服群众搬迁，恨不得掏出自己的心。这种以感情的力量感化群众的工作方式最终还是有了效果，群众渐渐接受了搬迁的事实。彭阳县石头村 60 多岁的陈连柱老人一开始不愿离开自家的穷窝，他认为“金窝银窝不如自己的穷窝”，他活着是山里人，死了是山里鬼。后来，经负责搬迁工作的干部劝说，他又看到国家的好政策，便下决心跟着儿子一起搬迁到 400 公里外的银川生活。陈连柱说：“我们从大山里搬到这好地方，我想大家的生活都会好起来。”

群众的心愿就是搬迁工作的重中之重，为了安抚群众，为了稳住群众，为了让群众对未来充满信心，搬迁只是开始，后续的工作才是真正艰苦的工作，群众要想过上好日子，政府就要想方设法为群众服务，帮助群众安置新家，打一场让移民致富的硬仗。而这后续的工作更是一个苦干漫长的过程。为了实现与全国同步进入小康社会的目标，确保移民“搬得出、稳得住、逐步能致富”，宁夏采取特殊的政策和办法，不断强化中南部贫困地区民生保障。通过加快沿黄经济带发展，进一步夯实全区发展的物质基础；通过产业发展带动、城市吸纳带动、对口帮扶带动，充分发挥沿黄经济带对中南部地区扶贫攻坚的带动作用。在这样的时候，我们意识到移民工程将会给贫困地区群众的生活带来翻天覆地的变化，也会让移民们过上他们梦想的日子。看着一些新移民点的种种变化，看着移民们焕然一新的精神面貌，我们不得不承认，宁夏在这方面已探索出扶贫开发的新路子，政府力求通过生态移民、教育移民、劳务移民“三大移民”，把不适宜人类居住地区的贫困人口迁居到引黄灌区定居

就业、发家致富。这种“集中力量狠抓异地搬迁，坚决拔掉贫困的穷根”的方式方法，成了农民脱贫最值得称颂的成功经验。

随着在新移民点调整开发土地，开工建设中小学、幼儿园等教育基础设施，建设医疗、文化、科技等村级活动场所，建设农贸市场、商业街区等配套场所，各移民村因地制宜，积极发展枸杞种植、肉牛养殖、羊绒等特色产业，有的还兴建了日光温棚、养殖暖棚，营造经济林。同时，为确保劳务移民能顺利就业，宁夏各地共开展劳务移民岗前培训 1.2 万人次，成功实现移民务工就业 6500 人。到 2015 年，宁夏将完成 35 万移民搬迁安置任务。据自治区移民局工作人员介绍，从 2011 年起，由西海固山区搬迁到北部灌区的移民的生活有了明显改善。目前移民村生活设施齐全，每户 54 平方米住房，通电、通水、通电视，基本满足了移民生活需求。此外，移民村产业发展各具特色，技能培训形式多样。移民人均一亩水浇地，青壮年劳动力可外出务工，也可在当地种植园区、工厂、建筑工地工作。在轰轰烈烈的移民工程实施进程中，宁夏灵武市狼皮子梁生态移民点就是一个很好的例子。在那些热火朝天的日子里，人们求速度求质量求发展，竟短期内就神话般地建起了一座移民新镇。为满足移民新村用电需求，电力工人夜以继日地奋战，不辞辛苦地架设电线，负责工程协调的干部周亮说：“狼皮子梁是银川移民工程的主战场之一，计划一期建设 2 个村，移民 1400 户，整体搬迁 7200 人，配套建设村小学、幼儿园、卫生院、村级活动场所等机构设施。”正在现场施工的灵武市供电局的王局长介绍说：“2014 年年初，我们就开辟了绿色通道，按照‘大事早办、特事特办、急事快办’的原则，将生态移民区种种与用电有关的工作列为供电局优先解决的重点工作，从方案勘察、设计、施工、中间检查到验收合格、送电，以最短的时间完成所有流程。在这里，每一个清晨都与前一天的清晨不同，即便只是像葡萄藤上的须子那样微小的变化，那须子还是在一夜之间忽然长了出来。或者是像那矮小的菟丝花，昨天还含苞待放，今天却开了花。这里的一切都在变化，与昨天相比，今天的万事万物都变了样，移民的生活也完全是另外一种样子了。”

这，是我们最希望看到的。断断续续6年时光，近万里的行程，我们的眼睛始终在搜寻，我们的笔触始终在疾走，我们的心灵在一个个崛起的移民村里日益丰满，在每一个梦醒时刻，我们似乎都看到，在清晨的天光中，一辆辆装载着农具、家什和一家人全部希冀的大卡车正缓缓驶出山湾，像一字长龙一样，从尘土飞扬的弯弯山道缓缓而出，秩序井然。我们似乎还看到了妇女、儿童，以及饱经沧桑的老年人舒心的笑脸。

2015年1月底，我们对宁夏中部干旱带生态移民工作的采访暂时告一段落。在断断续续的采访中，我们获得了数十份达数百页之多的各种原始资料。从这些形形色色的材料中，我们努力寻找和解读着宁夏中部干旱带生态移民工作带给人们的启示。同心、海原、原州区、中宁、盐池，甚至南梁农场和渠口农场，我们仔细阅读着一份份饱含着他们心血的有关生态移民的规划、总结、汇报材料，以及为此制定的各种规章制度。但我们很快发现，这样的努力是徒劳的，也是不客观的，因为对于每个县的每个移民区而言存在个体差异，而他们所采取的措施也千差万别。我们不可能将这些细微的、尚处于探索阶段的切身体悟像教科书一样分出个一二三四来。我们能做的，只是将我们所获得的感受和初步印象记录下来，以供对此有兴趣的读者观瞻、品评，而至于将事实变为理论阐发的深一层工作，只能留给有远见卓识的专家和研究人员了。

可是，我们的内心却是那样的难以割舍。我们的思绪常常盘桓于我们足迹所到的之处而久久不散。

从2007年6月至今，宁夏生态移民工作已由最初的规划、设计阶段，落实为轰轰烈烈的行动，并且取得了令人瞩目的成绩。毋庸置疑，要把办公室里的设想、讨论，最后转化为辽阔大地上的现实图景，没有拼搏精神那是万万做不到的。经过艰难曲折的采访，我们掌握了大量来自一线的数据和材料，在整理这些像乱麻一样纠缠在一起的原始材料时，我们的内心深处不止一次地涌动着真切的感动和钦佩。那些干旱山区的情景，那些移民村里的故事，那些夜以继日思考和奋战的感人场景，经常会像幻象幻境一样出现在我们的脑海中，而我们的思绪也在日复一日的淘洗磨砺中渐渐清晰起来。

客观地说，“生态移民”这个词，是我们近几年来日渐熟悉的一个词。也就是说，对于宁夏而言，生态移民从来就没有先例，没有可资借鉴的古代、当代，甚或外国的成功典范。用一句俗语来说就是他们是在“摸着石头过河”。他们兢兢业业所做的，无疑是宁夏乃至中国移民史上一件开启先河的事。

生态移民，难道仅仅是为了修复生态，让过度劳累的大地休息而将一个地方的居民搬到另一个地方去居住这样简单的事吗？

或者说，就是为了让那些生活环境恶劣的人通过大搬迁来到他们梦寐以求的川道，过上和祖辈截然不同的生活？

一切都是未知数。

一切都在探求和摸索之中。

翻开零乱而繁杂的采访记录，我们发现，从自治区党委、政府到各个涉及搬迁移民的具体市、县，移民规划的出台都是经过了一个痛苦而漫长的过程的。他们谨小慎微，深思熟虑，对于每一个涉及搬迁的具体举措都要经过严密的调研、论证，以期达到万无一失。因为他们知道，这一项所谓的“惠民”“德政”工程，会像一台复杂而不可预测的手术，一刀下去，谁知道会碰到哪根毛细血管？伤及哪根敏感而牵一发能动全身的神经？他们只是在努力地尽着一个优秀外科大夫的职责而已。

每一个最初的决策者都在思考。

每一个决策的实践者都在认真总结。

在移民搬迁中，也许搬下来考量的是人们的魄力，而稳得住、能致富，不仅需要魄力，还要有能力，甚或耐力，而其中最不能缺的是情感。把移民当成自己的亲人，我们才能长久地为他们谋发展。

2014年12月25日，我们再次来到兴海移民新村陈秀莲老人家，在新家套间里，老人在窗上钉了一块塑料布，被风吹着一会鼓起来，一会瘪回去。黑暗的屋子里，老人匍匐在炕上，炕并不怎么热，旁边还放着一个便盆，这就使得屋子里的味道很是不好。问后得知，老人已大半年不能下炕了。看着眉毛、眼睫毛、牙齿全无的老人，我们再问什么话，老人也听不清说不清了。许多话，都由他的大儿子，78岁的马建志代述。马建志人精瘦，留着山羊胡子，腰上系着一根草绳子。不待我们开口，他仿佛知道我们为什么而来，说："移民好啊，我们搬家是因为山体滑坡，似乎一夜之间，山就裂了154米宽的大口子，天啊，出来进去的，谁还敢住那地方。只有政府想着我们，把我们搬到这平展展的地方。我现在每月有100元的低保费、100元的养老金，就是儿子，也给不了你这些钱？他们都扒拉自己的日子，只有共产党才想着我们这些老弱病残。"说着这些时，马建志很是动情，可等到大家出门后，他拉住我说："同志，这些钱并没到我手里，包括老妈每月300元的高龄补贴，我们也是没看到一个子儿，你要为我们声张呀！"说着这些，他又跟个贼似的东张西望，怕着谁似的！

同是2014年，11月12日，在海原县关桥乡八斗行政村东坪自然村余守恩年久失修破败的小屋里，老人头北脚南地躺在炕上，身上盖着一条薄被子。老人1951年参加人民解放军，1959年8月8日退伍，现在瘫在床上1年多了。老人旁边坐着老伴和他的弟媳刘秀梅。老人是不愿意搬的，他虽不能畅快地说话，但明白人们说话的意思。刘秀梅故意逗他，说："哥，你要搬下去了，现在就走，这位同志是来接你的。"老人摆着已经萎缩了的手，深凹下去的眼睛恨恨地看着我，不一会儿流出两行浊泪。见他这样，老伴吕兰英忙安慰他说："不，我们不走，一辈子都在这旮旯。唉，他的日子不多了，就在这破房子里把他送进老坟，我也就不留在这里了，只是给政府添麻烦了。"

"他是能走却不走，而我是想走又走不了，你们一定要帮帮我。"随我们出门的刘秀梅非要拉我们上她家去看看。刘秀梅48岁，面色红黑，穿着倒精神，不像我们一路走来所看到的山村里的那些村妇。沿着一条土路，经过几座破损废弃的土坯房，我们来到段湾村刘秀梅家。刘秀梅家大门用木头板子钉成，进去，院子很大，3间土坯房却低矮破旧，窗是古老的木格式的，墙角的土潮湿松软，一脚上去，怕是也要掉下不少。让我们没想到的是，她家院子里居然也有一个堡子，只是比别家的要小很多，但却是最完整的一个。刘秀梅说这是丈夫段权江祖上传下来的房子，旧社会时家里风光。堡子、房子至今已有100多年历史了。我们进去，刘秀梅屋里没生火，炕也是冷的。我们说："这怎么住人呢？"她说："一直以来就这么将就着，啥都费钱，能省一个是一个。可是，现在省不了了，你看，房子要塌了。"说着，她从墙角拿起一个擀面杖去捣屋顶，我们就听到吊顶上有土簌簌地往下落，不一会儿，那里就起了一个鼓鼓的包。

“你说说，这样的房子住一天就多一天危险，我不要紧，要是娃回来赶上房子塌，哪里多哪里少？”听她说娃，我们问她娃呢？先前还唏嘘的她，此时焦枯的脸上浮现出少有的光彩：“唉，寒门出学子，家里穷，娃学习就用功，也有读不下去的时候，那些有劳力的人家总笑话我傻，说别人的娃都放羊打工挣钱盖新房，你家娃娃却花钱上学校，瞧你们住的那破烂房。听这些话多了，在脱场小学当代课教师的娃他爸就受不了了，说自己没本事，让老婆、娃娃跟着受苦，一天，他要烧掉一大摞的获奖证书，被儿子拉住，说‘爸，这是你多年的心血，也是你的精神支柱，你不能烧’。那一晚，父子俩对着火炉垂泪，我看得心都碎了。我们硬是咬着牙，没让娃娃辍学，现今，大儿子段玉伟在西南交通大学读博士，二儿子在陕西师范大学读研，娃他爸也在 2012 年解决了城市户口。”

这个当了 30 多年代课教师的汉子，为养家糊口，春天上山挖药材，秋天夜里要走五六十里山路捡蝎子，靠这些东西换点小钱，再加上放羊，才可解决孩子的学费及一家人的生活问题，就这样，大女儿念到高中还是辍学了。但回顾一生的教学路，段权江不后悔，甚至自豪，他身兼数职，教年级语文、数学、美术，每门成绩总是走在年级前列，他打算干到 60 岁。

现在，他的户口解决了，女儿也出嫁将户口迁走了，儿子的户口也都不在这里，虽然有大学教授愿意出他们搬迁的 1 万多元钱，但刘秀梅属单门独户，不在搬迁的政策范围内。对她这种情况，区上也出台了政策，就是政府补助两万元，可投亲靠友。60 岁以上的，可安排进敬老院。刘秀梅呢，如果不在这地方待，只能走投亲靠友这条路了。

“你想想，这房子眼看就要塌了，进敬老院我年纪还不到，投亲靠友，靠谁去呀！再说，我家掌柜的、娃们都在，起码他们回来，

得有个窝巢。你说是不是？”刘秀梅枯瘦的手拉着我，不住地抹眼泪。

离开刘秀梅家时，刘秀梅把我们送出去很远，并一直拉着我的手说：“一定要把我的情况反映啊，我真的很想和大家搬出去。”

第二天早上，见我们的车还不到，我便和移民一起坐班车出山，可刚走到半路，接到王兴俊的电话，说我们的车在段湾，让我赶过去。这时，车队也停了下来，说前面有人堵车，我下车，绕过长长的车队，在收获完庄稼的田野里一路奔跑，到段湾，见是刘秀梅拦着车队不让过，说的还是昨天跟我说的那些话，工作人员耐心地给她讲解政策。看我从旁边前跑过，忙喊我：“同志，一定要把我的情况反映啊！”

像刘秀梅这种单门独户以及一籍多户的情况，在我们采访过程中，碰到不少。这诸多问题的出现，是人类为求发展而必然会碰到的。

纵观历史，我们必须认识到，迁徙之路前路漫漫，无论是哪一种迁徙都必然伴随着风雨，伴随着失误。世界上没有不付出代价的迁徙，而我们的责任就是尽可能地避免一些失误，尽可能地减少一些付出的代价。为此，从区上到地方，大家无不在总结，无不在积累经验，到“十三五”移民时，会有一个好的解决方法。

问题是有，道路虽艰难，但人们还是热情积极地参与到这项宁夏最大的民生工程中，为的是让大地重新唱歌，为的是通过自己的劳动创造价值。当我们对生活有所期待时，我们绝不可以唱着《光明颂》裹足不前，而是要唱着“奋斗歌”前行。

在一个欢天喜地的日子里，宁夏灵武市郝家桥镇狼皮子梁移民新村鞭炮声震，鼓乐齐鸣。从宁夏南部山区固原市泾源县搬迁来的100多户农民，住进了政府为他们建造的移民新居。郝家桥镇党委书记杜镇华说，狼皮子梁这地方半年前还是流动沙丘，如今，万余亩沙滩地上建起了配套齐全的移民新村。虽说狼皮子梁与毛乌素沙地接壤，但沿黄河经济区域的建设，使这里焕发了生机与活力。建设者们将落差 3~10 米不等的流动沙丘夷为平川，又从 5 公里外的平原地带挖来黄土，将这些黄土以 20 多厘米的厚度均匀覆盖在平整出的地表层上，总长度 4100 公里的滴灌带管密布移民新村，将涓涓黄河水浇灌进新开垦的土地，淌进移民新村的每家每户。同时，为确保移民搬得出、稳得住、能致富，各移民迁入地因地制宜大力发展马铃薯、红枣、枸杞、葡萄、苹果、中药材等特色种植 10.7 万亩，发展日光温棚、养殖暖棚 1.9 万亩（座），开发改造土地 26.1 万亩；积极发展劳务产业，实现移民务工就业 2.2 万人，确保移民群众发展有基础、增收有保障、致富有路子。与此同时，狼皮子梁移民点还完成了 5.32 万人的移民教育培训任务，为移民开展农业生产、务

移民将收获了的药材装上车

工就业奠定了坚实的基础。另外，我们在安置首批生态移民的银川杨显新村，看到了独门独院 54 平方米高标准住房，水电、太阳能、有线电视等一应俱全，还分配了 2 亩水浇地、1 座温棚和一个就业岗位。说起移民村的情况，有一位叫陈风山的移民非常健谈。他是从干旱山区固原张易乡一个小山村搬迁来的，他对生活的变化深有感触，说过去住在山里，买东西要走 10 里山路、30 多里川路。现在方便得很，一出门就是。陈风山说了一句简单而朴实的话，但我们从中可以看到新生活对这个移民内心的影响，想想过去 40 里路的漫长，看看现在一出门的距离，就说明移民的生活已发生了巨大的变化。特别是看到移民新村通电、通自来水、通柏油路、通公交、通广播电视、通邮政、通电话的情形，还看到移民村的学校、活动场所、医疗服务站、劳动就业服务中心、超市、文化广场、环保设施、新能源等，不仅陈风山深有感触，连我们这些陪他们一路走来的人，都开始羡慕起他们的生活来。也许他们的新生活，仅仅是从一盆花开始。

2014 年 11 月 11 日，在海原县甘盐池管委会盐池村，张学军的媳妇要挖窗下一株养了几年的月季，那上面有几朵未及开放的硕大的花骨朵，闻上去还有阵阵清香。起初不敢的，丈夫是个犟脾气的人，总一副不苟言笑的样子。不想在其他家当都装得差不多的时候，去征求丈夫的意见，满面尘土的他回头望望这花，竟然轻柔地说："想挖就挖吧。"这话，差点把女人的泪逼出来，因此挖花时，女人拿锹的手因欢喜而颤抖着。一锹两锹下去，一时挖不出来，倒进去一勺水，渗渗，再挖，一大坨培着土的根就被挖了出来，用一口大缸装了，不够，又让女儿挖了几锹土一起带往新家。

我问女人："为啥非要执拗地挖了一株花去？"

女人本黑的面色，此时泛了一点红，说："花养了几年，人走了，

张学军旧居

去往新家的月季花

有些舍不得，再说，到一个新地方，有花，日子不是更喜气一些？我和这花一样，要永世扎根在新家喽！”

女人的话虽质朴，但情感却饱满。满含情感的，还有拴在院前的那只狗，从大家开始往车上装家当时，它就一直来回跳着狂吠。张学军不打算带走它，而是要把它送给附近的亲戚。

这次搬家，张学军两个出嫁了的女儿，以及女婿，还有他的妹妹张学玉都回来帮忙搬家。张学玉有把子蛮力气，搬床抬柜扛土豆，跟个小伙子似的。我让她悠着点，别闪了腰，她嘴一咧，笑道：“我们山里人，哪像你们城里人那么娇贵，从会走路，就满这山洼洼里跑，跌倒爬起的，早就摔打得跟个男人一样了。这辈子，没想到我们山里人还能走出这大山，这好日子是让我哥他们赶上了，出去，不为别的，就为了娃们奔个好前程。我们这辈人就这样了，可不能把我们的孙辈们耽误了。”

说这话的，还有60岁的杨玉兰老人，这次她的小儿子搬迁，虽然前年做了脑瘤手术，但她还是出来进去的帮些力所能及的忙。她说：“这个地方穷死了，虽然共产党好，给我们建了水窖，压了水管子，可一旦水管子破了，水就上不来，这能把人愁死。到新家，一拧水龙头，水就哗哗地淌，能把人欢喜死！再说，那里路平，学校近，娃们上学方便，我们就指望这个人哩！”说着，她指了指不知什么时候踅摸到我们身边的一个小不点儿。原来是他，在我们往杨玉兰家去时，他站在一个土坡上，三四岁的样子，脸糊得像只小花猫，我摸摸他的头，说：“宝贝，要搬家了，高兴不高兴啊？”“高兴。”没想到他讲普通话，虽然咬字不甚清晰。他在吃一个橘子，脏兮兮的小手里剩下三瓣，却礼貌地递过来要我吃。我说：“宝贝，你吃吧，谢谢！”和他道再见时，他也礼貌地和我说再见，依旧是咬字不甚清晰的普通话。此时他就站在我们身边，眼睛清澈，嘴角

未来之希望

展 望

上扬，看着这个初长成的人儿，我们觉得，在生态移民中，不管付出多大的代价，都是值得的，他们，是国家的未来。

离杨玉兰家不远的陈希刚老人家，出嫁靖远的陈惠玲、陈惠霞姊妹俩也回来帮父母搬家，如今东西都搬出了屋，就等车来装车了。我们去时，他家堂屋门口坐着七八个和他年纪一般大的老人，神情肃穆，是来和他话别的。我们问老人愿不愿意搬时，不等老人回答，快人快语的陈惠玲就抢着答道："当然愿意搬了，眼看父母年纪一年比一年大了，他们的身体也一天比一天不好，他们辛苦了一辈子，我们就希望他们能够安享晚年。在我们想尽孝道的时候，不想政府抢在了我们前头，虽然现在回来看父母一年能有个四五次，搬出去后，路远了，肯定来得不像现在这么勤，但是我们放心，那里求医问药，毕竟要比这里方便很多！"

我们随移民来到移民新村，风儿在新建的排列整齐的房屋中飒飒刮着，和暖的阳光在红色的房顶和太阳能上嬉戏。无论你是夏天走进移民村还是冬天走进移民村，都会碰到热情的移民和你聊他们的新生活。有的聊种地的事，有的聊打工的事，有的聊孩子上学的事，有的聊希望，有的聊困难，有的聊和邻居的关系，总之，他们心中都有这样或那样的问题，但是这些问题都说明了他们已开始适应移民村的新生活。问题虽多，却并不可怕。从科学的观点来看，提出问题比解决问题重要，当年躺在苹果树下的牛顿如果不提出"苹果为什么往下掉"的问题，也就没有了后来的万有引力定律。科学的发展是从提出问题开始的，然后就有了认识，有了探求，有了解决问题的方案和走出困境的通途，从而才有了经济的腾飞，有了人类的进步。从这个角度来看，移民提的问题越多，对移民工程的认识也就越深刻，并从而领悟到，生活所要求的东西，既没有开端，也没有结束。因为移民在过上新的生活时，他们也正在接受着考验。

移民的新家

特别是有些移民村的村民来自不同的地方，他们需要重建人际关系，也需要重建移民文化。所有这些，就像夜晚的风沙沙作响，如移民的生活充满了窃窃私语，又充满了新的希望。

可以说，宁夏百万移民工程的实施，是宁夏发展战略中最严肃的事情。因为在 35 万百姓原来居住的地方，有人曾这样哭诉："我哭你啊，我的森林，你在那里？你在何方？在这深深的大山里，我忍痛空设你的灵堂！这就是人们的心声，人们喜欢森林，喜欢代表生命力的绿色，而沙漠化的黄龙却不理会人们的哭泣，正以惊人速度吞食着我们的土地，抢夺着我们的家园。"如此看来，移民并不仅仅是为了扶贫，改变贫困的生活环境，还要让贫瘠的土地休养生息，还人们一片森林。无论过去怎么样，现在人们已在哭泣中认识到了一点。当然，生态移民是一项复杂的综合工程，搬迁入住只是一个阶段性的目标，要实现脱贫致富的目标，就要切实抓好项目区后续建设，还要大力培育发展产业，确保移民收入持续增长，对移民进行定期培训教育，培养有文化、懂技术、会经营的新型农民。

最重要的是，不仅要让移民脱贫致富，而且还要让移民迁出区恢复生态，遏制水土流失，造就一片“旱塬绿洲”的美景。这是政府的目标，也是移民的愿望。这种远离故土的异地搬迁，对贫困移民而言是新生也是考验。大多数移民都是为了子孙们的前程，从大山里搬到新的陌生的地方，梦想着未来的生活能好起来。尤其是在实施生态移民工程时，贫困群众不仅仅只是从一个地方搬到了另一个地方，而是从一个恶劣的环境搬到了一个有生机的地方。因为，只有心稳住了，人们才会向着致富的希望和新的奋斗目标前进。

从这个意义上来说，在最严肃的事情上，人们是丝毫不敢马虎大意的。无论如何，我们始终相信“山重水复疑无路，柳暗花明又一村”。对移民点的新移民来说，乐观是他们重要的品质，他们不怕吃苦，怕的是穷尽一生，仍然无法过上富足的日子。但是，现在他们不怕了，他们看到了实实在在的改变，看到了配套的生活设施，也看到了希望。每向前走一步，他们的需求就会更多，感受也会更多，他们的愿望也在迅速地增多，他们的认识更会茁壮成长。也许，刚开始他们对大搬迁及移民的认识就好比点点星火，但这又算得了什么呢？点点星火可以燎原！对他们而言，家穷不算穷，只要精神不穷，就会有志气脱贫致富，向着小康生活迈进！

坚守移民村的春天

山花烂漫，谁在岁月深处尽情吟唱；秋叶飘零，谁在青石路上轻捻箫管；大雨滂沱之夜，谁又在窗前独自凝望，独自思索。我们一路行走在时光的深处，也行走在移民村的春天。

2012 年，宁夏固原军分区组织官兵来到彭阳县皇甫生态移民新村，与当地干部群众共话生态文明建设的时代意义和美好前景。村支书马学清介绍说：“为了修复黄土高原的生态，固原有 23.2 万群众离开故土，搬迁到政府指定的移民点居住，皇甫新村 172 户人家都是从南部山区搬迁而来。”军分区政治部主任刘智峰和大家聊起了生态文明建设话题，他说固原地区曾经是“风吹草低见牛羊”的好地方，后来因为战乱和滥砍滥伐，自然环境日趋恶劣。现在好了，随着宁夏百万生态移民工程的实施，对固原人来说是建设生态文明的好机会。因为乡亲们离开祖祖辈辈生活的故土，从大山深处搬迁到皇甫移民新村，就是为了建设生态文明，让家乡的山绿起来。刘智峰说的是心里话，他话音未落，群众就报以热烈掌声。

在皇甫生态移民新村，一位叫马晓斌的移民说，他是移民新村接纳的最后一户移民，他想说说自己的心里话，他说从老家搬迁出来就是为了过好日子，现在看到政府政策都是为了移民好，移民自己也得到了实惠，那今后就更有奔头了，谁心里不高兴呢？还有一位村民马玉龙说，现在党的政策好得很，党和政府想得细、做得实，老百姓心里盼的，政府都做到了。他还说为了减轻移民群众的负担，政府帮村民建好了房、修通了路，移民群众一来就能生活得很好。这时，镇党委书记徐万廷插话说：“‘搬得出、稳得住，逐步能致富’，这是我们科学移民的政策目标。政府帮助移民拓展了特色种植养殖业、劳务输出、商贸经营等致富渠道。”接着，村民马玉林补充说：“我 2012 年仅务工收入就超过了 2 万元，移民后的日子一天比一天好。”另外，对皇甫新村负有定点帮扶责任的彭阳县人武部政委崔涛亮也说出了自己的想法，他说他们正在与皇甫新村党支部联手制定科学发展五年规划，人武部要像办自家的事一样，办好村里的事，帮助村民丰富文化生活，缓解思乡之苦。据说固原军分区还经常邀请宁夏军区“贺兰山”军乐队专程为皇甫移民新村演出，用群众喜闻乐见的形式宣传生态文明建设政策。那精彩的文艺

演出，不仅引来了新移民的一片掌声，对重建移民文化也发挥了重要的作用。

在采访中我们还了解到，固原军分区倡导每名团以上干部资助一名移民的孩子完成大学的学业；军分区及所属人武部积极参与小流域治理工程，每年绿化一片山河，持续修复生态环境；机关部门和各人武部与当地村镇建立联系点，帮助落实生态移民任务，输出劳务人员。所有这些举措，都是为了坚守移民村的希望，并让春天的花朵在这里开放。无论从哪一方面来说，移民后续工作都要做好、做扎实，围绕移民的生活创造新的财富。我们知道，骆驼穿过针眼比富人进天堂还要容易，这句话适用于每一个有创造力的人，因为创造一个东西，就意味着要献身于它，而这一点也是最难做到的。移民创造新的生活，当然也会很难。我们深知移民的文化知识和信息技术欠缺，有时候往往会在忙乱的日常杂务中忽略，正如身处闹市看不见摩天大楼一样。我们在另一次采访中了解到，宁夏金龙集团出资 5000 万元开展中南部地区生态移民进行教育培训项目，首批来自中南部地区 17 个县（区）35 个村的 50 名村干部将在为期 8 天的培训中学习生态移民相关理论知识，并赴陕西杨陵实地参观考察。来自固原市原州区三营镇海淌村的党支部书记马文贵激动地说："今后，我们终于可以不用看老天脸色吃饭，能靠自己的双手致富，能丢掉贫困的'帽子'了 。"

根据我们的生活经验，无论做什么事，有追随者就有可能成功。如同一个人穿过积雪很深的雪地，结果他并不是白费力气。追随者怀着感激之情顺着他的脚印走过去，那里渐渐形成新的路。在宁夏百万生态移民工程地实施过程中，有很多追随者，结果就走出了一条脱贫的道路。自 2011 以来，中卫市已安置从宁夏南部山区搬迁出来的贫困群众 7.1 万人。在解决了住房、人均 2 亩农田等基本生活生产条件的情况下，为了让移民群众逐步致富，中卫市的生态移民工程着眼于整合各类资源，创新搬迁安置方式，打造宜居宜业移民点和山川群众生产生活、文化教育大融合。同时致力于创造生产生活好环境，引导群众自力更生，勤劳致富，建设美好家园。特别是在国家政策的大力支持下，中卫市因地制宜，根据易地扶贫搬迁试点工程的指导思想开展工作，认真落实计划和配套政策措施，试点工程进展顺利，取得了显著成效，并在实践中积累了一定的经验。在具体实施过程中，中卫市坚持“政府引导、政策协调、讲求实效”的指导方针，全面落实自治区人民政府确定的生态移民的各项政策措施，有组织、有计划、积极稳妥地安置贫困人口。为了坚守移民村的春天，中卫市大力实施项目带动战略，积极改善迁入地群众的生产和生活条件，促进移民安置地区经济和社会的可持续发展。

中卫市兴仁镇高庄（王团）生态移民项目共安置搬迁 8000 多个村民，他们分别来自蒿川乡北山、沙河、后套等五个行政村的 513 户贫困家庭。我们一路走来，听说了许多关于移民的新故事。当我们走进移民村时，37 岁的马育学热情地邀请我们去他家看一看。马育学的老母亲看样子不善言谈，却还是说住在移民村什么都好，路好不怕摔跤。马育学的妻子陈凤红说，以前家门口没有学校，为了孩子上学，他们只能在海原县城租房子。即便如此，孩子每天上学往返需两个多小时。时间长不说，路上的安全是她最担心的问题。说起现在的新生活，陈凤红高兴地说，现在孩子上学挺方便的，路也好走，孩子走 5 分钟就到学校了。对于未来的生活，马育学充满信心：“我们搬过来后，拱棚里的菜已经种上了，吃着呢。地马上就分下来了，开春种点地，然后我就到街道做生意去。这样的话，我们的日子肯定比在老家好了。”看着这一家的新生活，还有他们脸上满足的表情，我们想多走走多看看，这样才能真正了解移民的

移民村的宽阔大道

收获和处境，知道他们的快乐和痛苦，还有他们在生活中碰到的疑难和潜伏的危机。这些问题从我们走进移民村的那一刻起，就一直在脑子中盘桓，不绝如缕。

在中宁县渠口太阳梁新二村，看着移民村新主人入住漂亮的砖瓦房，喝上清洁的自来水时，真感觉他们是走上了平坦的移民新村道路，过上了喜气洋洋的好日子。从海原县甘城乡搬迁过来的买廷花说："虽然舍不得离开住了半辈子的老家，但是能搬迁住进这样漂亮的新房子，喝上自来水，走上平坦路，值得！比起老家，我更喜欢新家。"当我们又到中卫市迎水桥镇鸣沙移民新村采访时，移民新村村民又是送水又是切西瓜，似乎要让来这里的每位客人都能体会到山里人的热情好客。在村民王治国的家里，我们看到家电样样齐全，客厅、卧室洁净明亮，怎么看都觉得他们的生活不比城里人差。王治国笑着说，他现在拥有 98 平方米的住房，居住环境好得很。另一位叫姚玉梅的移民满面春风，她看到我们来她家，热情地说："现在的日子就是比以前舒心，孩子们上学近了，我们夫妻的收入也多了，我们的日子过得越来越好了！"姚玉梅今年 37 岁，家里一共五口人，她和丈夫杨敏成有三个孩子，一家人原来住在中卫市海原县李俊乡，自迁入鸣沙移民新村后，日子越过越红火了。说起移民后的新生活，姚玉梅感受很多，脸上也露出了满意的笑容。她说以前住在半山腰，房子比较破旧，而现在一家五口人住一套 98 平方米的三居室，出门就是路，买生活用品都在家门口。我们看到，她家的客厅卧室宽敞整洁，一些基本的家电都齐全了，她自己也打扮得很时髦。她是个爱美的女人，每个房间都收拾得井井有条，亮亮堂堂。在姚玉梅看来，除了居住条件得到改善外，更让她开心的是孩子们上学近了，夫妻的收入更多了。她说以前孩子上学，从家到学校要走 30 里路，现在孩子上学有公交车坐，真是太方便了。从前因为要接送孩子上学，她不能出外务工，丈夫一个人外出打工，每月收入一两千，而现在因为孩子上学不需要她接送了，她和丈夫都在村里帮忙盖房子，每个月能拿四千多元，收入翻番。像姚玉梅这样受益于新农村建设的新移民，在鸣沙移民新村一共有 120 户、546 人。这里的村民主要迁自海原县李旺镇、李俊乡、甘城乡。项目区移民住房建造结构合理、功能齐全，室内通上下水、通电，建有水冲式厕所。而移民群众最关心的一户多人、一户多代的居住问题，在这里也得到了有效的解决。特别是移民入住后，政府各级部门从实际出发，理清发展思路，借助沙坡头旅游区的地理优势，主打特色农家乐、现代观光农业及葡萄种植等特色产业，按照"搬得

整齐划一的移民新村（资料图片）

出、稳得住、有产业、能致富”的发展思路，依托旅游区位优势，依靠发展特色种植业、农家乐等发展后续产业。在这里，我们看到，移民新村正在向着生产发展、生活富裕、乡风文明、村容整洁、管理民主的新农村目标迈进。

综观移民村目前的情况，我们发现有足够的容量有效接纳中青年贫困人口在城镇就业，这就需要政府配套相应措施，把城镇就业移民、教育培训移民、农民工市民化及保证居住、保证医疗、保证养老等作为新型生态移民的主攻方向。实践证明，如果政府不组织移民，贫困人口靠自身的力量是跳不出贫困的恶性循环的，他们将与工业化、城市化擦肩而过，因长期被边缘化而过着贫困的生活。

由此看来，无论生活如何变化，我们都要站在全局和战略的高度，运用发展式思维，深刻认识生态移民工程的重大意义，深刻认识这项工程的艰巨性和复杂性，以强烈的机遇意识和拼搏精神，全身心投入到生态移民攻坚战中。同时，我们还要把扎实推进生态移民工程作为保障和改善民生的一项重要工作，综合学习各个历史时期和各个地方的移民经验，通过建立以贫困人口就业为主向城镇迁移的长效机制，让贫困人口随着工业化的不断深入自然而然地向城镇迁移，为城镇化增添生机与活力，并抓住工业化、城市化和西部大开发的机遇，再接再厉，加快新型生态移民进程的步伐，将贫困阻力转化成经济发展的动力，从此甩掉历史的负担，大大提升新移民的竞争力，激励他们为小康生活而努力。唯有如此，我们才能让移民的生活更美好，移民村才能开出灿烂的花朵。

走进一个又一个移民新村，我们真切感受到宁夏百万生态移民工程给移民们的生活带来的巨大变化。特别是在鸣沙村，我们推开车门，跃入眼帘的是一个拱形大门，一排排整齐的农家小院环绕广场。房前屋后，庭院瓜果飘香，蓝色房顶上太阳能热水器成为一道亮丽的风景线。看着一栋栋漂亮大气的移民新居整齐排列，看着太阳能在房顶上闪闪发光，看着宁夏百万生态大移民工程在这里创造了奇迹，看着新移民过上了有序而充满希望的新生活，看着生活在中部干旱带的农民入住移民村后脸上有了笑容，我们感慨万千，不禁从心里发出了深深的赞叹。虽说一些移民项目的完成只是实施生态移民工程的第一步，后续的工作还要付出更多的精力和心血，但从另一方面来说，移民的重要意义不仅是让贫困人口脱贫致富，更重要的是培养其不甘人后、自立自强的精神。在这里，我们有理由相信，一个精神不倒的人，一定会创造富裕的生活；一个精神不倒的群体，一定可以创造出新的传奇！

话分两头

十年前，即2009年9月的一天，接到王治平打来的电话，让我赶快到沙湖宾馆，说有事相商。口气急迫，不容推脱。治平是我的朋友，在自治区发改委工作，擅写散文随笔，曾有作品集《路上的记忆》行世。多年前我在固原工作时，就曾与他有过交往。那时治平是泾源县旅游局局长，钟爱文字，举止儒雅，因为成功举办过一次笔会而为众多朋友称道。后来他调职自治区发改委，我到《朔方》编辑部当编辑，在银川见面，友谊又得以延续。朋友有约，自然欣然前往。走进沙湖宾馆某房间，见他与另一人在沙发上相对而坐，前方大床上打印的文稿与资料横七竖八地摊开着。治平告诉我，最近他接了个任务，而且还是个艰巨的任务——某领导授意，让他尽快在本单位或本系统组织几个有经验的"笔杆子"，以最快速度采写一部反映宁夏生态移民的报告文学，意在总结本单位近几年的中心工作，也为即将到来的一个什么重大节日献礼。接到任务后，治平短时间内在本单位网罗了几个"笔杆子"，在沙湖宾馆开了一间房，一头扎进资料堆，准备分配好任务大干一场。但讨论了几天才发现，原来他网罗的这几个所谓"笔杆子”，皆本单位某方面的“专家”，写专业论文或汇报材料拿手，描情状物却有些为难。他之所以叫我来，一是为他们即将进行的这一重大行动把把关，顺便也讨论一下，看能不能拟一个提纲，作为写作过程中的小标题或框架。治平知道，我之前在报社工作，虽一直经营报纸副刊，但客串记者也是常有的事。写报告文学，也算是轻车熟路。

几经讨论，提纲终于定下来了，共四大部分八个章节。分任务时，治平稍作暗示，其他几个人便心领神会，极力邀我参加，并给我戴了许多高帽子，说如果我能直接参与进来分写一二章节，便是极好的事情。架不住朋友的撺掇，也是自己定力不够，于是犹犹豫豫答应下来，算是给自己其后数年留下了一个痛苦不堪的烦恼的尾巴。

开始采访时，其他“专家”忽然都不见了，只留下我和治平、另一个发改委的朋友，及司机宿映川，一行四人呼啦啦走进了那时还天干物燥的宁夏中部干旱带。

所谓宁夏中部干旱带，就是指宁夏中部年降水量在200~400毫米之间的一个区域，它地处西北内陆干旱中心，被腾格里沙漠、乌兰布和沙漠、毛乌素沙地包围，其域内包括盐池、同心、海原、红寺堡等8个县市区的64个乡镇，人均纯收入不足1700元，大部分地方仍是国家和自治区级贫困县。

第一次采访便直达其核心同心县。那时同心县内移民已搞了三四年，下马关和韦州的移民村已建成了一大片，有些移民的日子已过得很有些样子了。此次采访花了将近十天时间，虽是走马观花，但也对自己即将进行的采写对

象有了一个轮廓式的了解。在此期间，先前几个有些摇摆的人竟都悄悄宣布退出，最后只剩下我和治平两个人，也算是“孤家寡人”了。治平有些无奈，一边大骂先前那些朋友的背叛，一边就想着法子安慰我，鼓励我少安勿躁，迎难而上，说不定就能写出一部惊世骇俗的作品来呢。我有些哭笑不得，没想到事情会是这样一个结果。本想一走了之，但一看治平那充满智慧的脑门隐约又添数道深纹，心中不忍，于是又犹犹豫豫答应下来，算是向那个自寻烦恼的“深沟大套”又迈进了一步。

其后数月，我和治平一起搭伙去采访，我写文字，他负责拍照。虽说最初的采访缘由让人无奈，也让人不愿再提，但一进入现场，声势浩大的移民场景还是深深震撼了我们。我们坐着发改委特派的一辆车子，从一个县到另一个县,从一个移民点到另一个移民点,马不停蹄,席不暇暖，而所采访的对象——那些日夜奋战在移民一线的县领导、乡镇长、移民干部、普通群众，他们独特的经历与让人血脉贲张的移民故事不止一次感动着我们，也鞭策着我们。从当年凉风习习的深秋，到隔年春暖花开，我们先后四次深入宁夏中部干旱带腹地，边走边看边问，断断续续持续了一年之久，算是磕磕绊绊完成了最初设想的全部采访。

闭门谢客，三个月后拿出初稿，定名为《大搬迁》。送审、修改，再送审、再修改，最后又花了数十天时间补充和润色，一直忙到隔年年底，书稿终于定下来。九万字左右，近百张图片。洗了个澡，喝一场酒，算是与这件事做了个较为彻底的告别。

接下来便坐等书稿成书。

一晃一年余，因为忙于杂务，我几乎将这件事给忘了。因其中发生了一些事情，书稿一放数年，再无人问津。但书稿中的一切却愈来愈清晰、鲜明，就像经年的画幅一样，时间越久，就越显现出其独特动人的样子来。不久，我就将原先的文稿打乱，用呈现原始风貌的形式将之改成一篇类似于“移民笔记”的长篇纪实文稿，并命名为《边走边看》（其实还可以叫作《边走边听》），以期得到慧眼识珠的出版社的青睐。在正文前，我还特意写了一篇类似于介绍性质的小文章，对书稿作了如下几点说明：

其一，在官员的称谓前没有加“原”，也没有标注他们后来的去向，原因是从这次采访后，我基本与他们再未联系。

其二，对一些官员的采访，文字有些枯燥，甚至还有些宣传或说教的味道，但为了了解此次移民自上而下的风貌，我还是决定将他们保留下来。我觉得，对于一场大规模的移民而言，伤筋动骨的并不仅仅只是百姓，政府高层亦如此。

其三，罗列了许多数据。这些数据看上去有些呆板、乏味，但这些数据却非常有力、管用，如果认真琢磨，它或许胜过无关痛痒的千言万语。

其四，对个别“移民达人”的采访，似乎有替先进人物作传的嫌疑。一位朋友看了我的笔记说，你这个有点不全面、不深入，据我了解，××× 并不是一盏省油的灯。他说的 ×××，即一位“移民达人”。他告诉我，当地

许多人对 ××× 不感冒，有看法，说这个人并不像官方或媒体上宣传的那样好、那样地道，在某些方面甚至还有瑕疵。当时我有些犹豫，要不要保留这一段采访？要不要写这个人？后来我说服了自己——由于时间关系，我的采访基本属于走马观花，类似于印象之类，而且相对于整个“大事件”来说，作为个人，只是其中的一点影子，或一朵浪花。我忠实于我当时的采访——不管此人之前如何，但在当时如火如荼的生态移民工作中，他还是做了他应该做的一切。

其五，所有的文字都是根据当年的采访笔记整理出来的，故时间、背景亦是当年。如果有兴趣读它，你可以把它看作一篇普通的散记、印象记，抑或是一部亲历式的移民野史，但你切不可将它视为一篇移相变种的报告文学。我发誓，它现在的样子，已与先前的所谓报告文学一毛钱关系都没有了。

话分两头。

就在我为这篇难以面世的文稿苦苦煎熬时，远在中卫的段鹏举也正为一个谋划多年的写作命题苦恼着，这个命题便是万众瞩目的宁夏百万大移民。

段鹏举，宁夏海原人，宁夏大学中文系新闻专业毕业，从事新闻编采工作三十余年，在《固原日报》时，我有幸与他共事，是他的下属也是朋友，我们的许多想法会不谋而合。在此期间，他曾多次策划并实施对报纸的扩版改版，为报纸留下了许多好栏目和为人称道的好口碑。调到中卫后，先任中卫日报社总编辑，后任中卫新闻传媒中心党委书记、主任，现在是中卫市新闻传媒集团党委书记、主任，各种荣誉与头衔能罗列一大串。

因为一直坚持在新闻一线工作，很多年前他就敏锐地意识到，作为脱贫富民的一大举措，生态移民将是宁夏脱贫攻坚战中浓墨重彩的一笔。为此他在报纸、广播、电视设栏目、辟专栏，并自觉搜集与此相关的资料与素材。2010 年左右，他与同在报社工作的青年作家孙艳蓉联手开始采访,由于是自费采访,他们工作的艰难程度可想而知。

5 年后，也即 2015 年，他们终于完成了这部历经许多波折的书稿，这时他们听说我采写过宁夏中部干旱带移民，便打来电话，让提供些原始资料，以期对他们的作品有所补益。我以实情相告，并将自己的全部书稿毫无保留相送。翻阅过程中，他们惊奇地发现，我们书稿中所写的内容不但与他们的书稿相得益彰，且采访时间、顺序几乎互为补充与延续，简直就是天作之合。于是他们把两部书稿敲碎、打乱，然后像和面一样重新揉在一起，这就是现在大家所看到的长篇报告文学《大搬迁》(承蒙二位抬爱，新书稿仍沿用了我们原先的书名)。《大搬迁》脱稿后，恰逢宁夏回族自治区党委宣传部评定第三届宁夏重点作品扶持项目，这部书稿以“丰富的视角、视野与扎实的书写”赢得了评委们一致的肯定，最终被确定为该项目中唯一一部报告文学。但遗憾的是，这部书稿因为这个项目的不了了之而最终仍未面世。

书稿一放又是 3 年。

2019 年 5 月，孙艳蓉打来电话说，《大搬迁》终于

有着落了，为了迎接中华人民共和国成立七十周年，中卫市作为节日献礼决定出版这部书。

我听后非常高兴，但愿这次是真的！脱贫攻坚已进入冲刺阶段，作为比较全面反映宁夏百万大移民的一部书，但愿《大搬迁》能以自己独特的声音参与到这项伟大工程最后的大合唱中。

火会亮

2019 年 5 月 27 日于银川

山南地北

多少年来，只要一提起宁夏西海固，人们眼前浮现出的总是那没有绿色的干涸的沟沟壕壕、山山峁峁，还有大人、小孩面对常年呼啸的山风微张着的嘴，少不了的是美丽村姑脸上印有的地域性的一坨坨红……可是，他们和我们一样，对这人世怀有深深的爱和眷恋，他们盼望绿色如荫，盼望娇艳美丽，盼望富裕小康……但，他们更多的是将这当成一个梦，一个遥不可及的梦！许多时候，他们很认命——谁让我生在这样一个“苦瘠甲天下”的地方？因此，每当梦醒时分，他们眼里流出的泪水和那仅有的山泉水一样苦涩不堪！就在他们苦熬苦盼时，突然一天，号角吹响，春风度得玉门关——改变宁夏中南部地区不适宜生活、不适宜发展的35万贫困人口及留在中南部地区，具备生存发展条件的65万贫困群众命运的宁夏百万移民生态工程到来了！

宁夏百万移民是一项生态移民工程和民生工程，有着伟大的历史意义和现实意义，对保护生态相当重要。所以，在这个过程中，党和政府为了实现中南部地区人民脱贫致富、改善民生，确定了一系列的生态移民规划和目标，也实施了一系列关乎民生的重大措施和办法。在这样的时代浪潮中，生活在贫困地区的人民响应党的号召，为了改变贫穷的命运和几千年绝望的守护，带着伤感和疼痛，还有对未来的期望，远离生活了几辈子的地方，开始向另外的陌生的地方大搬迁。长篇报告文学《大搬迁》就是在这样的大背景下，围绕政府的决策采写宁夏百万移民为改变贫穷命运所走过的搬迁历程。

那是2014年4月的一天，天气刚刚转暖，但办公室里还很冷，当时的中卫新闻传媒中心党委书记、主任段鹏举（现为中卫市新闻传媒集团党委书记、主任），召集相关人员开动员策划会。他说，这是一个伟大的时代，生态移民是一项壮举，作为一个传媒人，我们有责任也有义务记录并见证这一壮举。当时，每个人听得都热血沸腾。之后不久，段鹏举便拉出了此书的框架和章节。果真，我们后面的采访成书，自然而然地契合到这框架里去了。

我们的采访是从2014年10月开始的，此书的摄影者王兴俊，也是我们的司机师傅，载着我和段鹏举书记，用一个多月的时间行程近4000公里，跑遍宁夏南部山区的迁出区及银北地区的迁入区。用镜头、用笔记录下一个个感人场景、一幅幅生活画卷，这些场景和画卷，是他们对美好生活的向往。11月11日，在海原县关桥乡下套脑村，我们和即将搬迁的秦成秀奶奶一家同吃同住，切身感受着他们对即将到来的新生活的盼望和喜悦，同时也有要离开生活了几十年故乡的难舍和惆怅。我清晰地记着那个午后，80岁的秦成秀奶奶站在矮墙边，被初冬落日余晖照着，安详如斯！她的前方，是装载着她曾经过往的即将驶向新家的大卡车；身后，是拆得只剩下一间的逼仄的小屋，这里有她的欢喜和苦难！她在这里辛苦养育 3 个女儿 9 个儿子，如今全家上下七八十口人，明天一早，她将率 26 个家人离开生活了六七十年的老屋奔赴新家。在她离开后,这里会夷为平地,仿佛她不曾在这里生活过一样！那个晚上，秦奶奶一夜无眠。我问她为什么不睡？她说就要往新家里去了，太高兴了，睡不着。

同年秋末，在我们到达石嘴山市平罗县红崖子乡五堆子村时，正是夕阳西斜，金色的阳光铺满大地，平畴沃野上一排排白杨树，与远山、天际，构成了一幅颇具质感的油画。在五堆子村原村党支部书记周满仓家，阳光照在院里码摞整齐的三堆近万斤金黄的玉米棒子上，刺得让人一下睁不开眼。因此，进到他家，面对那簇新雅致的窗帘、高端大气的皮沙发及一应俱全的家电时，我们一时适应不过来。在主人的热情招呼下，我们落座后，环视屋里，不由啧啧称赞。说他们是移民，我们真还不敢相信！周满仓属于老移民，30 多年来，他和他的村民如那白杨树一样，挺拔在原野上，和天斗和地斗，终于把那些被当地人都嫌弃的盐碱地改造成了丰产地。如今，他们大部分人的日子都好过当地人。最主要的是他们的孩子，享受着和当地人一样的教育资源，并且都在各自领域成为优秀的那一个。而迟于他们移民的同龄人,之前孩子能读到高中已属不易，而读到初中、小学的很普遍，有的甚至没有读书就直接上山放羊了。现在，他们意识到了，再穷不能穷教育，孩子

是未来是希望，于是，他们是最先响应移民搬迁并自发搬迁的那一个，像安小琴、王兴俊等。

生态移民始于“十二五”期间，我们的采访从2014年开始。正对早期的移民工作未能及早介入而深感遗憾时，一天，段鹏举书记说，宁夏知名作家火会亮老师早期也写过一部关于移民搬迁的报告文学，只因种种原因未能出版。说我们两部作品能不能结合一下，成一部较为完整的作品？随后，我便和会亮老师联系，很快拿到这部作品，一口气读完，不胜欣喜，从中可看出会亮老师采访的扎实和一个作家应有的敏锐。如果两部作品结合，简直是天作之合！会亮老师也说，作品放置多年，未见天日，可谓一大遗憾，当时也是怀了极大的热情和责任去写的，用手中的笔，真实而客观地记录下那一个个可歌可泣的人物及事件，还有搬迁场景，如电影，每当夜深人静，总在脑海里闪过。如果能呈现在读者面前，那是最好不过的了！

接下来，我便统稿完善。果真，两部作品像两条源自高山的河流，在某一时间某一地点完美融合了！想想，是我们用了一样的真情在里面。在我们倾情采访的过程中，涌现出了一批敢于干事，为民服务的先进集体和个人。他们在这大规模的群众搬迁活动中不顾个人得失，敢于为民请命，敢于为民办事，敢于为党的事业和国家利益负责，和搬迁群众一起承受了巨大的精神和心理压力，最终完成了人生的壮举。与此同时，在各项建设任务全面展开时，工程建设是硬任务，一批优秀的人物为完成任务作出了卓绝的贡献。他们的故事需要记录、需要传颂、需要作为精神食粮永存下去，这就是长篇报告文学《大搬迁》的使命。

如今，书稿已成，在等待出版的过程中，采访时的一幕幕历历在目，秦成秀、张明金、杨久莲、刘秀梅、姚玉梅……如画一般，挂在眼前，至今让人牵念！同时，牵念他们的，还有中卫市委、市政府及市委宣传部、市文联。在成书过程中，按“五定”（定责任事项、责任单位、责任人、责任时限、责任处罚）方案，每月督察一次。中卫市文联主席谈柱一直很关心此书的进度，在得知此书完成又搁置几年后，他将此书作为文联2019年重点出版书籍上报，得到市委宣传部的大力支持，并将此书列为新中国成立70周年的献礼作品。在此，对长期以来默默关心此书的领导、朋友，表示诚挚感谢及深深祝福！

孙艳蓉

2019年7月18日